Fantasias Gêmeas

Opal Carew

Fantasias Gêmeas

Tradução
Ana Carolina Mesquita

Copyright © 2007 by Opal Carew

2ª edição — Maio de 2013

Grafia atualizada segundo o Acordo Ortográfico da Língua Portuguesa de 1990,
que entrou em vigor no Brasil em 2009

Editor e Publisher
Luiz Fernando Emediato

Diretora Editorial
Fernanda Emediato

Editor
Paulo Schmidt

Produtora Editorial e Gráfica
Erika Neves

Capa
Alan Maia

Projeto Gráfico e Diagramação
Futura

Preparação de Texto
Sandra Dolinsky

Revisão
Carmen Garcez

DADOS INTERNACIONAIS DE CATALOGAÇÃO NA PUBLICAÇÃO (CIP)
(Câmara Brasileira do Livro, SP, Brasil)

Carew, Opal
    Fantasias gêmeas / Opal Carew ; tradução Ana Carolina Mesquita. – 1. ed. –
São Paulo : Geração Editorial, 2013.

    Título original: Twin fantasies.

    ISBN 978-85-8130-149-5

    1. Ficção canadense 2. Ficção erótica I. Título.

13-01646	CDD-813

Índices para catálogo sistemático:
1. Ficção : Literatura canadense em inglês 813

GERAÇÃO EDITORIAL

Rua Gomes Freire, 225 – Lapa
CEP: 05075-010 – São Paulo – SP
Telefax: (+ 55 11) 3256-4444
E-mail: geracaoeditorial@geracaoeditorial.com.br
www.geracaoeditorial.com.br
twitter: @geracaobooks

2013
Impresso no Brasil
Printed in Brazil

Para meu marido, Mark, que me enche de amor e alegria.
Para meus dois filhos, porque os amo demais!

Agradecimentos

À COLETTE, QUE ME CRITICOU, elogiou e encorajou durante o processo de redação deste e de tantos outros livros, um obrigada muito especial. Foi ela a voz enfática a me garantir que eu conseguiria chegar aonde precisava, cutucando-me nos momentos necessários e me recolocando no rumo sempre que me perdi. Colette, mesmo que não tenhamos nascido dos mesmos pais, eu a considero uma irmã.

Obrigada a meus filhos, Matt e Jason, por compreenderem, mesmo quando eram bem pequenos, que a mamãe precisava de tempo para escrever; e, agora que são adolescentes, que meu tempo para escrever é importante.

Emily Sylvan Kim, você é a melhor agente literária do mundo. Eu lhe agradeço por ter apostado em mim e, depois, ter me dado a melhor oportunidade de minha vida.

Rose Hilliard, você é uma editora maravilhosa: obrigada por sua paciência, encorajamento e generosidade. É evidente que acredita em mim, e, juntas, sei que somos uma dupla imbatível.

Obrigada a duas amigas que me ajudaram a aprender e crescer como escritora, que criticaram minha obra e a fizeram brilhar, e de quem sinto falta hoje. Trish e Vicki, agradeço toda a ajuda que me deram ao longo dos anos.

CAPÍTULO 1

Jenna observou o noivo trajado de *smoking* entregar uma taça *flûte* a Suzie, a noiva, e em seguida inclinar-se para beijá-la na curva do pescoço, logo abaixo da orelha. Sua mão afagou-lhe os ombros, que o belíssimo vestido de renda cor de marfim deixava expostos. Os olhos dela cintilaram quando sorriu para ele.

Dava para ver que Suzie e Glen estavam profundamente apaixonados. Jenna sentiu o estômago revirar com a saudade terrível que sentia de seu homem.

A banda começou a tocar uma de suas músicas preferidas, desencadeando uma vontade irresistível de rodopiar pela pista de dança com Ryan, o homem que ela amava. Infelizmente, ele escolhera não estar ali.

Ela ainda estava com raiva de Ryan por ele ter dado para trás na última hora: uma viagem a Toronto para resolver os problemas que um de seus clientes, a Bryer Associates, vinha enfrentando para instalar o novo *software* desenvolvido pela empresa dele. Não que ela não entendesse as exigências de administrar um negócio próprio, é que aquele era apenas o último de uma longa série de planos destruídos.

Ela esperara ansiosamente por aquela festa de casamento, pela oportunidade de desfrutar uma noite inteira nos braços de Ryan dançando sem parar — de preferência, seguida de horas de sexo ardente. Ela mal o vira nos últimos dois meses, e eles não faziam amor havia mais de três meses. Ela desejava *desesperadamente* uma noite de sexo intenso!

Cindy, a melhor amiga de Jenna, cutucou seu ombro.

— Olhe, aí vem Kurt, aquele advogado gostosão.

Jenna olhou ao redor e viu o advogado loiro de olhos azuis que sentara ao lado dela durante o jantar se aproximar de ambas, trazendo nas mãos um copo alto e duas taças *flûte* de *prosecco*.

— Olá, senhoritas. — Ele depositou os copos na mesa, depois apanhou os dois de vinho branco e entregou um para Jenna e o outro para Cindy. — Achei que gostariam de algo para beber.

— Obrigada.

Jenna apreciou a consideração dele, mas gostaria que o gesto houvesse partido de Ryan. Bebericou o vinho nervosamente, temendo que ele a convidasse para...

— Jenna, quer dançar? — perguntou Kurt.

Cindy, que havia tentado animar a amiga a noite inteira, cutucou o cotovelo de Jenna e seu olhar cor de esmeralda encorajava-a a aceitar o convite.

Jenna ignorou Cindy e fez que recusou.

— Obrigada, Kurt, mas acho que não.

O advogado segurou a mão dela e ergueu-a, fazendo Jenna dar um suave rodopio.

— Ora, vamos, Jenna. Sou ótimo dançarino — insistiu.

— Desculpe, mas estou envolvida com outra pessoa. Não acho certo.

— Uma dancinha só não tira pedaço — interveio Cindy.

Jenna não tinha tanta certeza assim. Ansiava por estar nos braços de Ryan, para ser querida e amada, mas ao mesmo tempo estava com raiva dele e se afundou numa miríade de pensamentos e sentimentos confusos. Na verdade, andava alimentando sérias dúvidas quanto a seu relacionamento.

Kurt levou a mão dela até seus lábios e depositou um beijo demorado sobre os nós de seus dedos, o que fez o coração de

Jenna bater mais depressa. Kurt era um homem extremamente atraente. Era, além disso, inteligente, sagaz e atencioso. Em resumo, uma combinação mortal. Caso ela se permitisse ser arrebatada por seus braços, poderia sentir-se tentada a esquecer que amava Ryan. Com várias taças de espumante já atenuando essa lembrança, mais o calor daquele homem atraente rodeando-a para conduzi-la até a pista de dança, ela poderia inclusive chegar à conclusão de que ser amada importava mais do que a pessoa que a amava.

Não que ela fosse para a cama com um cara que acabara de conhecer.

— Tem certeza? — perguntou Kurt.

Antes que ela pudesse responder, Mona, a mãe da noiva, aproximou-se e enganchou o braço no dele.

— Kurt, você me prometeu uma dança. — Ela sorriu para Jenna e Cindy. — Meninas, vocês não se importariam se eu o roubasse só um pouquinho, não é?

Cindy e Jenna conheciam Suzie e sua mãe desde os tempos de escola, e Jenna sempre simpatizara com aquela mulher exuberante e cheia de vida.

— Claro que não — respondeu Cindy.

— Volto já — prometeu Kurt, enquanto Mona o arrastava para longe.

— Quando Kurt voltar, você deveria ir dançar com ele — disse Cindy acenando para a dupla.

— Não deveria não. Na verdade, eu nem devia ter vindo à festa sem Ryan.

Embora ele não houvesse lhe dado muita escolha.

— Claro que devia ter vindo. — Cindy deu um tapinha no braço da amiga. — Só porque o sr. Chato não quer se divertir, não significa que você também não deva querer. Esse vestido novo sensacional não poderia ser desperdiçado.

Cindy sorriu na direção de três amigos do noivo que estavam parados no bar, olhando para elas.

— Se não quer dançar com Kurt, escolha outro. Todos os caras estão de olho em você.

Jenna deu de ombros. Havia notado que os homens a observavam, mas seus olhares de admiração só a deixavam ainda menos à vontade. Havia comprado aquele vestido apenas para atiçar o olhar de Ryan e mantê-lo focado nela e no que os dois fariam depois da festa.

— Seria ótimo se você encontrasse um cara novo para colocar no lugar dele justamente hoje, bem aqui.

— Cindy, eu não vou...

Cindy apertou o braço de Jenna.

— Eu sei, mas é uma pena. Você merece ser tratada de um jeito melhor.

— Ele só anda ocupado, só isso.

— Numa noite de sábado?

— Já lhe contei, ele está trabalhando. O novo *software* precisa estar em funcionamento na segunda de manhã. Ele ficou consertando os *bugs* nesses dois últimos dias e hoje à noite vai testar tudo. Amanhã mesmo pega um voo até Toronto...

— Num domingo!

— Sim, num domingo, para instalar o *software* novo e garantir que tudo funcione direito.

Depois, ele ficaria por aproximadamente mais uma semana em Toronto para treinar os usuários do novo sistema e estar à disposição caso outros problemas surgissem. Jenna não tinha ideia de quando o veria novamente.

— E no mês passado? E no mês anterior?

Jenna suspirou.

— Ele tem uma empresa para administrar.

— Sim, e você tem sua vida para viver, e tomara que não seja sozinha. Se ele não arruma tempo para ficar com você, qual é o sentido de estarem juntos?

As palavras de Cindy faziam eco dos pensamentos de Jenna das últimas semanas. Qual seria mesmo o sentido daquilo? Talvez Jenna só estivesse atrasando a vida de Ryan. Se ele se livrasse da cobrança dela de que devia encontrar mais tempo para ficarem juntos, poderia se atirar de cabeça no trabalho.

Jenna notou Kurt se aproximando.

— Lá vem ele — disse Cindy. — Tem certeza de que não quer...?

— Tenho.

— Tudo bem se eu for com ele?

Jenna sorriu.

— Claro. — Ela abriu a bolsa e remexeu lá dentro, tentando parecer ocupada para evitar o olhar de Kurt.

O sorriso dele arrefeceu um pouco, mas Cindy sorriu convidativamente para o moço olhou-o, convidativa..

— Cindy, vamos dançar?

— Adoraria.

Jenna observou os dois atravessando o salão até a pista de madeira envernizada. Enquanto Kurt tomava Cindy nos braços, Jenna ansiou por sentir os de Ryan em volta de seu corpo, os lábios nos dela, o corpo escorregando sobre o dela. Ansiou por sentir sua masculinidade dura deslizando para dentro dela.

Mas, acima de tudo, queria sentir-se novamente desejada por ele.

O calor do salão de repente se tornou insuportável. Ela inclinou a taça, bebendo o espumante de uma só vez, depois largou-a sobre a mesa e caminhou em direção à porta.

* * *

RYAN DIGITOU O COMANDO DE COMPILAÇÃO. Enquanto o resultado cintilava na tela do computador, sua mente vagou até Jenna. Conseguira passar várias horas sem pensar nela. Um novo recorde.

O que ela estaria fazendo naquele exato instante? Provavelmente rodopiando pela pista de dança nos braços de algum garanhão *sexy* e faminto por uma noite de paixão na cama dela. O ciúme atravessou-o, mas ele sabia, no fundo do coração, que podia confiar em sua Jenna.

Droga, como ele queria estar ao seu lado agora. Queria abraçá-la. Podia imaginá-la no vestido vermelho maravilhoso que ela comprara para usar no casamento, o tecido sedoso acariciando suas curvas, acentuando os seios generosos. Quando ela rodasse na pista, a saia se levantaria, revelando *flashes* excitantes das pernas compridas e bem modeladas. Ryan sentiu a virilha formigar ao pensar no corpo de Jenna movendo-se contra o dele, os seios pressionados contra seu peito, as mãos delicadas acariciando os ombros dele.

Depois de algumas músicas, ele sugeriria que os dois fossem até o apartamento dele, onde ele despiria aquele traje lindo para revelar o corpo nu deleitável. A adrenalina atravessou seu corpo quando imaginou os seios nus dela sob suas mãos, os mamilos se endurecendo nas palmas, empurrando-as como se desejassem fugir. Ele os levaria até a boca e ela gemeria baixinho. Seu pau pressionou a calça jeans, exigindo ser libertado.

Ryan passou a mão sobre o volume na calça. Droga, sempre que pensava em Jenna, seu corpo reagia como o de um adolescente tarado. Ele a desejava o tempo inteiro. Ela era uma obsessão.

Amor. Que maldito inconveniente isso podia ser.

Enquanto se lembrava das mãos dela afagando sua barriga, dos dedos dela em volta de sua ereção e, depois, dos lábios macios deslizando pela cabeça de seu pau, gemia. Não desistiria de Jenna por nada no mundo, mas simplesmente precisava encontrar o equilíbrio entre as coisas. Não podia passar o tempo todo com ela, não importava quanto o quisesse. Precisava fazer sua empresa dar certo. Precisava ser um sucesso. Como seu irmão, Jake.

Ryan ajeitou o corpo sob a calça jeans tentando aliviar a pressão. Sua ereção cedeu um pouco quando pensou em como seria constrangedor se o irmão ainda estivesse ali e notasse seu pau enrijecido. Graças a Deus, havia dispensado Jake meia hora antes, já que só faltavam uns poucos detalhes para acertar. Com certeza não havia necessidade de manter os dois ali.

Jake e Ryan eram engenheiros de *software*, mas cada um abrira a própria empresa. Ryan chamara o irmão para aquele projeto porque Jake tinha mais experiência com o sistema operacional utilizado por seu cliente, e estavam ocorrendo alguns erros estranhos de interface.

Ryan olhou seu relógio de pulso. 22h30. Se conseguisse terminar aquilo em meia hora, talvez ainda desse tempo de ir ao Westerly Inn encontrar Jenna na festa de casamento.

* * *

JENNA SAIU DO SALÃO DE BAILE DEIXANDO o brilho e o *glamour* para trás. À luz mais intensa do saguão, respirou fundo e suspirou. Olhou ao redor, hesitante.

Ultimamente Ryan nunca encontrava tempo para ela. Ela não conseguia entender por que ele recuara daquele jeito tão absoluto, mas os dois precisavam encarar os fatos. A paixão ardente que sentiam um ano antes havia diminuído aos poucos ao longo dos últimos meses.

Seu coração se apertou quando percebeu que estava prestes a tomar uma decisão com a qual vinha se debatendo havia semanas. Não queria ficar sozinha, andava se sentindo mais sozinha ao lado de Ryan do que jamais se sentira quando não tinha namorado.

Ela o amava, disso não tinha dúvidas, mas estava ficando cada vez mais claro que ele não retribuía aquele amor. Não o suficiente, pelo menos. Seu coração se condoeu quando finalmente começou a enfrentar a verdade.

Os dois pareciam se dar bem, mas qual era o sentido daquilo? O relacionamento já havia acabado. Ryan parecia estar apenas esperando que ela terminasse tudo, portanto, a decisão estava nas mãos dela.

Cindy saiu do salão seguida por Kurt.

— Jenna, está tudo bem?

Uma lágrima se brotou no olho de Jenna e ela a enxugou. Abriu a boca para dizer alguma coisa, mas sua garganta ficou sufocada e não pôde balbuciar nem uma única palavra.

Cindy sussurrou algo para Kurt, que desapareceu no meio da multidão da festa.

— Ah, minha querida. — Cindy enganchou o braço no de Jenna e levou-a até um canto sossegado, perto de algumas plantas altas. — O que foi?

* * *

JAKE CAMINHOU PELO SAGUÃO atraído pela música animada que vinha do salão de baile. Terminara de jantar no hotel e não sentira vontade de ficar ali sozinho ouvindo piano. Seu olhar pousou no perfil de uma belíssima jovem de vestido vermelho de cetim, que conversava com uma amiga. Ela parecia triste e ele adoraria envolvê-la em seus braços e conduzi-la pela pista de dança, na tentativa de fazer um sorriso aparecer naquele rosto lindo. Mas ele não era do tipo que entrava de penetra na festa dos outros, portanto decidiu apenas ficar por ali e observá-la um pouco mais.

Na manhã seguinte, ele acompanharia seu irmão gêmeo até Toronto para ajudá-lo a instalar um novo *software* na *Bryer Associates*. Ajudaria Ryan com os *patches* e com qualquer problema de última hora que porventura aparecesse durante a instalação do programa.

Jake viera de Montreal, onde morava, até Ottawa a bordo de seu pequeno avião Cessna. Ele e Ryan tinham se encontrado para almoçar e passaram a tarde inteira resolvendo os *bugs* do código de programação. Tudo estava arrumado e testado agora, mas Ryan, obsessivo como sempre, resolvera passar o resto da noite testando e retestando os itens do sistema.

No dia seguinte, iriam até Toronto para a reunião de negócios. Depois da instalação do programa, Jake voltaria no domingo, mas Ryan ficaria um pouco mais para garantir que tudo transcorresse dentro do esperado.

Naquele momento, porém, Jake queria relaxar e se divertir.

* * *

— Eu... — JENNA ENGASGOU, depois tentou de novo. — Não vai dar certo com Ryan, né? — Olhou para Cindy, e a linha apertada dos lábios da amiga lhe disse tudo o que ela precisava saber. As lágrimas abriram caminho até seus olhos. — Vou ter de... — Sua garganta se apertou, e ela abafou um soluço. Tentou respirar, depois continuou: — ...terminar com ele.

Ela odiava ouvir aquelas palavras em alto e bom som.

Cindy passou os braços ao redor de Jenna, abraçando-a com carinho.

— Querida, é uma pena.

Cindy se afastou, abriu sua bolsinha de cetim e tirou um lenço de papel. Entregou-o a Jenna, que enxugou os olhos de leve.

— Ele parece ter perdido o interesse por mim.

— Você contou a ele sobre suas fantasias sexuais, não contou?

— Sim, na semana passada.

— Incluiu aquela da virgem capturada pelo pirata?

Jenna fez que sim.

— E a do sexo com um estranho?

— Hã-hã.

Cindy balançou a cabeça.

— Não acredito que ele não tenha pulado em cima de você na mesma hora.

Jenna se lembrou de como Ryan havia se fechado ainda mais depois que ela lhe revelara aquilo, colocando uma distância ainda maior entre os dois. Em vez de se sentir excitado, estimulado a uma sessão de sexo ardente, havia encerrado a noite antes da hora e saído apressado.

— Então, quando vai dizer a ele? — quis saber Cindy.

— Assim que ele voltar, eu...

— Ai, meu Deus, Jenna, não acredito. — O olhar de Cindy se desviara e havia se fixado em algo atrás da amiga.

Um arrepio repentino subiu pela espinha de Jenna.

— Que foi? — perguntou. Depois, virou-se e viu um par de olhos azuis profundos observando-a.

Seu coração quase parou e um sorriso apareceu em seus lábios. *Ryan!*

* * *

A MULHER DE VERMELHO VIROU a cabeça, os cachos do cabelo escuro flutuaram de leve ao redor de seu rosto. Os olhos se prenderam aos de Jake. A respiração dele falhou por um instante quando os olhos dela se arregalaram; depois ela sorriu, transformando suas feições em uma imagem de beleza pura e etérea. Durante vários segundos os dois simplesmente ficaram se olhando. Até que ele se desvencilhou daquela troca de olhares sensual e caminhou na direção de Jenna. O sorriso de Jenna aumentou.

— Oi. Meu nome é Jake.

Ela o encarou, de cenho franzido. A amiga soltou um risinho, depois cutucou-a com o cotovelo e sussurrou-lhe algo no ouvido. Ele achou ter ouvido algo sobre uma fantasia com um estranho. O sorriso no rosto da jovem de vermelho aumentou mais ainda e ele torceu para ser ele o estranho que satisfaria aquela mulher, fosse qual fosse a fantasia dela.

— Meu nome é... Aurora.

— Prazer. — Ele ofereceu-lhe a mão e ela a envolveu com seus dedos num aperto de mão firme.

Jake levou a mão dela até os lábios e beijou-a, e a sensação da pele macia contra sua boca provocou um estremecimento em sua virilha.

A amiga riu de novo.

— E eu sou Cindy. — Mais uma vez, cutucou Jenna. — Bem, vou nessa. Vocês dois, divirtam-se. — E acrescentou enquanto seguia em direção ao salão de baile: — Prazer em conhecê-lo... Jake.

Ele assentiu educadamente para a jovem, depois voltou-se de novo para Aurora.

— Você está acompanhada?

Ela sorriu sedutora.

— Tinha um acompanhante, mas ele cancelou na última hora.

Ele levantou uma sobrancelha.

— Não acredito que um homem, em sã consciência, deixaria uma mulher linda assim sozinha.

Ela riu, e ele adorou o som de alegria pura entremeada com repiques de deleite na voz dela. Fez uma anotação mental: fazê-la rir com frequência.

Ouviu os acordes iniciais de uma música lenta e sensual.

— Gostaria de dançar?

— Adoraria.

Ele envolveu a mão dela na sua, usufruindo a sensação de seus dedos longos e finos entrelaçados nos dele, e conduziu-a até o salão à meia-luz, depois até a pista. Virou-se para olhá-la. O vestido vermelho pecaminoso se prendia a cada curva daquele corpo incrível. O decote tomara que caia aninhava seus seios cheios e redondos, depois o vestido se apertava ao redor da cintura fina. A saia se erguia suavemente ao redor dos quadris e seguia esvoaçante até o chão. Ela deu um passo à frente e ele a tomou nos braços, sentindo o coração acelerar. As mãos dela deslizaram por seus ombros e ela sorriu para ele, com olhos azuis orvalhados e gentis. Quando os dedos delicados tocaram os cabelos dele, uma comichão desceu pela espinha de Jake. Ela aninhou a cabeça contra o ombro dele e seu cheiro doce, herbáceo e delicado invadiu-lhe as narinas. Os lábios dela roçaram seu pescoço, fazendo que todos os sentidos dele se enovelassem num turbilhão.

Enquanto dançavam ao ritmo da música, ela se aninhou ainda mais nele — bem mais do que ele teria imaginado. A virilha dele se retesou quando os seios dela pressionaram seu corpo, os mamilos duros como bolas de gude contra o peito dele. As mãos de Jake roçaram os ombros nus.

Meu Deus, aquela mulher exercia um efeito poderoso sobre ele. Rezou para que a música não terminasse tão cedo, pois seria constrangedor sair da pista naquele momento.

CAPÍTULO 2

JENNA MAL PODIA ACREDITAR. Ryan fora à festa, no fim das contas. E fingir ser um estranho para realizar sua fantasia sexual era uma surpresa deliciosa, romântica e excitante. Seu corpo estremeceu ante o pensamento de que naquela noite fariam amor.

Com certeza essa era a intenção dele. A menos que decidisse ir embora correndo.

Ela colou ainda mais o corpo no dele, acariciando-lhe as costas. Podia sentir uma pressão avolumar-se contra seu ventre. A música terminou e logo uma outra mais lenta começou. Ele a conduzia pelo salão com confiança e graça. Jenna não fazia ideia do dançarino excepcional que Ryan era. Os acordes suaves foram substituídos por um ritmo mais animado. Ele relaxou o abraço, mas ela não queria perder aquela intimidade. Aproximou-se mais e, na ponta dos pés, roçou os lábios na orelha dele.

— O que eu quero mesmo — sussurrou — é ficar sozinha com você.

O pulso de Jake agitou-se diante daquela sugestão. Nunca havia conhecido uma mulher tão audaciosa. Ela aproximou-se ainda mais, pressionando sua ereção, que aumentava rapidamente, fazendo os hormônios dele explodirem rapidamente.

— Estou aqui no hotel. — As palavras de Jake saíram antes que seu cérebro tivesse tempo de intervir.

Ela encarou-o fixamente e ele pensou que talvez não a tivesse interpretado bem. Quem sabe ela apenas houvesse sugerido que saíssem para um drinque.

Jake prendeu a respiração, com medo de ter posto tudo a perder. Os olhos dela cintilaram e seu sorriso desabrochou mais uma vez. Ele suspirou aliviado.

— O que estamos esperando, então? — murmurou ela.

Jake girou-a e colocou-a bem a sua frente para esconder o volume imenso em suas calças, depois apontou para a porta. Os dois andaram apressados pelo corredor até chegar ao saguão, e foram direto para o elevador.

Ele apertou o botão para subir, depois passou o braço ao redor da cintura dela e puxou-a para perto. Por sorte, não havia mais ninguém esperando ao lado deles. Enquanto o painel da porta do contava os andares, ele acariciou-lhe o pescoço. Não conseguia acreditar que aquela mulher linda ia subir até seu quarto. Os dois nem se conheciam. Mesmo assim, não havia como negar a atração selvagem entre os dois. Será que ela havia exagerado na bebida? Ele não queria se aproveitar dela, mas ao mesmo tempo não queria deixá-la ir embora. Embora pudesse sentir o aroma sutil de vinho em seu hálito, ela não parecia nem um pouco embriagada.

Uma das mãos dela repousou na face externa da coxa dele e acariciou-a com dedos delicados. O pau de Jake latejou. Ele pousou o olhar na curvatura dos seios dela, acima do decote, e imaginou-se retirando o tecido vermelho para revelá-los em sua glória nua. Os mamilos espiavam sob o cetim brilhante. Ele fechou a mão em punho, para evitar a tentação de tocá-la.

Deus, que mulher *sexy*. Jamais sentira por alguém tanta atração quanto a que experimentava naquele momento.

O soar de uma campainha indicou a chegada do elevador. Quando a porta se abriu, ele a apressou para que entrasse. As portas se fecharam e os dois finalmente se viram a sós no espaço reduzido. Jake teve vontade de arrastá-la até tomá-la nos braços, devorar seus lábios, deslizar as mãos por todo seu corpo, mas se conteve. Não queria assustá-la.

Esticou o braço e enlaçou-a pela cintura, e ela se aninhou em seu corpo, afagando-lhe a orelha, enquanto os números passavam devagar – torturosamente devagar.

Para surpresa e encanto de Jake, Aurora não conseguia parar de tocá-lo. Acariciou os botões de sua camisa, depois brincou com o nó da gravata, ajeitando-a. Com uma das mãos envolveu-o pela cintura, enquanto a outra deslizava por seu antebraço, acariciando-o, e em seguida brincou com os pelos em volta de seu colarinho. Afagou-lhe o queixo e em seguida beijou o pomo pulsante na base de seu pescoço.

Estava ficando difícil respirar, e o sangue afluía para seu pau já intumescido. Ele queria tomá-la nos braços e beijá-la sem parar. Não, o que ele realmente queria era deslizar os dedos sob aquele tomara que caia sensual e puxá-lo para baixo, revelando os mamilos endurecidos. Depois, ele a reclinaria sobre seu braço e envolveria um dos bicos com a boca, para brincar com ele passando-lhe a língua até fazê-la gemer em êxtase.

A velocidade do elevador foi diminuindo e outro sinal sonoro alertou-o que as portas iam se abrir. Passou o braço ao redor da cintura dela e depois Jake conduziu-a pelo corredor até a porta de seu quarto, tentando acalmar os hormônios superagitados. Introduziu o cartão de plástico na ranhura da porta e em seguida retirou-o, mas fez isso depressa demais e uma luz vermelha se acendeu. Ela sorriu, pegou o cartão da mão dele e repetiu o processo. Assim que a luz verde acendeu, ela girou a maçaneta e abriu a porta.

— Que quarto lindo! — exclamou ela ao entrar, o olhar correndo pela decoração em tons de borgonha e ouro, destacada pela mobília de cerejeira escura.

— Espere só até admirar a vista.

Ele passou por ela e andou até a janela. Abriu as cortinas para revelar a fabulosa silhueta dos prédios da cidade abaixo, a impressionante arquitetura antiga do Château Laurier do outro lado do canal e o reflexo das luzes cintilando nas águas.

Ela se aproximou da janela, e o balanço de seus quadris fez o coração de Jake disparar. Ela pôs-se a contemplar a vista, mas ele não conseguia parar de admirá-la.

— Mmm. Lindo...

Ela se virou e seu olhar pousou na enorme cama de dossel *king-size*, parecendo aconchegante com a colcha de veludo cor de vinho. A coberta estava dobrada na parte superior para revelar lençóis de seda do mesmo tom. Um pequeno chocolate mentolado embrulhado com papel dourado pousava sobre o travesseiro.

Ela se aproximou dele. Jake pôde sentir o calor de seu corpo. Ela sorriu, sedutora.

— Bem, o que dois estranhos que estão loucamente atraídos um pelo outro fariam agora? — perguntou.

Ele sabia exatamente o que desejava fazer, mas, em vez disso, falou:

— Bem, eu poderia pedir champanhe e morangos, ou então...

— Ou, então, poderíamos fazer isso.

O calor espalhou-se pelo corpo dele ao ouvir o timbre sedutor da voz daquela mulher. Ela o acariciou no queixo, e o toque suave dos dedos delicados foram um delicioso presente para os sentidos de Jake. Ele teve vontade de envolvê-la em um abraço apaixonado, capturar seus lábios com fome ávida, mas esperou que ela desse o primeiro passo. As pontas dos dedos passaram por seus lábios, acendendo um fogo dentro dele, e então enlaçou-lhe o pescoço e puxou seu rosto para perto do dela. O primeiro toque delicado daquela boca deixou-o agitado. Os lábios dele formigaram, a mandíbula quase amortecia, enquanto a boca macia se movia sob a dele. Um desejo efervescente o invadiu, e seu pênis latejou.

Ela se afastou e encarou-o com o olhar admirado.

— Nossa, isso foi demais. — A voz dela, ofegante e *sexy*, fez o sangue dele ferver.

— Meus Deus, você deve ser a mulher mais sensual da face da Terra. — Ele respirou fundo, depois mergulhou de novo nos lábios dela. A sensação aveludada da boca sob a dele provocava sensações ímpares e maravilhosas. Seu coração disparou, deu cambalhotas. Sua ereção pulsava contra a calça de veludo.

— Hum... — Ela olhou-o, os olhos de um azul-prateado cintilando como a luz da lua sobre um lago ao pôr do sol. — Parece que você me quer.

As palavras ofegantes avisaram-no de que o desejo era mútuo.

— Você percebeu isso, né?

Ele voltou a tomar os lábios dela nos seus, sentindo o calor dentro de Aurora, seu cheiro adocicado, a receptividade suave de sua boca.

A mão dela deslizou sobre o peito de Jake, e ele percebeu que ela desabotoava sua camisa. Havia começado pela parte de cima, portanto, ele foi abrindo desajeitadamente os botões de baixo, até que acabou rasgando a camisa para abri-la, impaciente ao sentir as mãos dela sobre sua pele nua. Gostou quando as pontas dos dedos dela afagaram sua barriga, depois provocaram seus mamilos. Ela beijou-lhe o pescoço, depois os lábios foram descendo por seu peito. Ele prendeu a respiração quando ela lambeu um de seus mamilos, depois o sugou.

Ela voltou a se levantar e sorriu para ele, depois virou-se de costas com as mãos apoiadas na cintura.

— Você se importa?

Ele observou a nuca delicada, depois seu olhar desceu por suas costas até a borda do vestido vermelho. Então compreendeu que ela queria que ele abrisse o zíper do vestido. Segurou a peça pequenina entre os dedos e desceu-a lentamente, enquanto sua respiração se tornava mais e mais ofegante e difícil à medida que o tecido se abria expondo a pele de cor muito alva. Por mais que desejasse, resistiu ao impulso de tocar aquela pele recém-revelada, sabendo que se o fizesse arrancaria o vestido de uma vez e a possuiria ali mesmo no chão.

Ela desceu o vestido, ainda de costas para ele, exibindo a curva de sua cintura fina. Deslizou o tecido pelos quadris e deixou-o cair no chão. Ele sorriu com aprovação ao ver o pequenino triângulo de renda vermelha, a única coisa visível do fio dental extremamente *sexy* que ela usava, e então seu olhar correu pelas nádegas macias, bem torneadas e nuas.

Quando ela se virou, o olhar dele acariciou as suaves curvas femininas. O sutiã meia-taça de renda vermelha, que mal cobria os mamilos, pareciam oferecer seus seios para ele. A calcinha minúscula acentuava a curva longa e elegante de seus quadris. Ela correu os dedos pelo próprio corpo e fez uma pose *sexy*.

— Gosta do que vê?

Jake quase riu ao perceber a leve nuvem de incerteza nos olhos dela. Ela não podia estar falando sério.

Passou as mãos pelo corpo a sua frente, como ela havia feito momentos antes, deleitando-se ao sentir a pele sedosa.

— E como!

Ela sorriu e levou as mãos em direção às costas.

Ele a puxou para perto e beijou-lhe a têmpora, depois sussurrou:

— Deixe que eu a ajudo com isso.

Cobriu os dedos ocupados dela com os seus. Ela havia desabotoado três dos quatro ganchos apertados que prendiam o sutiã. Ele soltou o último e manteve-o no lugar por mais um instante enquanto acariciava a pele macia por baixo do elástico. Deu uma fileira de beijos suaves como murmúrios ao longo da parte alta do sutiã, ouvindo a respiração dela se acelerar.

Escorregou as alças do sutiã sobre a pele dos ombros, depois recuou enquanto ela afastava as taças de seu corpo, revelando seios cheios e arredondados. A ereção dele fez pressão contra o zíper da calça.

Jake começou a tirar o paletó, mas ela o segurou pelas lapelas e voltou a se aproximar de seu corpo. Abriu a camisa dele e os seios nus roçaram seu peito, depois pressionaram-se contra seu corpo enquanto ela o abraçava pelo pescoço e o beijava ardentemente. Os braços dele deslizaram em volta dela, as mãos acariciaram as costas nuas.

— Você gosta disso, não é? — murmurou ele no ouvido dela, movido pelos gemidos suaves e desejosos que ela soltava. — Ficar nua enquanto eu estou totalmente vestido.

Bem, certamente aquilo o excitava. E muito.

— Acho que é *sexy* — concordou ela.

— Quero ver você — pediu ele com urgência, segurando-a pelos cotovelos e aumentando a distância entre eles.

Ela recuou e rodopiou, dando um sorriso travesso, revelando uma fileira adorável de dentes brancos. Ergueu um dos braços e apoiou o outro por trás da cabeça, oscilando o corpo para a frente e para trás de um modo enfeitiçante. Voltou a aproximar-se dele, deslizando as mãos por baixo dos seios como se para levantá-los.

— Quer vê-los?

— Hum... Pode apostar que sim.

Os olhos dela se estreitaram quando ela sorriu ainda mais, depois ela roçou o braço na manga do paletó de lã elegante, a pele macia e clara contra o cinza-escuro.

— Quer *tocá-los?*

As mãos dele já estavam ansiando por isso. Precisou se controlar para não agarrá-los e apertá-los.

— Sim, eu adoraria tocá-los. — O tom sério de sua voz surpreendeu até a si mesmo.

O sorriso dela se suavizou, e rosto quase cintilou.

— Você me quer de verdade, não é?

O tom de admiração na voz dela o surpreendeu. Será que ela duvidava dos próprios encantos?

— Nunca quis tanto uma mulher. — Era a mais absoluta verdade.

Ela segurou as mãos dele e levou-as até seus seios. Sentir a carne quente e redonda preenchendo suas palmas tiraram o fôlego de Jake. Reverentemente, ele afagou os montes macios e brancos, e os mamilos se endureceram e cresceram.

— Você é incrivelmente linda.

Ele afagou as pontas dos mamilos pontudos com os polegares, e a respiração dela, entrecortada, agitou-lhe o sangue. Ele ansiava por tirar as calças e soltar seu pau irado e dolorosamente confinado, mas ao mesmo tempo desejava desfrutá-la um pouco mais.

Inclinou-se na direção dela e pegou um mamilo rígido com os lábios, depois provocou-o com os dentes.

— Ah, sim... — murmurou ela.

Com uma das mãos, ele segurou o seio magnífico e redondo enquanto provocava o mamilo com a língua, e a outra mão deslizou pelo ventre macio, envolveu-lhe a cintura e depois apertou uma nádega deliciosa.

— Hum... — Os dedos dela afundaram-se no cabelo de Jake.

Ele passou para o outro seio e repetiu o que fizera para excitar o primeiro. Quando ambos os mamilos estavam grandes, intumescidos, ele beijou-lhe a barriga, depois foi descendo, agachando-se diante dela. Os dedos femininos agarraram os cabelos dele com mais força. Ele passeou a língua por seu umbigo, depois continuou descendo. De joelhos, introduziu os dedos embaixo sob a borda rendada da calcinha e baixou-a devagar, expondo os pelos escuros e sedosos.

Ele afagou a carne rosada entre suas pernas. Olhou o brilho umedecido e afastou os grandes lábios com os polegares até ver o pequeno botão de seu clitóris. Tocou-o de leve com a ponta da língua.

— Ah... — gemeu ela.

Ele deslizou as mãos por seus quadris, envolveu-lhe as nádegas e beijou a carne macia e íntima, depois sugou-a de leve.

— Ah... venha aqui... — Ela puxou-o para que se levantasse e o beijou fervorosamente, arrancando-lhe o paletó e a camisa, descendo-os por seus braços.

Aqueles movimentos urgentes fizeram o sangue de Jake ferver. Ele se desvencilhou dos tecidos e a abraçou. Os dedos dela desabotoaram a calça de veludo e finalmente liberaram a pressão sobre sua ereção. Ele se livrou das calças, impaciente ao sentir a pele nua contra a dela. Aquela mulher o deixara tão excitado que mal conseguia se controlar.

Ela se agachou e puxou o cós da cueca de Jake para libertar de vez o seu pau. Em seguida desceu a cueca até o chão e ele terminou de tirá-la, chutando-a para um lado.

Os dedos dela envolveram seu pênis rígido e o afagaram. Ele quase ejaculou nesse mesmo instante. Afastou a mão dela e trouxe para si, colocando-a de pé.

— Querida, estou excitado demais para isso.

Beijou-a com intensidade.

— Eu também estou excitada — disse ela quando pararam de se beijar. — E muito molhada. — A respiração dela estava ofegante.

Lambeu o mamilo direito provocando-lhe ondas pulsantes e urgentes que invadiam seu corpo todo.

— Quero que isso demore — murmurou Jake quando ela tornou a segurar seu pau.

— Vai demorar. — Ela acariciou-o, com movimentos firmes.

— Da próxima vez. – Inclinou-se para ele e afagou-o sob o queixo.

— Quero você agora mesmo — sussurrou-lhe ao ouvido e em seguida murmurou: — Estou tão molhada que você poderia deslizar de uma vez só para dentro de mim.

As palavras dela e a respiração ligeira aquecendo-o no pescoço o deixaram insano de desejo. Ele levou-a até a parede, encurralando-a, e envolveu suas nádegas com as mãos, erguendo o corpo dela contra o dele. Ela guiou o pau duro até sua abertura e ele arremeteu para dentro dela.

— Ah, meu Deus, sim! — exclamou ela enquanto apertava-lhe os quadris com as pernas.

O calor do corpo dela o envolveu. Sua virilha retesou-se. Ela o levara quase ao gozo antes mesmo de ele que a penetrasse. Ele sabia que não havia como aquilo durar, mas precisava encontrar um jeito. Queria levá-la ao clímax antes de se satisfazer.

Ele saiu dela lentamente e depois, também muito devagar, voltou a encontrar. Ela moveu-se sinuosamente, quase fazendo-o se descontrolar.

— Rápido. E com força — insistiu ela.

— Mas...

Ela apertou mais as coxas em volta dele e arqueou o corpo para a frente.

Oh, Deus, tarde demais.

Ele lançou-se uma vez, depois outra, e ela gemeu de prazer. Graças a Deus, pensou Jake antes de entregar-se completamente. Continuou a arremeter, explodindo dentro dela.

* * *

JENNA DEIXOU A CABEÇA TOMBAR no ombro de Jake e suspirou, agarrada a seu tórax largo. O pau imenso contraiu-se dentro dela e ela comprimiu-o afetuosamente.

— Querida, isso foi incrível. — As palavras dele saíram sussurradas contra o pescoço dela.

Ele se contraiu num espasmo de novo e Jenna retesou as pernas em volta dele. Podia senti-lo avolumando-se novamente.

— Acho que você me quer mais uma vez — murmurou ela ao ouvido dele.

— Acho que nunca vou parar de querer.

O tom rouco de sua voz deixou-a extasiada. Ela nunca o vira expressar tanta emoção.

Ele pressionou seu pau crescente mais para dentro dela. Ela inspirou com dificuldade. Ele movimentou-se para trás e de novo para a frente, e ela o segurou com força enquanto o prazer intenso ameaçava lançá-la ao limite mais uma vez.

— Ah...

Ele arremeteu com mais força, e a respiração dela foi ficando cada vez mais ofegante enquanto ondas de prazer espalhavam-se por seu corpo. Sem parar, ele arremetia e arremetia. O pensamento coerente erodia como areia na praia enquanto ela se abandonava ao deleite sensual. Outro orgasmo a arrebatou, despertando cada uma de suas células.

Finalmente ela deixou a cabeça tombar contra o ombro dele de novo, sentindo o cheiro másculo almiscarado, desfrutando da sensação de seu pênis ainda ereto dentro dela. Colocou os pés no chão.

— Bem, garanhão, parece que você ainda tem um pouco de forças aí dentro.

Ele penetrou-a mais intensamente e beijou-a no pescoço, encontrando o ponto que a deixava louca de desejo. Sentiu a pele dela arrepiar-se.

— Com toda certeza. Mas agora quero conseguir tocar esses seus seios lindos por mais tempo e explorar em detalhes todo o resto de seu corpo.

Ela sorriu.

— Pode explorar à vontade, Fernão de Magalhães.

Ele recuou e ela suspirou ao senti-lo deslizando para fora de seu corpo.

Ele a conduziu até a cama grande e belíssima e deliciando-se com o toque pecaminoso da colcha de veludo borgonha contra suas costas. O olhar dele percorreu-a por inteiro e ele sorriu, cheio de admiração.

— Você é absolutamente linda.

Jenna sentiu o calor do rubor tomar conta de seu rosto. Ele sentou ao lado dela e acariciou seu maxilar, depois desceu o dedo ao longo de seu pescoço, indo até o meio do peito, entre os seios, e depois ao redor do umbigo.

— Absolutamente linda.

Ela não conseguia parar de olhar o peito largo e musculoso, com toques de pelos escuros e cacheados sombreando as planícies rígidas. Afagou a pele firme e rodeou um mamilo com a ponta do dedo.

Ele segurou seus seios com as mãos em concha, e então as pontas dos dedos encontraram seus mamilos, que se enrijeceram, arremeteram para frente, duros e desejosos. Ele se inclinou e tocou um deles com a língua. Lambeu primeiro o bico, depois rodeou com a língua a aréola, e então voltou a lamber a ponta. Ela gemia com aquela tortura deliciosa.

O mamilo endureceu-se, ansiando por ele. Jake passou para o outro mamilo e excitou-o do mesmo modo.

— Oh, meu Deus, isso é maravilhoso — murmurou ela.

Fazia tanto tempo que ele não a tocava assim. Na verdade, ele nunca havia exercido aquele efeito sobre ela. Mesmo depois de dois orgasmos, ela o desejava dentro de si outra vez.. Urgentemente.

Mas, acima de tudo, desejava a proximidade dele.

— Beije-me. — Ela abriu os braços, convidando-o a se aproximar mais.

Ele sorriu e deitou ao lado dela, puxando-a para perto enquanto ela o abraçava. Seus lábios encontraram os dela com doçura, numa pressão suave que atiçou um desejo profundo dentro de Jenna. A língua dela deslizou para encontrar os lábios dele, depois pressionou o interior de sua boca forte e masculina. A ponta da língua de Jake encontrou a dela, em seguida afagou-a por inteiro, até ambas as línguas se entrelaçaram em uma dança ondulante. O interior da boca dela formigava, e esse *frisson* estendeu-se para seus lábios e a mandíbula, fazendo estremecer todo o seu corpo.

A língua de Jake explorava o interior da boca de Jenna, que sentiu o coração acelerar. Sua mão acariciou o peito dele, adorando a sensação dos pelos ásperos e cacheados acariciando-lhe a palma era deliciosa. Ela deslizou até seu umbigo e trombou com a cabeça de seu pênis. Seu dedo foi da ponta até a base. Ela adorou a sensação da vara comprida levantar-se de repente contra sua mão, excitada.

Jenna envolveu-lhe as bolas cobertas de pelos e fechou as mãos ao redor delas, pressionando-as com suavidade e em seguida afagando-as. Ele gemeu, ainda beijando-a. A outra mão dela encontrou um dos mamilos dele e o apertou de leve, depois o atiçou entre as pontas dos dedos.

Ela afastou a boca da dele e sorriu, e então deslizou para sugar seu mamilo. Ele gemeu e ela sugou com mais força, depois passou para o outro e o segurou com os lábios.

— Querida, você sabe exatamente do que eu gosto. — Ele beijou-lhe a nuca.

— O que é impressionante, uma vez que somos completos estranhos — disse ela, para lembrá-lo da fantasia.

Fazer amor com um estranho. Que imoral! E altamente excitante! Ela o chupou com mais força e ele ofegou.

— Oh, querida, você é demais. — E então ele a deitou de costas e colocou-se sobre ela, prendendo-lhe os quadris entre seus joelhos.

Jake envolveu os seios dela com as mãos em concha e apertou-os, depois massageou-os até Jenna ficar ofegante. Sem dar trégua, abocanhou um mamilo rígido e rosado. Ela quase gritou de puro prazer.

Ele o atiçou com a língua enquanto provocava o outro mamilo entre os dedos. Ela esticou o braço e segurou o pau longo e duro, afagando-o à ponta, com movimentos ritmados, querendo que ele se sentisse tão excitado quanto ela.

Ele pegou-lhe as mãos e segurou-as acima da cabeça de Jenna.

— Querida, não quero pressa. — Ele sugou-lhe um dos mamilos até ela gemer alto, arqueando o corpo contra o dele, depois ele apertou o outro entre a língua e o céu da boca. Sorriu para ela. — Se você me apressar, vai perder isto.

Ele a soltou e deslizou as mãos pelas coxas dela, afastando-as, depois se inclinou para a frente e enfiou a língua em seu umbigo. Ela beijou o topo da cabeça dele enquanto ele escorregava ainda mais adiante, arrastando a língua por sua barriga. Os dedos dele tocaram sua vagina, afagando os grandes lábios, depois abrindo as dobras. Quando ela sentiu o toque da língua dele sobre sua carne úmida e quente, lambendo sua fenda, ofegou. Ryan raramente fazia sexo oral com ela, e ali estava ele, fazendo duas vezes na mesma noite!

Ele tornou a lamber, fazendo o desejo borbulhar pelo corpo dela. Uau... Esse Jake inventado com certeza tinha algumas vantagens.

Os dedos dele abriram ainda mais os lábios da vagina e acariciaram seu clitóris.

— Ohhhh — gemeu ela diante da sensação intensa.

A ponta da língua dele voltou a tomar o lugar de seu dedo e ele a incitou até as alturas vertiginosas do desejo. Ela se agarrou aos ombros dele.

— Ah, meu Deus, sim. Isso é maravilhoso. Ah, sim!

Ele rodeava e lambia, rodeava e lambia.

— Ohhh. Mais. Por favor, mais.

Ele deslizou as mãos pela barriga dela e afagou seus seios, acariciando-a com aquela língua maravilhosa em seu clitóris, fazendo-a vibrar com as fortes ondas de prazer que tomavam seu corpo.

— Maravilhoso... como você é bom nisso.

Os dedos de Jenna bagunçaram o cabelo dele, depois o seguraram com força. Ela quase se desmanchou em lágrimas diante do prazer intenso que experimentava. Todo seu corpo pareceu inchar, depois explodiu no orgasmo mais forte do mundo.

Enquanto ela ofegava, deitada, Jake beijou-lhe o ventre e subiu até o pescoço, depois se deitou ao lado dela, afagando sua orelha.

— Uau! Você é incrível. — Ela respirou fundo. — Isto é mesmo uma fantasia transformada em realidade.

Ele beijou-a no rosto.

— Você vai acabar me deixando louco.

Ela sorriu, travessa.

— Não vejo nenhum mal nisso.

Jenna afastou os joelhos de Jake e se acomodou entre as pernas dele. Pôs-se a acariciar seu pênis rígido da base à ponta, em seguida envolveu-o com mais firmeza, subindo e descendo algumas vezes, adorando o contato da carne dura em suas mãos.

Ela se inclinou para diante e deslizou a língua ao longo de todo o comprimento da vara, depois circulou a cabeça, alternando entre lambidas e batidinhas. Quando alcançou o ponto onde o prepúcio um dia estivera preso, lambeu e provocou, excitada pela respiração acelerada dele.

Ela enfiou a cabeça inteira na boca e girou os lábios ao redor do sulco. Ele gemeu enquanto ela continuava a agradá-lo com doçura. Jenna sentiu a cabeça inchar de leve e soube que em breve ele chegaria ao clímax.

— Querida, é melhor não...

Mas ela continuou a circular e dar batidinhas com a língua.

— Ah...

Ela sentiu o líquido morno explodir em sua boca. Continuou lambendo e contornando com os lábios até Jake desabar na cama. Engoliu tudo e sorriu para ele.

— E então, consegui enlouquecê-lo?

— Agora venha aqui – pediu ele.

Enquanto Jake a puxava para perto e a beijava, fazendo seus lábios dançarem com paixão, agradecia intimamente a sorte de haver encontrado uma mulher tão incrivelmente *sexy*. Seus braços a envolveram com força e a puxaram para junto de si. Então continuou a banhar seus seios com lambidas quentes e molhadas.

Sugou um dos mamilos, sentindo-o endurecer com o toque de sua língua. A respiração rápida e ofegante dela enquanto ele alternava entre um mamilo e outro fez seu pulso se acelerar. Mesmo tendo gozado dentro da boca quente e sensual poucos instantes antes, seu pau pulou para a ação, inchando e endurecendo contra a barriga dela.

Seus dedos foram até a abertura quente e macia dela e deslizaram para dentro. Ela parecia ser de veludo escorregadio. Não aguentou mais: moveu o corpo e seu pau impaciente tocou a entrada dela.

Ela desejava um amante fantástico, e ele tinha toda a intenção de corresponder.

Jenna moveu o corpo para a frente e a cabeça entrou. Ao sentir as profundezas aveludadas dela ao seu redor, Jake empurrou seu pau duro para dentro dela.

— Ohhhh, sim! — gritou ela.

Ele recuou, depois empurrou de novo. Ela se contraiu ao redor dele e ele quase perdeu o fôlego. Continuou entrando e saindo, entrando e saindo, sua excitação se acelerando com os gemidos de prazer crescentes dela.

— Oh, meu Deus, sim. Mais fundo!

Ele mergulhou, mais para o fundo e com mais força.

— Sim! — gritou ela. — Mais rápido.

Ele aumentou a velocidade e ela contraiu os músculos de sua vagina num ritmo pulsante, fazendo-o enlouquecer. Enquanto ele explodia dentro de Jenna, os gemidos de Jenna se transformaram em gritos entusiasmados de êxtase, dando origem a um berro longo e alto, de modo que ele não teve dúvidas de que ela havia chegado ao orgasmo. Mais de uma vez!

Ela caiu na cama, exausta, ainda abraçada a ele.

— Isso foi maravilhoso. — Ela parecia completamente saciada. — Você é mesmo um garanhão incrível.

— Obrigado. — Ele deitou de lado, puxando-a para perto de seu peito. — Você também é incrível.

Jenna se aninhou no corpo dele, relaxando completamente, satisfeita. Em instantes, havia caído no sono.

CAPÍTULO 3

JENNA ACORDOU SOBRESSALTADA. Estava escuro e o ambiente não lhe parecia familiar. Braços quentes e fortes a envolviam com firmeza, junto a um peito musculoso, definitivamente masculino. Ela olhou para o rosto a centímetros do dela, cujas feições estavam iluminadas pelo luar suave.

Ryan. Fingindo ser um estranho para realizar a fantasia dela. Seu coração se derreteu. Ela ficara completamente surpresa com a atitude dele. Não havia sequer percebido que ele prestara atenção quando lhe contara suas fantasias. Parte dela havia começado a acreditar que ele não dava mais a mínima para escutá-la.

Ele a havia realmente surpreendido, e que surpresa deliciosa. Na verdade, ela havia surpreendido a si mesma também. Na encenação, descobrira um lado seu que nem sequer sabia existir. Sorriu ao se lembrar da gata *sexy* e descarada em que havia se transformado. Ele com certeza gostara desse lado seu.

Acariciou o rosto dele, a barba despontando. Não conseguia acreditar em quanto ele havia sido diferente naquela noite. Quase como um estranho de verdade. Um estranho maravilhoso e pecaminosamente sensual.

Ele abriu os olhos e o coração dela disparou ao perceber a admiração com que ele a fitava.

—Olá. — A voz rouca e sonolenta pareceu-lhe incrivelmente sensual.

— Olá.

Ele puxou-a mais para perto. Quando seus seios tocaram o peito peludo, os mamilos se endureceram.

— Mmmm. Você é uma delícia — murmurou Jake.

Ele afagou seu pescoço e ela sentiu o sangue esquentar. Mordiscou o lóbulo da orelha dele, mas sua atenção foi desviada quando os dígitos azuis do relógio mudaram para indicar o minuto seguinte.

4h52.

— Oh, não.

Droga, ela precisava ir embora. Havia se oferecido para levar uns idosos do centro comunitário para comer panquecas no café da manhã. Não podia se atrasar.

— Preciso ir embora. Tenho um compromisso às oito.

Ela tinha de tomar banho e trocar de roupa. Começou a se libertar, mas ele apertou o braço ao redor de sua cintura.

— Espere aí. — Os lábios dele roçaram sua testa e o contato doce enfraqueceu os músculos dela. — Com certeza você terá tempo para isto.

A boca dele cobriu a dela e se moveu em uma persuasão doce, silenciosa, pedindo que ficasse, que esquecesse as responsabilidades e só pensasse nele e no êxtase que poderia encontrar em seus braços. Quando sua língua se juntou ao desejo afagando o interior da boca de Jenna, ela amoleceu o corpo. Seus lábios responderam, movendo-se contra os dele, e sua língua se juntou à dança. Sensações deliciosas fizeram seu corpo estremecer.

Uma parte pequenina e sensata dela olhou de novo para o relógio. 4h56.

— Mmm... — Sua voz foi abafada enquanto ela lutava para afastar a boca da dele. — Não posso mesmo chegar atrasada. — Ela colocou uma pequena distância entre eles, depois se rendeu à fraqueza e tornou a beijá-lo.

Ele foi dando beijos ao longo da linha do maxilar dela e afagou o sulco a base de seu pescoço, enquanto suas mãos passeavam ao longo do corpo dela.

— Tem certeza de que precisa ir agora?

Ela fez que sim, com um olhar suplicante. Se ele continuasse com aquilo, ela se derreteria em uma poça na cama e o deixaria fazer o que quisesse.

Ele deu um suspiro profundo.

— Certo, mas estou deixando você ir sob protesto.

Ela enrolou o lençol ao redor do corpo e tentou se levantar, mas ele puxou o tecido.

— Ei, isso não é justo — reclamou ele. — Se não posso fazer amor com você, pelo menos me deixe vê-la de novo.

Ela o olhou incrédula, com o rosto corado. Não era de desfilar nua por aí.

— Ora, vamos, querida. Não venha me dizer que é tímida. Não depois da noite passada.

Ele tinha razão. Estava sendo boba. Na noite anterior havia adorado desfilar nua para ele.

Levantou-se, deixando o lençol cair. Ao perceber o olhar de desejo dele, porém, saiu correndo até o banheiro, rindo alto, enquanto Jake se levantava de um pulo e corria até ela. Ele a alcançou e girou-a para que ficasse de frente para ele, beijando-a como se não houvesse amanhã. Entrou com ela no pequeno boxe e começou a ensaboar cada centímetro do corpo dela. Vinte minutos depois os dois saíram, ultralimpos e saciados. Por enquanto.

Jenna reuniu suas roupas e colocou a minúscula tanga vermelha. Ryan ajudou-a a prender o sutiã, depois subiu o zíper do vestido.

Ryan nunca havia sido assim tão atencioso, e ela adorou. Seguiu em direção à porta.

— Espere um segundo, Aurora. — Ele vestiu as calças. — Eu acompanho você até seu carro.

Ela sorriu ante o uso de seu nome de brincadeira, impressionada por ele ainda querer manter acesa a fantasia. Resolveu não perguntar sobre sua viagem a Toronto, nem fazer nada que estragasse o jogo.

Ele colocou a camisa, depois as meias e os sapatos.

— Certo, vamos.

Ela apanhou sua bolsa enquanto ele abria a porta. Àquela hora da manhã, o corredor do hotel estava vazio. Quando chegaram ao elevador, ele apertou o botão para descer e este se acendeu. Segundos mais tarde, a luz se apagou e as portas do elevador se abriram.

Os dois entraram e as portas se fecharam. Ela pressionou o botão do andar térreo. Os braços dele envolveram sua cintura e a puxaram de encontro ao peito. Seus lábios roçaram o pescoço dela.

— Que pena que você precisa ir embora.

Ela se derreteu contra ele e as mãos dele subiram até seus seios.

— Mmmm. É mesmo.

Enquanto ela olhava os números dos andares se acendendo um por um, sorriu. Um rápido olhar em seu relógio de pulso lhe disse que podia esperar mais uns minutinhos.

— Sabe, você se saiu tão bem ao realizar minha fantasia de fazer amor com um belo estranho que eu estava pensando... Quem sabe não me ajuda a realizar outra também.

As mãos dele apertaram os seios dela.

— Ah é? E qual seria?

— Sempre tive vontade de fazer amor com um estranho num elevador.

Ele se inclinou e apertou o botão vermelho de emergência. Ela sentiu o pau dele endurecendo contra suas nádegas enquanto o elevador parava.

— Adoraria.

Ele afagou a coxa dela, depois deslizou a mão para cima, puxando a saia junto. O grande volume de tecido envolveu as pernas de Jenna enquanto ele o reunia na mão. A maior parte se avolumou diante dela enquanto ele o fazia cair pelas laterais de sua cintura. Ela se inclinou para a frente, apoiou as mãos no espelho do elevador e sorriu para o próprio reflexo. Ele puxou o elástico da tanga, enfiando o tecido bem no fundo da fenda dela, e provocou-a, enfiando e soltando o tecido. Um de seus dedos deslizou por baixo do cetim da calcinha e chegou até seu clitóris, afagando-o.

Ela observou o olhar de êxtase em seu próprio rosto refletido no espelho enquanto se abandonava ao prazer. Ele deslizou dois dedos para dentro dela e continuou a estimular seu clitóris, cada vez mais rápido, levando-a à beira do gozo, depois diminuindo.

Ele enfiou os dedos por baixo do elástico da tanga e a puxou para baixo. Ela tirou a calcinha e observou pelo espelho enquanto ele abria o zíper da calça e tirava seu pau comprido e semiereto.

— Espere. — Ela se virou de frente para ele, depois se ajoelhou diante de Ryan, enfiando as dobras da saia entre os joelhos. Queria aquele pênis lindo em sua boca. Envolveu-o com as mãos e o levou até seus lábios, depois correu a língua ao redor da cabeça. Levou a cabeça enorme e roxa até sua boca e chupou com força, depois rodeou-a com os lábios, ouvindo a respiração dele se acelerar. Deslizou a língua para cima e para baixo, sentindo o pau dele crescer e endurecer dentro de sua boca. Ele afagava seus ombros enquanto ela o deleitava.

Ela passou as mãos por trás dele e envolveu suas nádegas fortes e musculosas, levando-o ainda mais para o fundo de sua garganta, apertando-o dentro da boca. Os músculos dele se retesaram nas mãos dela. Ela sabia que ele não aguentaria por muito mais tempo.

Ela apertou e movimentou seu pau agora completamente ereto, incitando um gemido profundo, masculino. Enfiou as mãos por baixo e encontrou seus testículos, então soltou o pau e lambeu as bolas com vontade.

Opal Carew

— Meu Deus, Aurora. Vou gozar a qualquer minuto.

Ela o chupou de novo, deslizando para cima e para baixo, cada vez mais rápido, apertando-o mais e mais. Ele explodiu dentro dela, seu sêmen pulsou garganta abaixo.

Jenna então soltou o membro flácido, encantada com o poder que tinha sobre ele. Levantou-se e abriu o zíper do vestido, deixando que ele caísse no chão do elevador.

— Ah, que garoto mais malcriado, amolecendo assim. Agora eu mesma vou ter de cuidar desses testes aqui. — Ela envolveu os seios com as mãos em concha e os apertou, depois abaixou a renda do sutiã e correu os dedos pelos mamilos. A dureza latejante a excitou.

Enquanto ele olhava com olhos vitrificados, seu pau começou a subir.

Ela correu os dedos pela barriga e então enfiou-os em sua abertura ultraúmida.

— Mmm. Molhadinha.

Ele segurou um dos seios dela e o acariciou, depois fez o mesmo com o outro. Sua boca abocanhou o mamilo e o chupou gulosamente. A excitação dela aumentou. A mão dele brincou com o outro mamilo até atingir uma dureza quase insuportável. Ele passou a mão por trás dela e desabotoou o sutiã, tirando a peça rendada do caminho.

Chupou o mamilo com força e rapidez. Ela gemeu com o prazer intenso. Quase seria capaz de gozar agora, mas queria senti-lo dentro de si.

Ela se virou, ficando de frente para o espelho de novo. Inclinou-se para frente, empinando a bunda para ele. As mãos dele circularam suas nádegas, afagando e provocando, chegando cada vez mais perto de sua vagina quente. Ela gemeu e finalmente os dedos dele deslizaram ao longo da abertura escorregadia. Ela sentiu a ponta do pau duro roçar sua xoxota, depois ele se enfiou dentro dela, a cabeça grossa e redonda alargando-a. Ela empurrou o corpo para trás e ele arremeteu para a frente.

Fantasias Gêmeas

— Oh, sim! — gritou ela.

Ele recuou, depois arremeteu de novo, dessa vez mais fundo.

— Oh, meu Deus! — Ela sentiu o início de um orgasmo.
— Mais forte.

Ele enfiou mais forte e mais rápido, metendo sem parar dentro dela. Ela observou o rosto dele no espelho, as feições contraídas, concentradas. O desejo pulsante inundou-a, liberando ondas de prazer que cresceram até virar vagalhões de deleite extático.

— Oh, meu Deus, oh, meu Deus, oh, meu Deus!

Ela saltava para cima e para baixo, cavalgando aquelas ondas, os seios oscilando para cima e para baixo. Parecia completamente devassa. Sua voz aumentava de intensidade com o prazer crescente que explodiu dentro dela como uma supernova.

As mãos dele envolveram os seios dela, puxando os mamilos, intensificando o orgasmo cataclísmico. Ela atirou a cabeça para trás e gemeu alto. Ele grunhiu e pulsou dentro dela.

Aos poucos, ela tomou consciência das mãos dele ao redor de sua cintura e aproximou as costas dele. Inclinou-se contra seu peito largo, apoiando a cabeça na dobra de seu pescoço, apertando seu pau com os músculos da vagina.

— Mmm. Isso foi espetacular — murmurou ela.

Ele acariciou sua bochecha.

— Acertou. — Seus lábios mordiscaram a parte de trás da orelha dela e ela soltou um risinho com as sensações trêmulas que se apoderaram de seu corpo.

— Preciso mesmo ir.

O pau dele saiu de dentro dela e ele girou o corpo dela para que o encarasse. Deu-lhe um beijo profundo, depois a abraçou com força. Ela se sentiu tão amada. Quando se separaram, o olhar dele se prendeu ao dela e ele sorriu.

— Foi realmente um prazer, Aurora.

Ela sorriu.

— Sim. Com certeza foi... Jake.

Ele apanhou seu vestido e a calcinha do chão do elevador e estendeu-os para ela, depois subiu o zíper da calça e arrumou as roupas.

— Eu gostaria muito de ver você novamente. — Ele a ajudou a prender o sutiã.

Ela subiu o vestido e o alisou. Ele ajustou a peça para que a parte de cima ficasse bem firme sobre seus seios, e o toque de seus dedos lançaram faíscas pela pele dela.

Ela apertou o botão do elevador e continuaram a descer.

— Mas, então, não seria mais uma fantasia com um estranho, não é?

As portas se abriram e ela entrou no saguão. O recepcionista os olhou, depois voltou a olhar para a tela do computador.

— Eu acompanho você até seu carro. — Jake passou o braço pela cintura dela. Os dois caminharam pelo corredor, depois saíram por uma porta lateral.

— Está me dizendo que não quer me ver de novo? — perguntou ele enquanto a seguia pela primeira fileira de carros.

Ela parou diante de seu pequeno Toyota Echo vermelho no meio da segunda fileira e destravou a porta.

— Se eu o visse novamente, então não seria mais um encontro casual com um estranho. Agora, se você fosse um pirata...

Ele a agarrou e a levou até seus braços para um beijo apaixonado.

— Posso ser um pirata.

— E seria um ótimo pirata, disso eu sei — respondeu ela, sem fôlego.

Ela olhou, então, para o relógio de pulso. 5h43.

— Preciso mesmo ir.

Ela estendeu a mão para a maçaneta da porta do carro, mas ele segurou a mão dela.

— Aurora, diga-me pelo menos seu sobrenome.

Ela riu.

— Você realmente está levando isso a sério, não é? — Ela envolveu as bochechas dele com as duas mãos e o beijou com doçura. — Muito obrigada por hoje esta noite. Você não sabe o quanto significa para mim.

Entrou no carro e ligou o motor.

Jake a observou, sentindo-se completamente impotente. Ela não o queria ver de novo. Sua barriga se revirou em um nó.

Ela olhou para o relógio.

— Se eu correr, não vou me atrasar. Espero que dê tudo certo em sua reunião em Toronto.

Enquanto ele a observava se afastar, gravou a placa do carro na memória e então suas palavras lhe subiram até a consciência. Como ela sabia de sua viagem a Toronto?

* * *

ESTAVA ATRASADA!

Jenna olhou o calendário na lateral da geladeira e contou de novo, sabendo que não encontraria nenhuma alteração em seus cálculos, mas refazendo-os mesmo assim.

Droga, definitivamente sua menstruação estava atrasada.

Afastou o cabelo do rosto enquanto desabava no banquinho creme e bege na frente de sua cozinha americana e afundou os cotovelos na bancada de carvalho. Olhou para o relógio acima da porta contando os segundos até o minuto seguinte, depois apanhou o pequeno dispositivo azul sobre o suporte de plástico na frente dela. Olhou para o mostrador, piscando. Um sinal positivo olhou-a de volta.

Recolocou o dispositivo no suporte e deixou o rosto cair entre as mãos.

Ah, meu Deus, ela estava grávida.

O telefone tocou e suas costas se enrijeceram. Foi até a mesa perto da geladeira e atendeu.

— E aí, garota, como vão as coisas? — Ao som da voz alegre de Cindy, Jenna começou a chorar.

Opal Carew

— Jenna, meu amor, o que aconteceu?

— Estou grávida — soluçou.

— Grávida? Achei que você e Ryan não estavam... Ah, mas teve o sábado passado.

— Isso mesmo. Sábado. E você me conhece. Sou um reloginho. Quando minha menstruação não veio na segunda, comecei a ficar preocupada. Estou quatro dias atrasada agora... e minha menstruação nunca atrasa. — Ela soluçou de novo.

— A não ser daquela vez, ano passado — lembrou Cindy.

Jenna começou a andar de um lado para o outro. O fio espiralado do telefone derrubou sua caneca de canetas, espalhando-as por toda a mesa. Colocou a caneca preta e dourada em pé e reuniu as canetas espalhadas enquanto falava.

— É, e tive aquele falso positivo.

— Eu lembro. Você comprou o teste duplo porque é mais barato e eu disse que não ia precisar do segundo.

— E você estava errada. — Jenna tamborilou com o lápis na mesa.

— Sugeri que você investisse o dinheiro extra em camisinhas, não foi? — retrucou Cindy com gentileza.

— Eu sei. Fui descuidada. Mas, quando se é tão regular quanto eu, é fácil acreditar que não vai acontecer.

— Foi o que você disse da vez passada.

Jenna enfiou o lápis dentro da caneca.

— E da vez passada eu estava certa — rebateu.

— Jenna, por que você se arriscou assim?

Ela afundou na cadeira em frente à mesa enquanto cenas daquela noite fabulosa passavam por sua mente. Encarou o vazio.

— Cindy. Imagine o quadro. Cinco da manhã. Sozinha num elevador com um estranho incrivelmente gostoso.

— Mmm. Tá, tudo bem.

Jenna sabia que Cindy estava imaginando a cena, provavelmente babando. Seus pensamentos voltaram para aquela experiência incrível e suas entranhas estremeceram.

— Ainda estamos falando de Ryan, não é? — confirmou Cindy.

— Claro que sim! — retrucou Jenna.

— Certo, beleza. Bem, vocês dois estão em um relacionamento sério. Ele provavelmente vai querer que as coisas passem para o nível seguinte. As coisas estão dando certo entre vocês dois de novo, não é?

Jenna pensou nos meses de negligência, depois pensou na fantasia sensacional que ele lhe proporcionara.

— Ele fez um esforço e tanto na semana passada para melhorar tudo, mas será que é suficiente? — O rosto dela caiu entre suas mãos. Oh, céus, isso não podia estar acontecendo com ela.

— Ele ligou para você durante a viagem?

— Não. — Jenna enrolou o fio do telefone ao redor no dedo. — Ele me ligou quando voltou, ontem.

— Quando vocês vão se ver?

— Amanhã à noite. — Jenna libertou o dedo do fio e observou o fio pular para um lado e para o outro. — Vamos sair para jantar.

— Você vai contar a ele?

— Sim.

— Vai casar com ele se ele a pedir em casamento?

Será? O casamento não necessariamente resolvia tudo. Se eles se casassem e ele mesmo assim continuasse mergulhado no trabalho, ela poderia muito bem acabar ficando sozinha. Será que ele estaria física e emocionalmente disponível para ela, casado ou não?

— Jenna?

Ela pousou a mão na barriga imaginando que podia sentir a nova vida se agitando dentro de si.

Queria que aquele bebê fosse criado com um pai presente em sua vida. Diferente do pai dela. Seus pais haviam se divorciado quando ela tinha apenas três anos de idade, e ela se lembrava de chorar desesperadamente, implorando ao pai que ficasse. Ele a abraçara, e ela se lembrava dele chorando também. Seu irmão mais velho, Shane, foi morar com o pai. Por dois anos ela os viu todos os fins de semana, mas então o trabalho de seu pai o obrigou a se mudar para Vancouver, do outro lado do país. Depois disso, ela passou a ver o pai e o irmão apenas duas vezes por ano.

O vazio que aquilo deixara em sua vida ainda a atormentava. Não poderia fazer isso com seu próprio filho.

— Sim. Vou.

CAPÍTULO 4

RYAN BATEU À PORTA DO APARTAMENTO de Jenna, ansioso por ver seu rosto de novo. O rosto que preenchia seus sonhos todas as noites, e seus sonhos acordados todos os dias.

Ela abriu a porta e um calor o invadiu. Os olhos dela brilhavam intensamente e seu rosto também parecia brilhar. Definitivamente passara tempo demais longe dela. O problema é que ele jamais queria se afastar de Jenna. Se fizesse o que dizia seu coração, estaria com ela o tempo inteiro, negligenciando tudo o mais, e desse modo sua empresa desceria ladeira abaixo. Todo o sucesso que ele obtivera com tanto sacrifício se dissolveria.

Ela havia se transformado em uma perigosa obsessão. Agora, entretanto, ao olhar seu rosto doce e reluzente, quase não deu importância a isso.

E era isso que o assustava mais que tudo.

— Oi.

Ela parecia meio reservada ao recuar para deixá-lo entrar. Fechou a porta e ficou parada, em silêncio, observou-o. O suéter azul-escuro e os jeans pretos que ela usava acentuavam suas belas curvas. Ele mal conseguia acreditar que uma mulher tão linda havia escolhido ficar com ele. Ele segurou sua mão e a puxou para junto de si, depois inclinou o queixo dela para cima e a beijou. As mãos dela envolveram a nuca dele, seus lábios macios responderam aos dele.

Os estremecimentos familiares tomaram conta de Ryan, mas ele os abafou, não querendo permitir que o dominassem. Havia praticado muito nos últimos meses. Caso se deixasse levar, em questão de minutos arrancaria as roupas dela e a deitaria no chão. Desejava muito possuí-la, com força e rápido, mas não seria justo para com ela. Ela merecia uma sessão longa e demorada de amor, que ele adorasse seu corpo da cabeça aos pés, que ele a fizesse mulher por inteiro e a satisfizesse completamente.

Ryan recuou e sorriu para ela.

— Como está minha garota?

— Bem — respondeu ela, mas ele percebeu hesitação em sua voz. Estaria ainda decepcionada por ele ter lhe dado o cano?

Ele a puxou e a abraçou, adorando a sensação do corpo dela contra o seu. Fazia tanto tempo que não sentia seu corpo nu contra o dele. Sua virilha endureceu ao pensar nisso. Essa noite fariam amor. Sem pressa, com vontade. Ele andara adiando isso por tempo demais, colocando o trabalho na frente dela por tempo demais. Mas só porque precisava saber se era capaz disso ou não. Precisava saber se amá-la não destruiria completamente seu modo de vida. Ficara arrasado por ter perdido o casamento. Pensara muito durante a viagem e percebera que não vinha sendo justo com ela. Precisava encontrar um equilíbrio em sua vida. Tinha de encontrar um jeito de amá-la e de ter tempo para construir a empresa de sucesso que tanto desejava. Pelo menos tão bem-sucedida quanto a de Jake.

* * *

ELE A LEVOU PARA JANTAR FORA. Um restaurante pequeno e acolhedor com iluminação a vela e decoração italiana. Durante o jantar conversaram sobre a viagem dele, depois ele lhe perguntou como ia o projeto social de saúde dela. Ela contou sobre as últimas alterações no sistema inicial para usar senhas numéricas na administração de novos medicamentos, mas, no geral, pareceu meio distraída.

Quase no fim do jantar, ele se viu cada vez mais ansioso para ir embora. Sabendo o que a noite lhes reservava, ansiava por voltar para casa e levá-la para a cama.

De volta ao apartamento dela, seguiu-a até a cozinha. Abriu o armário superior ao lado do fogão onde ela guardava o vinho.

— Tinto ou branco? — perguntou ele.

— O que você quiser.

Ele escolheu uma garrafa de seu Riesling preferido.

Ela abriu a geladeira e tirou uma garrafa de suco de frutas vermelhas e cítricas.

— Quer tomar sangria, é isso?

Se ela houvesse dito que sim, ele teria escolhido um vinho tinto. Ela muitas vezes tomava vinho misturado com suco — gostava desse suco específico de mix de frutas porque ficava gostoso com vinho, mas só com o tinto.

— Não, não estou com vontade de tomar vinho hoje, mas pode tomar.

Ele pousou a garrafa no balcão enquanto ela lhe entregava o abridor. Enquanto ele sacava a rolha, ela pegou duas taças azul-claras de um dos armários e encheu uma delas de suco.

Ele encheu sua taça de vinho branco e a acompanhou até a sala. Ligou o aparelho de som, escolheu uma rádio com música suave e depois se sentou ao lado dela no sofá, passando o braço por seus ombros.

Ela se afastou de leve.

— Ryan, precisamos conversar.

O estômago dele se revirou imediatamente. Segundo sua experiência, o único momento em que uma mulher dizia essas palavras era quando desejava romper um relacionamento.

Ele afastou o cabelo do rosto dela.

— O que foi, meu amor?

— Sabe, o casamento de Suzie era muito importante para mim. Acho que você não entende o quanto eu fiquei desapontada quando você não foi.

"Oh, não. Lá vem..."

— Eu sei, meu amor, eu sinto muito, mas...

— Mas a sua empresa é importante. Eu sei disso. — Ela apoiou as mãos no próprio peito, sobre seu coração. — Mas eu também deveria ter importância.

O brilho nos olhos dela denunciando lágrimas não derramadas quebrou o coração dele.

— E você é. Eu...

Ela fez um gesto para interrompê-lo.

— Espere, eu sei que você quer ter sua chance de falar as coisas, e vou escutar tudo que tem a dizer depois, mas, por favor, apenas escute. Preciso desabafar.

Ele segurou as mãos dela nas dele.

— Certo, pode dizer, Jenna. Estou ouvindo.

— Quando você não foi, fiquei muito desapontada. Magoada, na verdade. — Os olhos dela brilharam ainda mais, cintilando à luz do abajur.

O estômago dele se contraiu. Nunca foi sua intenção magoá-la. Ele não havia pensado naquilo nesses termos.

Ela tirou as mãos e se afastou ligeiramente, o que colocou certa distância entre eles.

— Eu... havia decidido que... bom, que a gente não estava dando certo.

Oh, meu Deus, ela ia mesmo terminar com ele. Ele sentiu a escuridão se fechar ao seu redor.

— Havia acontecido vezes demais. Seu trabalho parecia mais importante que eu, e se nós dois realmente tivéssemos de dar certo, não seria assim. — Ela remexeu as mãos sem olhar para ele. — E nós não fazíamos amor havia mais de três meses.

Três meses, duas semanas e cinco dias. Mas quem estava contando, afinal?

— Mas, no fim, aquela noite acabou sendo a melhor de minha vida. Realizar minha fantasia sexual foi intensamente excitante.

— Fantasia? — De que diabos ela estava falando?

— Sim, transar loucamente com um estranho no quarto dele. Foi fabuloso.

Ele olhou para ela, sem fala. Não devia estar entendendo bem. Com certeza ela não teria se permitido sair com um estranho. Não a sua Jenna.

A voz dela desceu um tom.

— Depois teve a do elevador. Meu Deus, aquilo foi... Uau.

O sangue de Ryan se congelou e ela apertou os dedos dele. O brilho nos olhos de Jenna era absolutamente torturante.

Ele se lembrava de ela ter lhe contado suas fantasias sexuais, mas não se lembrava de nenhuma incluindo um elevador — e tinha certeza de que se lembraria de algo do tipo. Precisara se conter, usar cada grama de disciplina que possuía para se impedir de atirá-la ao chão e possuí-la num arroubo de paixão selvagem. Ele quase falhara, mas por fim dera uma desculpa para sair antes da hora. Não poderia se permitir agarrá-la e arrancar suas roupas. E se a ferisse com sua quase loucura?

Droga. Apesar de a raiva aumentar ante a ideia de que ela fora infiel, ele não conseguia afastar a desolação em seu peito ao saber que a perdera. Seu relacionamento com Jenna era a coisa mais importante de sua vida — mas, mesmo assim, ele tentara controlar o namoro, mantê-lo trancado em um pequeno compartimento. Sentira tanto medo de que sua necessidade de estar ao lado dela sobrepujasse todas as outras coisas em sua vida; mas agora que a perdera, entendia que nada tinha nem a metade da importância de Jenna. Ele a negligenciara tanto que ela sentira necessidade de buscar amor noutro lugar. Perdê-la havia sido culpa dele, só dele.

— O fato é que, depois disso, eu decidi ficar com você.

A cabeça de Ryan rodou. Então ela não estava dando o fora nele? As emoções rodopiaram dentro dele, deixando-o tonto.

Lá estava ela dizendo que transara com outro homem — um completo estranho — e, contudo, o alívio o inundou por não a ter perdido, afinal.

Ela se inclinou e o beijou, depois o abraçou, apoiando a cabeça em seu peito. Ele envolveu a cintura dela com um dos braços e simplesmente permitiu que as sensações provocadas por seu corpo macio fluíssem por ele. Ele deveria protestar. Dizer quanto estava com raiva por ela ter dormido com outro homem. Mas, em vez disso, estreitou o abraço e a segurou ainda mais perto de si, sem querer deixá-la escapar.

Meu Deus, ele quase a perdera. Isso modificou suas perspectivas sobre tudo.

— Tem mais uma coisa que preciso lhe contar. Uma coisa importante.

"Uma coisa importante"? Que diabos ela considerava mais importante que decidir dar o pé na bunda dele e depois ir para a cama com outro?

Ela se desvencilhou dele e segurou suas mãos. Olhou-o nos olhos, e os olhos dela transpareciam tamanha aflição que ele teve vontade de abraçá-la e dizer que tudo ficaria bem, não importava o que ela tivesse a lhe dizer. Essa era a imensidão de seu amor. Essa era a imensidão da necessidade que ele tinha dela.

— Ryan, eu estou... — Ela hesitou e se remexeu, olhando para as mãos dos dois entrelaçadas. Afagou os nós dos dedos dele com os polegares.

O suspense estava levando Ryan ao limite.

— Diga logo, Jenna — implorou.

Ela levantou o rosto para olhá-lo bem dentro dos olhos.

— Eu estou grávida.

Grávida. Oh, meu Deus, e de outro homem. Ele sentiu o rosto perder toda cor.

Ela continuou encarando-o, e seus olhos começaram a brilhar. Enquanto ele deixava tudo aquilo assentar dentro de seu cérebro confuso, percebeu que as lágrimas haviam começado a fluir dos olhos dela.

— Oh, meu Deus, Jenna. — Ele a puxou para perto de si e a segurou com força, apertando os braços ao redor de seu corpo. — Jenna, meu amor.

Ele beijou o topo da cabeça dela e mechas macias de seu cabelo fizeram cócegas em seu nariz. Ela devia estar com medo que ele a deixasse depois de descobrir que o traíra. Aparentemente, ele havia feito um excelente trabalho escondendo quanto estava apaixonado por ela. Já que o pai era um estranho com quem ela passara uma única noite, ela provavelmente tinha medo de acabar criando o bebê sozinha.

— O que você quer que aconteça agora? — perguntou ele.

— Eu... eu quero que meu bebê tenha um pai.

Ai, meu Deus, será que ela tentaria encontrar o estranho, o pai do bebê? Ou, pior, será que ela esperava se casar com esse cara? Será que estava lhe pedindo que, com toda sua experiência em computadores, a ajudasse a encontrar o tal?

Mas ela acabara de dizer que queria continuar ao lado dele... Talvez só desejasse ter a guarda compartilhada do filho com o pai verdadeiro. A ideia de outro homem compartilhando com Jenna algo tão importante e íntimo quanto a criação de uma criança o arrasou. Aquilo até podia começar de modo inocente, mas partilhar momentos tão decisivos para a vida como ver o filho nascer, ouvir suas primeiras palavras, ver seus primeiros passos... Ryan sabia que essas coisas exerciam um efeito profundo sobre os pais. Como se não bastasse, ela ainda por cima estava obviamente atraída pelo cara. Se eles passassem muito tempo juntos, ela poderia acabar caindo nos braços dele mais uma vez. Ora, ela não havia demorado quase nada para ir para a cama com ele da primeira vez.

Da primeira vez. Que inferno, ele já estava pensando nela tendo um relacionamento duradouro com o sujeito.

Os dedos de Jenna se enrodilharam na manga da camisa dele.

— Eu... espero que você queira criar esse filho comigo. Espero que queira que nosso relacionamento seja duradouro.

O alívio o inundou e seu coração se inflou. Ele a afastou para olhá-la no fundo dos olhos azuis lacrimosos.

— Jenna, por acaso você está me dizendo que se eu a pedir em casamento você vai aceitar?

Ela olhou para ele e assentiu, com uma expressão de dúvida.

Ele a abraçou com mais força, depois a soltou e se ajoelhou. Pelo menos isso ele faria direito. Apoiado em um dos joelhos, segurou a mão direita dela e a beijou.

— Jenna, minha querida. — Olhou no fundo dos olhos dela. — Quer se casar comigo?

As lágrimas fluíam livremente pelo rosto dela agora. Ela assentiu, depois pareceu encontrar sua voz.

— Sim. — Ela se atirou nos braços dele e Ryan a abraçou o mais forte que pôde. — Sim, quero me casar com você. — Suas palavras suaves, sussurradas ao ouvido dele, tremularam por seu corpo.

Ele a abraçou por um longo tempo, saboreando sua proximidade. Por fim, colocou-a ao seu lado e pousou a mão na barriga dela, pensando na pequenina fagulha de vida que crescia ali dentro. Podia ser o filho de outro homem, mas ele o criaria como se fosse seu, e o amaria tanto quanto amava a mãe do bebê. Sua linda Jenna.

E nunca mais daria motivos para que ela buscasse amor nos braços de outro homem.

— Amanhã vamos comprar um anel para você. O anel de noivado mais lindo que encontrarmos. Podemos marcar o casamento para o mês que vem, para que sua barriga ainda não esteja aparente quando...

Sorrindo, ela se reclinou e tocou os lábios dele com seus dedos. Aquilo lançou tentáculos de calor que se espalharam por todo o corpo dele.

— Sim, sr. Organização, tudo isso parece ótimo, mas neste momento prefiro fazer outra coisa em vez de planejar nosso casamento.

— É mesmo? Achei que planejar o próprio casamento fosse a coisa mais empolgante da vida de uma mulher — provocou ele.

— Bem, há outra coisinha que acho mais empolgante. — Ela puxou o colarinho dele, depois enfiou as mãos por seu pescoço até chegar ao botão de cima da camisa e o desabotoou.

Ryan sentiu um fogo se acender nas profundezas de sua virilha e seu pau aos poucos começou a inflar. Ele desejava correr as mãos pelo suéter azul macio dela, sentir seus seios ainda mais macios através da lã fina. Seus dedos doíam de vontade de afastar aquela peça de roupa para acariciar a pele nua dela, encontrar seus mamilos e afagá-los entre os dedos até que se endurecessem e alongassem.

— Não tenho a mínima ideia do que possa ser. — Ele afagou o cabelo atrás da orelha dela abafando o desejo dentro de si para mantê-lo em um nível suportável.

Ela se inclinou para a frente e tocou com os lábios a linha da clavícula dele. Sua boca macia fez os sentidos dele rodopiarem. O inferno em sua virilha ardia com intensidade e seu pau duro doía muito nos confins da calça de veludo. Enquanto ela beijava o pescoço dele até chegar a sua boca, e em seguida afagava seu queixo, uma onda de desejo mais poderosa que um tsunami estilhaçou seu controle tão bem disciplinado. Ele segurou os dois lados de sua camisa e rasgou-a, fazendo os botões se espalharem por todos os lados.

Ela engasgou de surpresa, depois riu.

— Minha nossa, Ryan, você realmente está aprendendo a se soltar.

CAPÍTULO 5

A BOCA DELA COBRIU O MAMILO dele e Ryan gemeu ante a sensação da língua acariciando a pontinha, que se endureceu como uma conta. Sentiu a garganta seca. Correu os dedos pelos longos cabelos castanhos dela e as mechas sedosas acariciaram suas mãos. Ela afagou o peito dele, depois se concentrou na barriga. Pelo som metálico, Ryan percebeu que ela estava desabotoando seu cinto. O som do zíper descendo fez seu corpo estremecer. Como esperara por seu toque! Entretanto, como o negara por tanto tempo...

Segurou a respiração enquanto os dedos macios dela deslizavam para dentro de suas calças e envolviam seu pau, que crescia rapidamente. Soltou o ar depressa ante o toque delicado dela em sua carne dura e masculina. Deus, que delícia. Tirou as calças de uma só vez, com cueca e tudo, dando livre acesso a ela.

— Hum... — Ela o afagou da base até a ponta, depois passou a língua pela cabeça.

Ele gemeu ao sentir a língua tocar a base de sua vara, depois lambê-la por toda a sua extensão. Ela passou a língua por baixo do cordão da cabeça, depois fez dela uma flecha e instigou com pequenos toques o prepúcio. A sensação o atravessou como um raio, excitando cada terminação nervosa de seu corpo. Uma das mãos dela subiu por seu tronco até chegar ao mamilo, que ela apertou e afagou. Ele fez carinho no cabelo dela enquanto ela chupava seu pau, fazendo-o chegar à excitação máxima com os lábios. Ela o enfiou até o fundo da boca. Ele nunca entendera como ela fazia aquilo, mas ela era capaz de colocá-lo inteiro até a base, abrindo bem a garganta.

Enquanto ele sentia seu pau se mover no fundo da garganta quente e macia dela, precisou se controlar para não ejacular. Seria capaz de gozar ali mesmo, já sentia suas bolas se enrijecendo. Somente o desejo de prolongar aquilo, de sentir a xoxota quente e latejante abraçando seu pau, permitiu que se controlasse.

Ela subiu e desceu pelo pau dele por vários longos e sensuais momentos, levando-o até as alturas da excitação, e depois circulou a língua ao redor da cabeça.

Soltou o pênis de sua boca, deixando o ar resfriá-lo um pouco, e depois beijou a cabeça. Sua língua lambeu toda a ponta, dando batidinhas na pequena abertura, depois foi descendo pelo comprimento. Lambeu seus testículos e em seguida os sugou com a boca inteira.

— Oh, meu Deus, Jenna.

Ela sorriu para ele, lambeu sua vara como se fosse um picolé, depois tornou a cobri-lo com a boca inteira de novo, engolindo-o completamente. A boca dela se movia para cima e para baixo com vontade.

— Amor, vou gozar daqui a pouco.

Ela passou para a ponta e rodeou-a com a língua sem parar, cutucando o cordão embaixo da cabeça, fazendo-o enlouquecer. Deslizou a mão para cima até encontrar sua boca, envolvendo todo o pau com a mão. Depois o soltou por um instante.

— Então venha, meu amor — disse ela, e voltou a capturá-lo com a boca inteira de novo.

Ela chupou profundamente enquanto brincava com as bolas dele nas mãos. A virilha dele se enrijeceu e ele sentiu o calor atravessar todo seu corpo, que se retesou enquanto o sêmen fluía por seu pênis e em seguida disparava dentro da boca dela. Ficou sem fôlego diante da sensação de êxtase daquela liberação, pulsando dentro do calor de Jenna. Por fim, desabou para trás no sofá, e ela se aninhou ao seu lado.

Depois que ele recuperou o ar, afagou os cabelos dela e começou a levantar a barra de seu suéter.

— Agora é a sua vez.

Ela se levantou e puxou o suéter por cima da cabeça, deixando-o cair num montinho ao seu lado. O olhar dele se fixou no inchaço de seus seios enquanto ela levava as mãos para trás, para desabotoar seu sutiã de renda azul. Ela deslizou as alças pelos ombros e soltou a peça, que ficou presa apenas pelo atrito, provocando-o, até que finalmente ela a retirou, revelando seus seios cheios e redondos. As aréolas estavam duras, cada mamilo uma conta redonda e rígida. Ele lambeu os lábios, ansiando por correr a língua naqueles mamilos duros. Ela tirou o jeans, revelando uma calcinha minúscula de renda azul e cetim. Subiu sobre ele, colocando uma perna comprida e bem-feita ao lado de cada coxa de Ryan. Quando o cetim da calcinha dela, aquecida pelo calor de seu corpo, entrou em contato com o pênis flácido dele, fez que pulsasse de volta à vida.

Ele cobriu seus seios com as mãos, deliciando-se com o toque dos mamilos rijos empurrando-as. Ela se inclinou para a frente, segurando a cabeça dele com as duas mãos, oferecendo os seios para que ele se banqueteasse. Ele cobriu um deles com os lábios, adorando sentir a aréola se endurecer em sua boca; sentir o mamilo enrijecido contra sua língua definitivamente o acendeu. Ele cobriu o outro seio com a palma da mão, depois encontrou o mamilo e o afagou com a ponta do dedo.

— Mmm. Isso é tão bom — murmurou ela, a voz rouca.

Ela moveu os quadris para cima e para baixo, roçando o pênis crescente dele com o calor de sua feminilidade. A ereção aumentou rapidamente, e ele percebeu que aquilo estava indo depressa demais. Segurou os quadris dela e parou-a.

— Amor, vamos mais devagar. — Ele a puxou para junto do peito e a beijou. — Por que não vamos para o quarto?

Ela sorriu:

— Claro.

Jenna rolou para fora do sofá e ele a seguiu pelo corredor até a tranquilidade de seu quarto. Enquanto ele arrancava as três almofadas verde-claras da cama e as atirava na cadeira perto da janela, ela descia a calcinha azul minúscula pelas pernas, depois a atirou para um lado. Com um sorriso largo, ela se esticou no edredom verde, posicionando-se de lado, apoiando a cabeça em um dos braços, os seios comprimidos um contra o outro, uma das pernas dobradas, numa pose *supersexy*. Ele se sentou na cama ao lado dela e acariciou os cachos macios e escuros de seus pelos púbicos, incapaz de resistir, depois cobriu os seios com as mãos. Inclinou-se para a frente, e afagando a junção do pescoço e o ombro dela, achou o ponto que, ele sabia, a deixava louca.

Ela gemeu, fazendo estremecimentos atravessarem o corpo dele.

Jenna achou que estava no paraíso. Ryan a havia pedido em casamento. Queria ter o bebê. E agora estava fazendo amor com ela. Ela gemeu de novo enquanto suas mãos tocavam os seios dela, depois sua boca cobriu um dos mamilos. Ondas de prazer a atravessaram, indo direto até sua vagina.

Ele passou a língua pelo mamilo dela, depois circulou-a ao redor dele. O ar frio estimulou o mamilo a um endurecimento ainda maior quando ele passou para o outro seio. Um mamilo frio, o outro quente. Ah, tão quente. Ela arqueou a parte inferior do corpo, pronta para ser tocada lá embaixo. Queria agarrar a mão dele e colocá-la exatamente onde ela desejava, mas não fez isso. Esperaria, permitindo que ele se movimentasse sobre ela devagar, prolongando o prazer. Ele garantiria que cada parte dela fosse completamente explorada. Ela envolveu a ereção dele com a mão, bombeando-a, apenas para aumentar a urgência dele um pouquinho.

A boca de Ryan desceu enquanto suas mãos cobriam os seios dela, mantendo-os aquecidos e estimulados. Parou no umbigo, provocando-o com a ponta da língua. Uma das mãos acariciou sua boca e foi descendo; depois acariciou os cachos sob a barriga dela. A mão desceu mais ainda, acariciando de leve os lábios vaginais, depois a coxa. Voltou a subir, tocando de leve as dobras dela a caminho da barriga. Ela levantou a pelve para encontrar a mão dele, mas devagar. Gemeu.

Ele riu, depois acariciou mais embaixo de novo. Dessa vez, colocou a mão em concha sobre o monte de vênus dela, depois seus dedos afagaram a fenda úmida e ela gemeu de intenso prazer. A boca dele se moveu para baixo, parando para soprar os cachos dela. Com as duas mãos, ele abriu os lábios vaginais, depois tocou o botão endurecido de seu clitóris com a ponta de um dos dedos.

— Ah, sim — murmurou ela.

A língua dele substituiu seu dedo, e provocou e lambeu. Correntes elétricas a atravessaram. Os dedos dele deslizaram pela fenda, depois um se enfiou dentro dela enquanto sua língua pulsava e atiçava. Ondas de prazer a tomaram. Um dedo dele acariciou a parede da vagina, depois outro. A língua se movimentou mais rápido. Um terceiro dedo se juntou aos demais, e depois de um instante daquela combinação intensa de sensações, ela ficou sem fôlego, gemeu longamente e alto ao cair por um precipício em uma explosão de poderoso prazer.

— Você é tão linda, Jenna.

As palavras flutuaram pela consciência dela como se viessem de muito longe, enquanto ela retornava ao aqui e agora. Quando abriu os olhos, ele estava olhando para ela com uma expressão de enlevo.

— Tão linda.

O sorriso de Ryan a deslumbrou e a profundidade do sentimento nos olhos azul-escuros aqueceu sua alma. Ela abriu os braços e ele se aninhou dentro deles, tomando-a em um abraço apertado. Ela se aconchegou contra seu corpo, imensamente feliz ao pensar no bebezinho que crescia dentro de si, ao pensar que estava nos braços de Ryan. O pai do bebê. Seu futuro marido.

— Faça amor comigo, querido — murmurou ela no ouvido dele.

— Sem dúvida nenhuma, meu anjo doce.

Ele passou o corpo sobre o dela. Seu pau, inchado de desejo, caiu sobre a barriga de Jenna. A carne quente e pesada atiçou as terminações nervosas do corpo dela. Ele o segurou e o posicionou na frente da feminilidade dela. Ela abriu as pernas para recebê-lo. Ele deslizou para dentro, até a cabeça abrir sua carne, depois se inclinou para a frente e a beijou. Um beijo doce e amoroso, mas tão apaixonado que a levou de uma simples excitação a um desejo que ultrapassava os limites da alma.

— Oh, querido, ponha tudo, enfie bem fundo e com força.

As palavras dela flutuaram nos ouvidos de Ryan, fazendo que ele arqueasse as sobrancelhas e seu sangue fervesse.

— O que você disse? — perguntou enquanto se inclinava para a frente, dando a ela um pouco do que estava pedindo.

— Eu disse bem fundo e com força.

Ele se inclinou para baixo e a beijou, depois empurrou mais um pouco para dentro. Ela envolveu o corpo dele com as pernas e tentou fazer que entrasse tudo.

— Fale mais, querida — sussurrou ele ao ouvido dela. — O que é mesmo que você quer?

Ela sorriu.

— Quero que enfie seu pau grande bem fundo dentro de mim.

As palavras dela atravessaram Ryan. Ele não conseguia acreditar em quanto era excitante ouvi-la dizendo essas coisas. Queria mais.

— Que tipo de pau?

Ela revirou os olhos e riu.

— Tá bem, quero que enfie seu pau *enorme* dentro de mim, sem parar.

Suas palavras eram bastante convincentes e fizeram que o corpo dele enviasse mais sangue ao seu pênis inchado, até ele ficar duro como uma pedra.

— Quero que meta com força e depressa — insistiu ela, entrando no espírito da brincadeira.

— Jenna, adoro quando você diz coisas assim.

Ele a recompensou mergulhando dentro dela, até a base. Ela gemeu com aprovação, depois ele começou a bombear, fundo e com força, como ela havia pedido.

Ela segurou as barras verticais de madeira da cabeceira da cama e levantou o corpo para receber as arremetidas.

— Você nunca falou assim antes.

— Só daquela vez. Ohhh. — Ela o apertou mais com as pernas, arqueando o corpo para que ele entrasse ainda mais fundo. — Quando você era Jake.

Ele perdeu o ritmo por um momento, quase brochando, mas aí ela o apertou com os músculos da vagina e gritou:

— Vou gozar, Ryan. Enfie com força e bem fundo.

Ele sentiu seu próprio orgasmo pulsando por seu corpo, depois engolfando-o completamente enquanto a bombeava num ritmo constante e rápido. Ela soltou um longo grito de prazer.

Ele soltou-se sobre Jenna, depois virou de lado, puxando-a para perto. Ela se aninhou em seu peito. Ele a abraçou possessivamente, obcecado pelo fato de ela haver mencionado o nome de seu irmão. Ele nunca havia falado de Jake para ela. Durante toda sua infância e adolescência as pessoas confundiram Jake com ele. Às vezes Ryan tivera a impressão de que não tinha identidade própria. Quando conheceu Jenna, não quis que ela conhecesse Jake para não correr o risco de ela confundir os dois, nem mesmo por um momento. Queria ser único e especial para ela.

Lutou contra a vontade de perguntar por que ela havia mencionado o nome de Jake, sabendo que devia ter medo da resposta, muito embora ele não tivesse ideia de qual seria. Afagou o cabelo de Jenna afastando quaisquer dúvidas e respirando fundo.

— Jenna? Você me chamou de Jake?

— Hmmm? — Ela parecia sonolenta. — Não, chamei você de Ryan. — Ela se aninhou mais para perto. — Eu te amo, Ryan.

As palavras dela reverberaram por sua alma. Jenna o amava. Ele apertou-a em seus braços. Devia ter escutado errado. Havia acabado de pedir em casamento a mulher que amava. Isso devia ter disparado suas inseguranças mais profundas, o medo de que essa mulher o deixasse para ficar com seu irmão. Isso havia acontecido várias vezes quando ele e Jake eram adolescentes. Não que Jake roubasse intencionalmente as mulheres de Ryan: elas é que pareciam se sentir atraídas pela natureza mais relaxada de Jake.

Droga, aquele homem havia feito uma fortuna desenvolvendo um jogo de RPG para computador, pelo amor de Deus. Havia feito fortuna se divertindo. Como Ryan poderia competir com isso? Ryan, aquele que todos descreviam como o sério, que cortava todos os "t" e punha todos os pingos nos "i". Agora ele poderia afastar essas inseguranças. Jenna o amava. Havia escolhido casar-se com ele, não com Jake.

Claro, ela ainda não conhecia Jake, e Ryan faria tudo para que não conhecesse, pelo menos não antes do casamento. Nem sequer lhe contaria que tinha um irmão gêmeo. Não que ele não tivesse confiança no relacionamento dos dois, é que preferia ser cauteloso. Certo, talvez estivesse um pouco inseguro com o relacionamento. Afinal, ela estava carregando o filho de outro homem. Não fazia sentido dar chance ao destino.

Relaxou, adorando a sensação de estar envolvido pelo corpo dela.

— Oh, Ryan, estou tão feliz. — Ela segurou a mão dele e a levou até sua barriga. — Vamos ter um filho.

Um filho de outro homem. A ideia de um estranho fazendo amor com Jenna o arrasou. Pelo menos não havia sido Jake. Droga, se ele não houvesse sido um idiota e negligenciado Jenna por tanto tempo... Havia sido tão besta.

Ele beijou o topo da cabeça dela.

— Mmm. Que bom. — Ela se aninhou mais perto.

Ele encontraria um jeito de equilibrar o trabalho e o lar e garantir que ela se sentisse querida. Não a perderia, nem para Jake, nem para ninguém.

CAPÍTULO 6

Jake segurava o grande envelope pardo lacrado enquanto olhava a vista panorâmica da janela de sua cobertura. As luzes da cidade cintilavam ao seu redor.

Não conseguia parar de pensar na mulher incrível que lhe fornecera fantasias sexuais para uma vida inteira.

Aurora.

Seu corpo se enrijeceu ao se lembrar das mãos macias afagando seu peito com olhos brilhantes de desejo. Imaginou-a em pé na frente dele agora, depois se inclinando, abraçando-o e beijando-o. Ao pensar nos lábios fartos dela sobre os seus, os seios luxuriosos pressionados contra seu peito, os mamilos se endurecendo em contato com sua pele, sentiu a virilha contrair. Sorriu ante a lembrança do sorriso travesso dela quando deslizou pelo corpo dele e abriu suas calças. Seu pau endureceu quando se lembrou dos lábios deliciosamente pecaminosos envolvendo-o.

Droga, toda vez que pensava nela, o que parecia ser o tempo inteiro, caía naquele mesmo estado. Loucamente excitado e malditamente frustrado.

Desejara vê-la de novo, ficara à beira do desespero para reencontrá-la à medida que as semanas foram se passando depois da noite que tinham vivido juntos. Tanto que finalmente contratara alguém para rastreá-la. Dera a um detetive particular o número da placa do carro dela. Dez minutos antes, um mensageiro fora lhe entregar o relatório.

O relatório que estava no envelope que agora segurava nas mãos. Ele havia esperado impaciente por aquilo, havia sonhado em rasgá-lo e arrancar o conteúdo, abrir a pasta e revelar tudo que precisava saber para entrar em contato com a mulher de seus sonhos.

Mirou o envelope, correndo os dedos pelas beiradas.

Porém, por algum motivo, agora que o tinha nas mãos, não conseguia encontrar forças para abri-lo. Bateu o envelope contra o joelho. Era loucura. Ele havia pagado um bom dinheiro para obter esse relatório. Mais importante, ele vibrara dolorosamente. Nunca na vida desejara uma mulher com tanta força. A ideia de nunca mais vê-la lhe doía bem mais que apenas o desejo físico. Pegou o abridor de cartas na mesa e o enfiou por baixo da aba, depois cortou a abertura. Precisava encontrar aquela mulher.

Virou o envelope de cabeça para baixo e uma pasta de papel manilha deslizou cerca de dois centímetros para fora. Ele a segurou e puxou o restante, depois colocou-a sobre a mesa a sua frente. Sua mão escorregou sobre a pasta, saboreando o momento. Depois que abrisse aquele arquivo, poderia apanhar o telefone e ligar para ela. A ideia de ouvir de novo sua voz atiçou suas emoções. Melhor ainda, ele poderia pegar seu avião particular e voar até Ottawa naquela noite mesmo. Aparecer na porta da casa dela. Ver o olhar de surpresa em seus olhos.

Imaginou Aurora abrindo a porta e vendo-o a sua frente. Ficaria surpresa, claro, mas o que mais? Incomodada? Irritada? Talvez assustada, achando que ele seria uma espécie de perseguidor?

Ele bateu a mão sobre a pasta.

Droga.

Ela lhe havia dito que não queria vê-lo de novo, e por mais que odiasse, precisava respeitar seus desejos. Enfiou a pasta de volta no envelope e andou pela sala com o relatório nas mãos. Por fim, caiu em sua *chaise* de couro perto da lareira.

Esmurrou o braço da cadeira. Droga! Não conseguia entender. Como seria possível que ela não o quisesse ver de novo? A noite que passaram juntos teria significado tão pouco para ela?

Correu as mãos pelo cabelo. Não, não era justo. Ela lhe dissera que aqueles momentos significaram muito para ela, mas que desejava manter tudo no plano de um encontro entre estranhos. Ela o usara apenas para realizar uma fantasia sexual, mas havia sido bem sincera quanto a isso. Não o havia enganado, nem de longe.

O peito dele se apertou.

Para ela podia estar tudo bem, mas ele ficou com um desejo que não podia ser saciado. Seu dedo correu pela abertura rasgada do envelope. Pensava nela noite e dia. Seu corpo doía por ela. Sua alma ansiava por ela.

Tudo que precisava fazer era abrir a pasta. Os segredos dela residiam ali dentro.

Uma imagem surgiu em sua mente: ela tirando o vestido vermelho acetinado, revelando seus seios cheios e redondos. Seu pau inchou, pressionando com força seu jeans. Ele se lembrou da sensação de seus seios macios em suas mãos, da xoxota aveludada e úmida quando ele passara a língua por ela e depois encontrara o botão de seu clitóris no meio das dobras.

Ele se reclinou na cadeira e abriu a braguilha do jeito que lembrava que ela fizera. Seus dedos delicados haviam afagado sua vara. Enfiou a mão por baixo da cueca e sacou o pau, afagando-o como ela o fizera, mas seus dedos grandes e ásperos não transmitiam a mesma sensação que os dela. Envolveu seu pau com firmeza e subiu e desceu, do modo como se recordava que os lábios quentes dela haviam deslizado por ele, lembrando em seguida o calor de sua boca rodeando-o. Bombeou vigorosamente ao lembrar o modo como ela o colocara até o fundo da garganta. A ideia de deslizar para dentro de sua vagina quente e molhada fez que ele disparasse sêmen em sua mão enquanto atingia o orgasmo com um gemido.

Oh, Deus, ela havia sido tão *sexy* — e doce. Ele se lembrou dela aninhada junto a ele na cama, bem pertinho. Lembrou-se do cheiro gostoso de seu cabelo. Morangos e coco. Lembrou-se da sensação delicada de seus lábios gentis sobre sua pele.

Fechou os punhos. Obcecado. Estava obcecado.

Pegou um punhado de lenços de papel de uma caixa na mesinha lateral e se limpou, depois enfiou o pênis flácido de volta nas calças e subiu o zíper.

Droga, droga. Ele havia se apaixonado por ela.

Ele era um homem movido por seus instintos. Não devia ser nenhuma surpresa para ele ter se apaixonado à primeira vista. Ou melhor, ao primeiro encontro de uma espécie extremamente erótica. Não estava apaixonado pelo sexo. Ela havia sido espontâ-nea, sensual, divertida. Seria o tipo de mulher que o manteria sempre ligado, uma constante surpresa. Com certeza absoluta, seu tipo de mulher. E percebera nela uma natureza profunda-mente amorosa.

O fato de ela ter realizado suas fantasias sexuais com ele lhe dizia que estava à vontade com sua sexualidade e que os dois sempre manteriam aceso o sexo entre eles, sempre repleto de novas experiências. Com toda a certeza ele faria de tudo para que ela não saísse por aí buscando estranhos, nem nenhuma outra pessoa, para satisfazer essas fantasias. Ele seria o último estranho com quem ela havia se divertido.

Talvez ela não o quisesse ver, mas sua intuição precisava valer para alguma coisa. O fato de ter se apaixonado significava que ele tinha o direito de conversar mais uma vez com ela. Mes-mo que, depois de vê-lo, ela decidisse não lhe dar outra chance, ele tinha o direito de pelo menos tentar conquistá-la.

O telefone tocou. Jake andou até a mesa e o atendeu.

— Alô.

— E aí, mano. Como vai?

Ryan. O olhar de Jake pousou no envelope de linho cinzen-to que Ryan enviara e que estava apoiado na foto de família sobre sua mesa. Sorriu ao se dar conta de que estaria em Ottawa naquele fim de semana para comparecer ao casamento do irmão. Então, poderia procurar Aurora.

— Já resolveu tudo com papai e mamãe? — perguntou Ryan.

— Sim, consegui as passagens e vou pegar os dois para levá-los ao aeroporto.

Os dois conversaram sobre alguns detalhes do fim de semana e sobre meios de transporte. Sua gata, Sam, pulou sobre a mesa e miou, depois enfiou a cabeça sob a mão dele, pedindo para ser acariciada. Enquanto a conversa avançava, Jake percebeu que não seria justo pensar em contatar Aurora tão cedo.

Ryan finalmente havia conseguido arrumar sua vida e encontrara uma mulher para amar. Estava namorando havia mais ou menos um ano, e Jake se pegara imaginando se ele juntaria mesmo os trapos dessa vez ou se a deixaria escapar, como tantas antes dela. Ryan tinha a tendência de focar demais o trabalho e pouco o amor.

Essa ironia não passou despercebida para Jake. Ele estava ali pensando nas dificuldades amorosas de Ryan — mas, pelo menos, o irmão não tivera de contratar um detetive para encontrar uma mulher que vira apenas uma noite.

A conversa terminou e ele e Ryan se despediram.

Jake sorriu ao desligar o telefone. Pegou Sam e colocou-a sobre os ombros, depois a afagou da cabeça à cauda em toques longos e suaves. Seu irmão ia se casar e Jake sentia-se feliz por ele. Naquele momento, esse deveria ser o foco de Jake — o casamento do irmão —, não sua própria vida amorosa conturbada. Ryan merecia toda a atenção de Jake, e, se ficasse pensando no encontro futuro com Aurora, um encontro que colocaria toda sua futura felicidade em risco, não estaria exatamente concentrado no irmão e na felicidade que Ryan havia encontrado.

Jake esperaria até depois do casamento. Encarou o envelope de papel pardo sobre a mesa e bateu com o indicador sobre ele.

— Mas, cuidado, Aurora, porque na semana seguinte ao casamento, vou encontrá-la.

Abriu a gaveta da mesa e enfiou o envelope ali dentro.

* * *

JENNA ESTACIONOU O CARRO NA rua Nicholas, na esquina do hotel, depois colocou uma ficha no parquímetro. Puxou a gola do casaco para cima para se proteger da chuva fraca e correu em direção ao semáforo, evitando as poças maiores. Quando a mão vermelha mudou para um homem verde andando, atravessou a rua movimentada e seguiu para oeste na Daly, até chegar à entrada do Westerly Inn. Ao se aproximar da entrada, um porteiro abriu a porta para ela e ela entrou. Balançou a cabeça e depois afofou o cabelo, que havia ficado ligeiramente úmido pelo chuvisco lá fora.

Atravessou o grande saguão e a multidão de hóspedes, dirigindo-se ao escritório do gerente com um humor quase tão cinzento quanto o tempo. O casamento seria dali a quatro dias e ela não via Ryan havia três semanas. Ele deveria ter voltado de Paris três dias antes, com bastante tempo para ajudá-la com os últimos detalhes, mas tinha se atrasado e só ia chegar no dia seguinte.

Por sorte, ela havia terminado antecipadamente seu contrato de consultoria para o serviço social de saúde, portanto tinha os dias livres para cuidar de todos os preparativos necessários. Só daria início ao seu próximo contrato — desenvolver um curso de treinamento para as ferramentas do *software* novo de uma empresa — depois da lua de mel.

Era um ótimo trabalho. A empresa, Quixote, conhecia o trabalho dela, pois havia usado seus serviços várias vezes antes, e concordara que ela trabalhasse em casa. Eles só precisariam do curso pronto dali a seis meses e ela sabia que levaria apenas dois para desenvolvê-lo; portanto, teria chance de ir com calma e tirar uma folga no meio do caminho, se necessário. Isso com certeza manteria o nível de estresse baixo enquanto ela e Ryan estivessem se adaptando à vida juntos e se preparando para a chegada do bebê.

O barulho de seus saltos no chão de mármore parou quando ela saiu do saguão e entrou em um corredor acarpetado à esquerda da recepção. Enquanto se aproximava da porta de carvalho marrom com a palavra EVENTOS disposta em letras douradas, um homem grande e corpulento com bigode escuro e cabelo cacheado surgiu no corredor diante dela. Reconheceu-o: o gerente da área de eventos, senhor Deluse.

— Ah, senhorita Kerry. Pontualíssima. — Ele sacudiu a mão dela. — É ótimo vê-la novamente. — Olhou para o corredor, atrás de Jenna. — O senhor Leigh virá se encontrar com a senhorita?

— Não, receio que não. Ele está em Paris.

As sobrancelhas peludas do gerente se ergueram.

— E não levou a senhorita junto?

— Não que eu não quisesse, mas com nosso casamento para daqui a apenas quatro dias... — Ela deu de ombros.

— Sim, é claro. — Ele fez um gesto em direção a uma das poltronas de couro borgonha diante de sua mesa e ela se sentou. — Tantos detalhes. Mas é uma pena, não é?

Sim, era mesmo. Ela teria adorado ir. Não só porque conheceria Paris, mas porque estaria com Ryan de novo. Ele partira duas semanas antes, mas estava fora da cidade havia mais tempo que isso.

E, como se não bastasse, a gravidez trouxera algumas mudanças desconcertantes para seu corpo. No começo, ela percebeu que seus mamilos haviam se tornado extremamente sensíveis. O mero roçar do tecido sobre eles a deixava louca de tesão. Certo dia no trabalho, seu seio roçara a beira de uma pasta quando ela se esticara para apanhar algo na prateleira de cima da estante. Isso fizera que seus mamilos formigassem intensamente e ela enfiara a mão por baixo do *blazer* para acariciar um deles, duro, enquanto se imaginava fazendo um boquete em Ryan deitado em sua mesa, ali mesmo em seu escritório. Seu rosto ficara vermelho quando sua colega de trabalho, Sal, entrara na sala e fizera alguma piada sobre ela estar sonhando acordada. Por sorte Jenna estava de costas para a porta, portanto, a mulher não pudera ver sua mão enfiada por baixo do *blazer*. Com a torrente de hormônios em seu organismo, ela agora parecia estar com tesão o tempo todo.

Assim que Ryan chegasse à casa dela, tencionava atirá-lo na cama e trepar com ele com vontade.

— Nosso *chef* de *pâtisserie* criou uma nova sobremesa que gostaria que você experimentasse. Daqui a alguns instantes ela vai mandar uma amostra para cá.

Jenna se remexeu na cadeira fazendo força para que as imagens de Ryan, deitado de costas na cama enquanto Jenna subia e descia sobre seu pau grosso e duro, fossem embora. As sensações imaginadas de sua vara de aço deslizando pelas paredes sensíveis de sua vagina não queriam se afastar.

O senhor Deluse abriu a pasta sobre a mesa, etiquetada Kerry-Leigh.

Olhou para ela.

— Está tudo bem, senhorita Kerry? Seu rosto ficou corado.

O rosto dela ficou ainda mais vermelho ao ouvir aquilo.

— Tudo bem — murmurou ela.

As palavras dele foram como um balde de água fria, permitindo que ela afastasse as distrações sexuais de sua cabeça.

O olhar dele se demorou mais um pouco sobre ela, os olhos castanho-escuros cheios de preocupação; depois, voltou a olhar os papéis.

— Pedi uma cesta de flores para o quarto de sua mãe, conforme o senhor Leigh solicitou — continuou ele. — Estará lá quando ela chegar nesta noite. O *chef* preparará uma excelente cesta de frutas *gourmet* para o quarto de seu pai, amanhã. Seu noivo é bastante atencioso por pensar nessas coisas.

Ryan com certeza era atencioso... quando estava por perto. A raiva borbulhou dentro dela por Ryan tê-la abandonado, deixando-a tão frustrada sexualmente.

O senhor Deluse remexeu o interior da pasta por um momento, depois olhou para ela, parecendo igualmente irritado.

— Gostaria que a senhorita revisasse os centros de mesa, mas meu assistente mexeu nesta pasta. Com licença, um segundo, por favor.

Ele se levantou e saiu apressado da sala, deixando-a sozinha com seus pensamentos.

Ryan havia sido tão maravilhoso nas primeiras semanas depois de pedi-la em casamento! Fora extremamente atencioso e passara quase todas as noites com ela, além dos fins de semana. Ela quase (só quase) se sentira sufocada. Como poderia, se ele estava se esforçando tanto? Então, ficara claro que ele estava negligenciando o trabalho no escritório, e as coisas começaram a sair do controle.

Seu assistente ligara certa noite quando Ryan não estava, porque havia ido pegar uma pizza. Aparentemente, Ryan andava adiando viagens a Toronto, onde precisava solidificar planos para desenvolver outro *software* para a Bryer Associates. Além disso, ele precisava ler e responder uma pilha de relatórios para manter a equipe trabalhando de modo eficiente. Também havia outro serviço que necessitava sua atenção e que exigia que ele viajasse até Paris. Ela não tinha todos os detalhes, mas sabia que algo precisava ser feito. Quando Ryan voltou com o jantar, ela lhe disse que ele precisava cuidar dos negócios. Não queria que tudo desmoronasse por causa dela. Isso não faria bem a nenhum dos dois.

Infelizmente, Ryan supôs que aquilo fosse uma permissão para ignorá-la totalmente.

Ela interrompeu esse pensamento sabendo que não estava sendo exatamente justa. Ele estava tentando resolver um monte de pendências e fazer que o assunto de Paris andasse para que seu assistente e os funcionários mais destacados pudessem dar conta de tudo. Assim, aquilo não tomaria mais tarde todo seu tempo e sua atenção, e ele poderia se concentrar nela e no bebê.

O plano era que, até a data do casamento, a carga de trabalho dele reduzisse até um nível razoável e ele fosse capaz de trabalhar em horário normal, deixando as noites e os fins de semana livres para passar o tempo com ela e o bebê, quando ele ou ela chegasse.

Jenna torcia para que isso realmente acontecesse.

* * *

JAKE PEGOU O CARTÃO-CHAVE que o recepcionista do hotel lhe entregou e se dirigiu aos elevadores. Fez um gesto para dispensar o carregador que se ofereceu para transportar sua mala: só levava uma malinha de mão. Sua bagagem havia sido extraviada pela companhia aérea. Ali estava um ótimo motivo para preferir viajar em seu próprio avião quando ia para Ottawa; porém, dessa vez, viera com seus pais. E sua mãe não embarcaria de jeito nenhum no aviãozinho dele, preferindo o conforto e a estabilidade dos jatos comerciais.

O táxi deixou os dois na casa de Ryan e depois prosseguiu com ele até o hotel. Ryan ainda estava em Paris, mas os pais tinham a chave da casa dele. Engraçado Ryan não ter sugerido, como em geral fazia, que ele ficasse por lá também. Provavelmente devia ser só uma superstição pré-casamento. Na verdade, não tinha importância nenhuma, porque Jake sempre recusava a oferta com educação e se hospedava em um hotel. Não que não amasse o irmão; simplesmente preferia ter seu próprio espaço.

Enfim, fosse como fosse, os dois filhos enlouqueceriam caso ficassem na mesma casa com os pais agora. Principalmente quando a mãe comentava com Ryan a respeito dos sucessos de Jake, coisa que ela sempre se sentia inclinada a fazer. Jake sabia que Ryan se ressentia por ele ter se dado tão bem com o Finale Alley, o jogo de RPG para computador que havia criado por diversão mas que ganhara grande popularidade, tornando-se o mais vendido da América do Norte. Jake sabia que obter um sucesso tão grande se devia, em parte, à sorte; porém, Ryan parecia acreditar que Jake detinha algum conhecimento superior do ramo empresarial, ou de mercado, ou algo do tipo. Jake tinha consciência de que a única coisa que possuía era bons instintos. Instintos que, ele sabia, seu irmão também tinha. Ryan só precisava parar de pensar em tudo até os mínimos detalhes e ouvir mais sua intuição.

Enquanto Jake atravessava o saguão até os elevadores, viu uma mulher de terninho azul; mais especificamente, teve vislumbres de suas pernas bem-feitas pela abertura na frente da saia comprida e reta quando ela andava. Permitiu que seu olhar de apreciação subisse em direção ao contorno da saia, seguisse a linha do *blazer* até a cintura fina e depois até os seios generosos.

Lindos. O olhar continuou subindo, passando pelas curvas pelos cabelos castanho-escuros brilhantes e macios, indo até os ombros e, depois, o rosto.

CAPÍTULO 7

O coração de Jake comprimiu-se e ele quase tropeçou.

— Aurora.

O olhar da mulher se voltou para ele e ela parou, com olhos arregalados.

— O que você está fazendo aqui? — perguntou.

O coração dele parou. Será que ela sairia pisando duro de raiva? Ele relaxou ao ver um sorriso lento e doce se abrir em seus lábios.

Ela andou até ele, atravessando os poucos metros entre os dois, e seu sorriso brilhava ainda mais. Ela se inclinou para ele, apoiando a mão sobre seu braço. Seu toque delicado o encheu de alegria. O cheiro de seu cabelo e o calor estonteante de seu corpo fez que ele ficasse quase tonto.

— Você me chamou de Aurora — murmurou ela ao seu ouvido. — Será que isso quer dizer o que eu estou imaginando? — Ela levantou as sobrancelhas.

Claro que ele a chamara de Aurora. Do que mais deveria chamá-la? Será que ela queria que ele a houvesse chamado de querida, ou de meu amor? Ele não podia chamá-la de gostosa em um saguão cheio de gente. Podia? Com ela e suas fantasias, nunca dava para ter certeza. Meu Deus, que jeito ela tinha de deixá-lo sem chão.

— Hã... o que você está imaginando? — perguntou ele.

Ela olhou para a mão de Jake e seu sorriso aumentou ainda mais ao ver o cartão-chave.

— Pelo visto, exatamente o mesmo que você. — Segurou a dobra do cotovelo dele e se virou na direção do elevador. — Uma noite de sexo ardente para Aurora e Jake.

O pênis dele saltou em alerta com aquelas palavras.

Ela apertou mais o braço dele contra o seu enquanto caminhavam, seu seio quente roçando provocantemente o corpo dele.

— Que fofo. Eu realmente precisava disso.

Ela *precisava* disso. O coração dele foi às nuvens, confiante de que isso significava que ele tinha uma chance de convencê-la a começar um relacionamento com ele.

Ele apertou o braço de Aurora.

— Fico feliz.

Jake esticou o braço e apertou o botão do elevador, rezando. Quando dobrou novamente o braço, roçou a frente do seio dela. Sentiu o mamilo se empinar e um gemido baixo escapar dos lábios dela. Olhou para seu rosto. Os olhos dela estavam semicerrados e suas faces, coradas. Seu olhar encontrou o dele e seus olhos, escuros e intensos, derramavam sexualidade. A adrenalina percorreu Jake ao pensar no que aconteceria quando eles entrassem em seu quarto. Torceu para o elevador chegar logo.

Ela se inclinou mais para perto e beijou-lhe o rosto enquanto aguardavam.

O elevador chegou com um sinal sonoro. Saíram da frente para dar passagem a cinco pessoas. Uma mulher com uma adolescente e um menino de uns dez anos entrou no elevador, seguida por Aurora e Jake. Dois executivos se juntaram a eles antes de as portas tornarem a se fechar.

Jake olhou para seu cartão-chave e para o número escrito à mão sobre ele: 1.525. Apertou o número do andar. A maciez do corpo dela contra a lateral do seu fazia seu desejo continuar ardendo. Apenas o fato de haver outras pessoas no elevador o impedia de trazê-la para seus braços e fazer um repeteco da última vez em que estiveram juntos num elevador, embora a lembrança de enfiar dentro dela enquanto observava-lhe o rosto se contorcendo de prazer no espelho tenha feito que o trajeto se tornasse extremamente desconfortável, pois seu pau latejante tentava escapar de todo jeito. O elevador parou no sexto andar e um homem saiu, depois a família saiu no décimo. No décimo quinto, quando a porta se abriu, ele passou o braço em volta de Aurora e os dois saíram. A porta se fechou atrás deles.

As suítes de luxo quase sempre ficavam no fim do corredor, mas havia duas em cada andar, uma em cada ponta; portanto, ele conferiu a placa presa na parede em frente ao elevador para ver qual direção deveria seguir. A número 1.525 ficava à esquerda.

Enquanto seguiam pelo corredor, ele puxou o colarinho, sentindo de repente muito calor. Dessa vez, não a deixaria escapar; daria um jeito de conseguir vê-la de novo.

A mão dela pousou em seu braço. Ele cobriu a mão de Aurora com a sua.

— Preciso conversar com você sobre um assunto — disse ele.

Ela o olhou, e a luz em seus olhos arrefeceu um pouco.

— Sério? Isso não pode esperar? — Ela olhou para ele com olhos azuis arregalados. — Estive muito tensa nos últimos dias e adoraria que nos curtíssemos um pouco antes de lidar com outros assuntos.

Pela primeira vez ele percebeu que ela parecia cansada. Sua mandíbula parecia tensa e havia olheiras embaixo de seus olhos. Ficou imaginando o que a poderia estar estressando, mas resolveu deixar as perguntas para mais tarde.

— Claro — concordou.

Os dois pararam diante da porta do quarto.

— Faz tanto tempo que não nos vemos, e senti tanto sua falta. — Ela passou o braço pela cintura dele e apoiou a cabeça sobre seu ombro enquanto ele introduzia o cartão na abertura da porta.

Dentro dele um furacão desabrochou, fazendo suas emoções rodopiarem sem parar. Ela havia sentido falta dele. Sua confiança de que ela concordaria em continuar o relacionamento saltou um ponto para cima. Torcia para que ela quisesse um relacionamento sério.

De preferência, para sempre.

Ele abriu a porta.

Assim que entraram e fecharam a porta, ela atirou os braços ao redor dele. Ele deixou a malinha cair no chão e apertou Aurora com força.

— Senti tanto sua falta. — Ela colocou as mãos no rosto dele e lhe deu um beijo estalado, depois se aninhou contra seu corpo.

Jake ficou ali abraçado a ela afagando suas costas enquanto ela o segurava com força pela cintura.

— Está tudo bem, querida?

Ela olhou para ele, os olhos brilhando enquanto lágrimas ameaçavam cair. Ela assentiu.

— Sim. É que eu te amo tanto.

Ele sentiu a respiração ficar presa em seus pulmões. Ela o amava?

Um sorriso largo apareceu no rosto dele. A mulher que ele amava o amava também. Seria possível a vida ficar ainda melhor?

Ele a puxou mais para perto, apertando-a com tanta força que de repente teve medo de esmagá-la. Afrouxou o abraço e olhou para seu rosto doce. O rosto que assombrara seus sonhos.

— Querida, eu também te amo.

Ele teve vontade de dizer que queria se casar com ela, que queria ficar com ela para sempre, mas se conteve. Agora teria tempo, e o usaria para conhecê-la melhor, para construir um relacionamento de confiança e amor que seria a base para a vida a dois.

Ela recuou e ele viu lágrimas correndo de seus olhos. Seriam aquelas lágrimas porque ela não encontrara um meio de vê-lo de novo? Teria ela pensado que jamais se veriam novamente? Uma satisfação extrema derramou-se dentro de Jake ao pensar que ela devia ter sentido tanto sua falta quanto ele a dela.

Sacou o lenço e enxugou suas faces molhadas, depois estendeu-o para ela. Ela enxugou os olhos.

— Desculpe, ando meio sensível esses dias.

— Tudo bem. — Ele afagou a bochecha dela com ternura. — Você tem direito.

A mão dela cobriu a dele e o brilho de seus olhos ao encarar os dele deixou Jake sem fôlego. Ela o beijou, um ligeiro roçar de lábios, depois sua boca se transformou num sorriso maroto. Os dedos dela voaram até o botão de cima de seu *blazer* e ela o abriu, depois abriu o segundo, o terceiro e por fim o último. Pegou-o pela gravata, bem abaixo do nó, e recuou até a cama, deitando-se nela com ele.

— Agora, *Jake*... — Soltou sua gravata e tirou o *blazer* completamente, atirando-o em seguida ao chão. — Vamos ao que interessa.

* * *

Jenna não conseguia acreditar que Ryan a surpreendera voltando de Paris antes da hora. Justamente quando ela começava a recear que a estivesse negligenciando de novo, ele fazia algo assim. E, ainda por cima, revivendo a *persona* de Jake. Delícia.

Ela desabotoou sua saia e tirou-a, deixando-a na pilha de roupas no chão. Embora "Jake" já não fosse exatamente um estranho, também não era seu namorado de sempre, portanto, ela podia ser diferente. Maliciosa e maluca.

Brincou com o botão de cima de sua blusa, depois o soltou. Abriu as lapelas para mostrar um pouco do colo, depois girou o corpo e balançou os quadris. Inclinou-se para apanhar a saia no chão, oferecendo a ele uma visão de sua bunda, depois a balançou provocantemente.

Ele foi até onde ela estava e pousou as mãos sobre seu *derriè-re* coberto de renda preta, mas ela se afastou dançando e atirou a saia sobre a cadeira mais próxima. Ela se virou para olhá-lo e abriu o botão seguinte, depois o outro, observando sua expressão faminta se intensificar.

Por fim, ela tirou a blusa de seda e girou-a pelos ares antes de atirá-la no rosto dele. Ele a retirou devagar, depois levou-a ao nariz e cheirou-a profundamente.

— Que cheiro maravilhoso. De mulher doce e *sexy*.

Atirou a blusa para o lado, depois andou até ela com passos poderosos. Suas mãos deslizaram por sua cintura e ele a puxou para perto. A sensação das mãos fortes dele sobre seus quadris a aqueceu por dentro e por fora. Ela se inclinou para o beijo que ele lhe oferecia. Os lábios se tocaram e a excitação se acendeu entre eles. O beijo ficou quente e apaixonado, nem um pouco parecido com os beijos delicados, ternos e quase temerosos que ele vinha lhe dando depois que soubera que ela estava grávida.

O sexo com ele havia se tornado gentil e terno. Domado. Quase chato. Ela sentia falta do sexo cru e poderoso que fizeram quando ele realizara suas fantasias. Tanto que havia até reunido coragem de perguntar a seu médico se eles podiam fazer algo um pouco mais... extravagante na cama. O médico dera risada e garantira que um lance selvagem e poderoso não só não tinha problema nenhum, como faria um enorme bem para ela.

O que era ótimo, porque o que ela mais queria agora era sexo quente, tórrido e *sujo*. Queria que ele se enterrasse tão fundo nela que ela sentisse dor até a semana seguinte. Queria que ele se enfiasse nela até que todo seu corpo tremesse com um orgasmo de que ela jamais esqueceria.

Ela afagou o peito dele. Lembrando-se da última sessão realmente erótica dos dois, segurou as laterais de sua camisa e a rasgou, fazendo os botões voarem para todos os lados. Fora tão *sexy* quando ele fizera isso da última vez.

Ele sorriu.

— Ah, linda, você realmente entra no clima.

— Mmm. Você sabe que sim.

Afagou a base do pescoço dele, depois foi descendo com beijinhos até seu mamilo. Provocou-o até que ficasse duro como uma bolinha de gude, fazendo-o girar em sua língua. Suas mãos deslizaram pela barriga dele até a parte de cima da calça. Depressa, ele a desabotoou e desceu o zíper, enquanto os dedos dela encontravam sua carne endurecida e a envolviam. O cinto dele tilintou quando as calças caíram no chão. Ela lambeu seu outro mamilo, depois deslizou a boca pelo corpo dele até chegar ao seu pênis, que crescia rapidamente com sua cabeça grande e roxa. Lambeu-a, deslizando a língua pela base, depois sorriu ao ouvir seu gemido. Deslizou os lábios devagar pela cabeça até enterrá-la em sua boca. Chupou, fez que pulsasse algumas vezes antes de fazê-lo deslizar ainda mais para o fundo, abrigando-o no fundo da garganta.

— Oh, sim — gemeu ele.

Suas mãos afagavam os cabelos dela com amor. Ela movia a boca para cima e para baixo com as mãos nas nádegas firmes dele. Oh, meu Deus, como ela adorava sentir seus músculos rígidos sob suas mãos. Chupou e puxou até deixá-lo prestes a explodir, depois soltou-o. Envolveu com as mãos seu pau maravilhoso e o afagou enquanto mergulhava para beijar seu saco quente e duro. Levou suas bolas à boca e as lambeu. Ele gemeu alto.

Ela as soltou, não queria que ele gozasse ainda, e lambeu sua vara; depois deu um beijinho rápido na ponta do pau, que se contraiu em resposta. Deslizou seu corpo da barriga até o peito dele, esmagando os seios sobre Jake. Seus mamilos doíam com o prazer intenso.

— Jake, quero você. Rápido e com força.

Ele havia lhe dito muitas vezes quanto adorava que ela falasse desse jeito, e ela achava que aquilo a fazia se sentir muito sensual.

— Quero que enfie esse pau *enorme* bem fundo em mim.

Ela tirou a calcinha e caiu de costas na cama, abrindo bem as pernas. Suas mãos subiram por sua barriga e envolveram seus seios, ainda cobertos pela renda preta. Ele caiu de joelhos no chão na frente dela. Afagou suas coxas, rodeando a xoxota quente e úmida, e foi até a altura das costelas. Ela abriu o fecho do sutiã, na frente, e o afrouxou. Os dedos dela encontraram seus mamilos eretos e os beliscaram.

Ele a observou com completo fascínio:

— Oh, meu amor, isso é tão *sexy*.

Ele beijou sua barriga sem tirar os olhos dos dedos ocupados dela, depois enfiou a língua em seu umbigo, enfiando e tirando como se a fodesse com a língua. Ela corou ao pensar nisso. Oh, uau, ela se sentia tarada e louca só de pensar em palavras sujas.

Passou os dedos por seus próprios cabelos, deixando de lado os seios. As mãos dele cobriram os dois, depois ele abocanhou um dos mamilos com sua boca quente e úmida. O desejo quase a partiu ao meio.

— Ah, Deus, Jake. — O desespero tingiu suas palavras. Estava tão excitada. — Quero que me foda agora mesmo.

Corou ainda mais. Não conseguia acreditar que havia dito aquilo em voz alta, mas as palavras a excitaram, aquecendo-a a um nível insuportável.

Ela agarrou o pau dele e o bombeou rapidamente. A pele macia, com textura de couro fino, deslizou por cima do aço embaixo dela.

— Estou tão excitada. Enfie tudo logo em mim, amor — gritou ela.

Ele parecia prestes a salivar. Subiu na cama, com os joelhos entre as coxas escancaradas dela.

— Como você disse que quer?

— Fundo e com força.

Ele beijou seu pescoço, afagando sua orelha. Ela o sentiu guiar a cabeça de sua ereção até suas dobras macias.

— Na verdade, você disse rápido e com força, depois pediu para eu enfiar meu pau enorme dentro de você.

A respiração dele provocava sua orelha fazendo suas entranhas tremerem.

— Ah, sim. — Ela arqueou o corpo para cima, conseguindo fazer que um pouco do calor dele entrasse. — Vai.

Ele afastou o pau, depois afagou a fenda dela com o dedo, enfiando-o um pouco ali dentro.

— Não se preocupe, amor, estou bem molhada.

Ele sorriu.

— Você está sendo uma menina safada hoje, não é? — Ele afagou a orelha dela de novo e murmurou: — Adoro isso.

Ela segurou o rosto dele e o olhou fundo nos olhos.

— Então me dê o que eu quero.

Ele riu.

— É pra já.

Ela sentiu o pau dele roçar sua umidade de novo, depois ficou sem fôlego quando a dureza dele a empalou numa única arremetida bem fundo.

— Ah... meu... Deus.

Ele recuou e ela sentiu a base da cabeça de seu pênis empurrando a parede de sua vagina, estimulando deliciosamente cada centímetro. Ele enfiou de novo e ela gemeu ao arquear o corpo para recebê-lo.

— Ah, Deus, venha rápido.

Ele enfiou de novo.

— E com força.

Ele bombeou dentro dela. Sem parar. Mais fundo e com mais força do que ela jamais havia experimentado antes. Acendendo um fogo dentro dela. Incandescente. Fora de controle. Aquilo a tomou até ela berrar de prazer, o corpo pulsando de prazer ardente. Teve a sensação de que estava explodindo numa série de fagulhas. Justamente quando esse orgasmo diminuiu, ele enfiou de novo, espiralando dentro dela, depois bombeando rapidamente até ela explodir de novo.

Ela desabou, o calor remanescente de seus orgasmos aos poucos virando marolas.

* * *

Jenna ficou deitada aninhada nos braços dele, saboreando o homem a ela abraçado. Ele havia passado um bom tempo juntinho dela, entre afagos e beijos, curtindo o pós-sexo; em seguida, caíra no sono. Ela adorou escutar o ritmo profundo e lento de sua respiração. Por fim se desvencilhou, deslizando o braço dele de seus quadris e conseguindo se levantar sem acordá-lo.

Foi ao banheiro, onde se limpou e penteou o cabelo, depois foi reunindo as roupas espalhadas pelo quarto e se vestindo pelo caminho. Ao se aproximar da porta, notou uma linda cesta de frutas sobre a cômoda, ao lado da tevê. Parecia igual às que Ryan havia solicitado para seu pai e seu irmão, que chegariam nesse dia de Montreal. Ela notou um dos convites para o jantar de ensaio preso na fita, com o lado do mapa voltado para cima. Ela o virou. Por que ele teria colocado isso ali? Estendeu a mão para apanhar o cartão, mas ao ouvir as cobertas se mexendo, virou-se.

Ele estava sentado na lateral da cama com os pés pousados no chão.

— O que você está fazendo? — perguntou.

— Preciso ir — respondeu ela enquanto calçava os sapatos.

— Não, espere. Não vá embora assim. — Ele se levantou e andou até ela; a luz do abajur cintilou sobre seu corpo nu. — Precisamos conversar.

Ela franziu as sobrancelhas.

— Ah, é. Esqueci. — Olhou para o relógio de pulso. 18h34. — Desculpe, mas agora preciso ir. Vou apanhar minha mãe no aeroporto. Prometi jantar com ela hoje.

— Entendi. — Ele coçou a cabeça. — Certo, tudo bem, mas posso ver você amanhã?

Ela sorriu. Era tão bonitinho como ele conseguia ficar dentro do personagem!

— Claro.

A menos que ele houvesse esquecido que o jantar de ensaio seria no dia seguinte.

— Que tal jantar? — sugeriu ela.

— Hummm... Amanhã vou ao jantar de ensaio do casamento do meu irmão. Ele vai se casar no sábado.

Ah, que fofo ele estava sendo!

— Ah, é? Seu irmão?

— Acho que ele não se importaria se eu levasse uma acompanhante.

Ela andou até ele e depois correu a mão por seu peito nu, pelos cabelos ralos, depois mais para baixo, gostando da sensação de seu abdome bem definido. O hotel em Paris devia ter uma academia e tanto. Ela sorriu. Talvez ele houvesse se exercitado todos os dias para aliviar a tensão de não estar com ela.

— Tenho certeza de que ele não vai se importar se você levar uma acompanhante. — Ela mordiscou o lóbulo da orelha dele e murmurou, com voz sussurrante: — Na verdade, tenho certeza de que é o que eles esperam.

— Bem, com certeza minha mãe ficaria muito feliz.

Ela riu. Ainda não conhecia a mãe dele. Isso aconteceria, no ensaio. Ela torcia desesperadamente para causar uma boa impressão.

Ao se lembrar da mãe dele e da sua, beijou-o no rosto e correu até a porta.

— Preciso mesmo ir.

— Espere, preciso de seu endereço, para apanhar você.

Ela riu.

— Não precisa. Venho para cá logo depois de uma reunião. — Ela abriu a porta. — Encontro você aqui. No Salão Outono. Às 18 horas. — Ela fechou a porta.

Jake ficou olhando para a porta fechada. Como ela sabia? Então, notou a cesta de frutas que ela estivera observando. Sacou o pequenino envelope e tirou o cartão.

Jake,

Já que você não vai ficar em minha casa, aqui vai algo para tornar seu quarto mais aconchegante. O convite é para lembrar você da hora e do local do jantar de amanhã.

Ryan

Ele sacudiu o pequenino cartão de papel pergaminho preso à fita. Fora assim que ela descobrira. Vendo o convite. Ela era rápida.

Mal podia esperar para apresentá-la a sua mãe: tinha certeza de que ela ficaria encantada.

CAPÍTULO 8

JENNA E SUA MÃE PASSARAM PELAS altas palmeiras do grande saguão do andar superior do Westerly Inn. Ela e Ryan haviam reservado uma sala com vista para o rio para uma reunião íntima naquela tarde, antes do ensaio, convidando seus pais, irmãos e os padrinhos. Algumas pessoas já haviam chegado, a julgar pelas vozes que ouviam lá dentro.

— Ah, que lindo, querida! — exclamou sua mãe quando entraram.

As janelas de parede a parede exibiam uma visão magnífica do rio e das montanhas mais além. Um quarteto de cordas tocava uma música de fundo suave.

— Venha ver a vista aqui fora — insistiu Jenna.

Ela conduziu a mãe pelas portas duplas que levavam a um balcão, sabendo que a mãe adoraria as flores colocadas em grandes jardineiras. Jenna não sabia de que tipo eram aquelas flores roxas, mas sua mãe com certeza saberia.

Ao abrir a porta para a mãe passar, avistou seu pai e Shane andando na direção delas. Pelo modo como sua mãe apertou seu braço com força, Jenna soube que ela também os vira.

— Não quero falar com ele agora.

— Sabe, uma hora ou outra você vai acabar trombando com ele nesses dois dias. Por exemplo, quando estivermos tirando as fotos no casamento.

— Eu sei, querida. Mas agora não quero.

— Tudo bem, eu o afasto daqui.

Sua mãe saiu pelo balcão e Jenna fechou a porta. Como queria que a mãe superasse o incômodo de ficar ao lado de seu pai... Jenna sabia que o divórcio tinha algo a ver com o fato de sua mãe ter se apaixonado por outro homem. Ela não havia contado nada, mas não fora difícil perceber, uma vez que ela começara a sair com outro cara logo depois da separação e se casara com ele seis meses depois do divórcio. Jenna havia aprendido a amar o padrasto, Henry, mas, desde sua morte, sete anos antes, secretamente esperava que seus pais se reconciliassem. Suspirou, sabendo que era melhor encarar os fatos. Sua mãe tinha certeza de que seu pai jamais a perdoaria por tê-lo traído. Talvez estivesse certa. Como um casamento poderia sobreviver a esse tipo de traição?

— Jenna. — Seu pai se aproximou dela de braços abertos.

Ela sorriu e o abraçou.

— Papai, que bom ver você de novo. — Ela o abraçou com mais força. — Como foi o voo de Vancouver?

— Longo. Como sempre.

— E aí, irmãzinha?

Ela se virou e viu Shane se aproximando. Sorriu e correu na direção de seus braços. O abraço de urso do irmão quase a deixou sem ar.

Ele estivera trabalhando na Austrália desde o ano anterior e ela sentira sua falta. Shane voltara havia uma semana, mas, por viver em Toronto, era a primeira vez que ela o via. Ela e Ryan haviam adiado o casamento algumas semanas para que coincidisse com a volta de Shane. Jenna ficou feliz por tudo ter dado tão certo. Se o casamento só acontecesse dali a alguns meses, a barriga já estaria aparecendo. Deu-lhe um grande beijo e depois enlaçou seu braço no dele.

* * *

JAKE ENTROU NA SALA E OLHOU AO redor para ver se avistava Ryan ou um de seus pais. Queria avisar que havia convidado alguém antes de Aurora chegar. Seu olhar correu pela sala passando por mais ou menos uma dúzia de convidados, depois pousou em três pessoas perto das portas do balcão. Um homem idoso e um casal se abraçando. Quando a mulher se afastou, ele enrijeceu ao perceber que era Aurora. O homem passou o braço pela cintura dela. Raiva e ciúme o dominaram ao ver aquilo, boquiaberto. Como diabos ela conhecia gente ali?

Cerrou os punhos. Claro, essa mulher não precisava conhecer um homem antes de segui-lo até seu quarto e fazer amor com ele. Então, não fora isso que fizera com ele, um estranho, havia apenas dois meses?

— Oi, Ryan, e aí?

Era a mulher que ele havia visto com Aurora na noite que haviam se conhecido. Que diabos ela estaria fazendo ali? Por que Aurora a convidaria?

— Não sou Ryan. Sou o irmão dele, Jake.

— Jake? Ah, *okey*.

Ele ignorou o tom esquisito dela e olhou de cara feia na direção de Aurora.

— Olhe, Cindy... É esse nome mesmo, né? Quem é aquele cara ali? — Apontou para Aurora.

Cindy olhou ao redor e sorriu.

— Ah, é... Você não conhece a família dela. Aquele é o irmão dela, Shane. O outro é seu pai.

O alívio o inundou, seguido pela confusão. Por que Aurora teria levado a família e uma amiga para o encontro dos dois? Ele tornou a se voltar para Cindy.

— E você, por que veio para cá? — perguntou ele mantendo um tom amigável.

— Bom, sou a melhor amiga da noiva e sua madrinha. Não perderia isto aqui por nada.

Ele ergueu as sobrancelhas diante daquela estranha coincidência.

— Você conhece Jenna Kerry?

Ela lhe deu um soco rápido, de brincadeira, no braço.

— Ryan, você hoje está um verdadeiro saco de risadas, não é?

— Já lhe disse, não sou Ryan. Sou Jake. Somos gêmeos idênticos.

Cindy riu, mas a atenção de Jake se fixou em Aurora, que o avistara e vinha se aproximando. O balanço suave de seus quadris e seu sorriso luminoso o deixaram embasbacado.

— Oi. — Seu murmúrio grave e sensual o fez lembrar dos lençóis quentes e de sua pele nua. Seus olhos, suaves como os de uma gata, brilhavam com calor ao fitá-lo.

— Oi. — A ternura da voz dele claramente transmitiu o amor que sentia por ela.

Cindy gargalhou.

— Tá bom. E você tentando me dizer que não é Ryan! Olhe só vocês dois, caidinhos um pelo outro.

Aurora olhou de soslaio para a amiga com um sorriso divertido.

— Do que você está falando, Cindy?

— Seu amorzinho aqui está tentando me convencer de que se chama Jake. — Cindy se inclinou para perto dela. — Acho que ele está tentando seduzi-la para reviver aquela fantasia.

Aurora riu.

— Já fizemos isso.

Cindy lançou um olhar especulador para Jake, depois deu um sorriso de gato de Alice.

— Bem, garota, então quero saber tudo agora.

Aurora bateu no braço da amiga.

— Cindy, você é terrível. Não faça ele ficar envergonhado.

Jenna passou o braço por baixo do dele e arrastou-o para longe de Cindy, rindo baixinho.

— Se seu plano é tentar me tirar daqui — disse ela —, acho melhor esperar até o fim das festividades.

Ele enlaçou a cintura dela.

— Com certeza vou tentar me controlar para esperar tanto. — Ele segurou os dois braços dela e puxou-a para perto. — Mas, por isto aqui, eu não vou esperar.

Um murmúrio de aprovação atravessou o pequeno grupo quando ele a abraçou e a puxou, buscando seus lábios com toda a paixão de seu coração. Ela se derreteu. Seus lábios se movimentaram sob os dele, suaves e doces. Enquanto o sangue dele fervia, percebeu que esperar seria mais difícil do que pensara.

A amiga de Aurora, Cindy, engasgou.

— Oh, meu Deus — disse ela. — Olá, senhora Leigh, senhor Leigh. Fizeram uma boa viagem? — perguntou Cindy.

Jenna se endureceu um pouco, nervosa com a perspectiva de conhecer os pais de Ryan e por agora precisar encará-los depois daquela exibição pública de afeto. Tentou se afastar, mas Ryan a segurou com força.

— Ótima, querida — disse uma mulher mais velha, provavelmente a mãe de Ryan. — Mas, Ryan, por que seu irmão está beijando sua noiva?

Jake endureceu o corpo, depois seus braços relaxaram ao redor do corpo dela e suas mãos passaram para os ombros de Aurora, recuando. Jenna ergueu os olhos e viu um Ryan estupefato encarando-a de um jeito como nunca fizera antes.

— Ryan, o que foi? — murmurou ela.

— Jenna? — sussurrou ele, com voz rouca.

— Sim? — Ela sentiu seu estômago se apertar. O que estava acontecendo com ele?

Ele balançou a cabeça.

— Eu não sou Ryan.

Ela ficou apenas encarando-o. Suas palavras não faziam nenhum sentido.

Então, seu sangue esfriou. O comentário da mãe dele, um comentário que não havia feito sentido, entrou em sua consciência aos poucos. *Por que seu irmão está beijando sua noiva?* O significado dessas palavras bailou para dentro e para fora de sua mente. De alguma maneira, as consequências pareciam ameaçadoras demais, assustadoras demais para ser consideradas.

Devagar, ela se virou na direção das vozes. Uma idosa elegante a encarava com olhos azuis cinzentos intensos, cheia de curiosidade. De braço dado com ela estava um irado Ryan.

Ryan!

Uma sensação horrorosa borbulhou em seu estômago enquanto ela sentia vontade de vomitar. Virou a cabeça para olhar o homem que havia acabado de beijar.

Ryan. Jake?

— Ah, meu Deus. — As palavras saíram dela numa voz baixa e muito contida. Seus dedos tentaram segurar a primeira coisa à frente, a lã fina das mangas do terno dele.

Ela olhou de um Ryan para o outro sentindo-se tonta. De repente, toda a situação ficou clara. O homem que a estava abraçando, que havia acabado de beijá-la com tanta paixão — que ela havia acabado de beijar com tanta paixão — não era seu amado noivo, mas um estranho completo.

— Ah, meu Deus — repetiu ela enquanto se lembrava de seu amante de fantasia. *Um completo estranho.*

Lágrimas fizeram arder seus olhos. O ar ao seu redor ficou denso e pesado, quase impossível de respirar. A luz pareceu diminuir e seus joelhos viraram borracha. Sentiu braços segurando-a enquanto sua consciência fugia para a escuridão que a aguardava.

* * *

O CORAÇÃO DE JAKE QUASE PAROU E uma dormência tomou conta de seu corpo quando passou o braço sob as pernas dela e levantou a mulher inconsciente. A cabeça dela tombou, apoiada em seu ombro.

Não podia acreditar. Aurora na verdade era Jenna, a futura esposa de Ryan.

Cindy correu até ele. Segurou a mão de Jenna e deu tapinhas frenéticos no rosto dela.

— Oh, não, ela desmaiou. — A mão de Cindy se fechou ao redor do braço de Jake. — Vamos para algum lugar onde ela possa se deitar.

Ela seguiu na frente, mas Ryan interrompeu a passagem. Com as mãos firmemente plantadas nos quadris, inclinou-se de leve na direção deles.

— Que diabo você achou que estava fazendo? — vociferou ele, com raiva no olhar.

Jake enfrentou a ira mal contida do irmão suprimindo certa raiva também. Jake havia se apaixonado por Aurora — Jenna, lembrou — e depois descoberto que ela ia se casar com seu irmão. Como poderia não sentir raiva do homem responsável por roubar sua felicidade?

— Ryan, eu não sabia que ela era sua noiva — disse entre dentes. — Você realmente acha que eu a teria beijado se soubesse? — A impaciência brilhava em suas palavras.

Cindy colocou uma mão no ombro de cada um deles e os afastou.

— Olhem aqui, vocês dois — repreendeu. — Neste momento, vocês precisam pensar em Jenna. Resolvam seus assuntos depois.

Ryan olhou feio para o irmão e abriu os braços.

— Ela é minha noiva. Eu vou levá-la.

Com relutância, Jake colocou Aurora — Jenna — nos braços do irmão. A cabeça dela caiu para o lado, apoiando-se no peito de Ryan. Uma onda de ciúme ardeu em Jake ao ver aquilo.

Um homem grandalhão de *smoking* apareceu, retorcendo as mãos.

— A senhorita Kerry está bem? — A preocupação em sua voz com sotaque era evidente.

Cindy conduziu o homem entre a multidão que os cercava, trazendo-o para perto do grupo.

— Ryan, você se lembra do senhor Deluse, o gerente de eventos?

Ryan assentiu sem tirar os olhos ameaçadores de cima do irmão. Cindy dirigiu-se ao senhor Deluse.

— Existe algum lugar para onde a possamos levar?

— Sim, claro. — Fez um gesto para a porta. — Cavalheiros, sigam-me, por gentileza.

Ele os levou em direção aos elevadores, passou por uma porta e chegaram a um elevador de serviço. Inseriu uma chave e apertou o botão para chamá-lo. Ryan tamborilava com o pé enquanto aguardavam. Por fim a porta se abriu e entraram. O senhor Deluse levou-os até o térreo, depois conduziu-os por outro corredor. Destrancou uma porta, acendeu a luz e convidou-os a entrar.

— Este é meu escritório. Há um sofá ali. — O homem mais velho os levou até o sofá e observou enquanto Ryan acomodava Jenna no sofá de couro borgonha. — Vou pegar um copo d'água. Gostariam que chamasse uma ambulância?

O rosto de Ryan ficou sem cor, de um tom branco pálido.

— Não, senhor Deluse — interveio Cindy. Apoiou a mão no braço de Ryan. — Ela vai ficar bem.

Ela disse aquilo mais para Ryan que para o homem, num tom tranquilizador. Ryan a olhou como um homem se afogando olharia para uma boia salva-vidas. Ela assentiu e depois se voltou de novo para o senhor Deluse.

— Só precisamos fazer que ela se acalme um pouco. Por favor, traga apenas a água, e talvez alguns drinques para Ryan e Jake.

— Claro. — O homem foi rapidamente até a porta e a fechou quando saiu.

Ryan se voltou para Jake com a ira tempestuosa nos olhos de novo.

— Por que, afinal, você estava beijando minha mulher? — vociferou.

Jake quase rebateu dizendo que a amava, que ela o amava e que ele tinha todo o direito de beijá-la, mas se controlou. Lembrando-se da primeira vez dos dois e de como ela lhe contara de sua fantasia de transar com um estranho, percebeu que ela acreditara que era Ryan o tempo inteiro. Quando ela lhe disse no dia anterior que o amava, achou que estava dizendo isso a Ryan.

O coração de Jake se partiu ali mesmo, e a dor devastadora atravessou cada nervo de seu corpo. Respirou fundo, depois suspirou.

— Já lhe disse. Não sabia que ela era sua noiva. — Ele tentou manter a voz calma e firme, muito embora não sentisse nada disso. — Achei que era uma mulher com quem eu estava... apenas saindo.

Cindy olhou de um para o outro, seus olhos verdes arregalados.

Ryan disse em tom de deboche:

— Você está tentando me dizer que Jenna tem uma sósia em Montreal e que por acaso você estava saindo com ela? — Ryan se interrompeu. Seus olhos se estreitaram ao olhar com atenção para o irmão. — Quando, exatamente?

— Há dois meses. No dia em que vim encontrar você antes da reunião com a Bryer Associates.

Cindy engasgou. Ela obviamente já havia descoberto tudo àquela altura.

A expressão de Ryan ficou sombria como uma tempestade. Jake estava esperando que verdadeiros raios saíssem dos olhos dele. Correu a mão pelo cabelo. Droga, que confusão. A mulher com quem ele desejava se casar, mais do que desejava qualquer outra coisa no mundo, na verdade amava seu irmão e se casaria com ele no dia seguinte. O fato de Jake estar arrasado não significava que seu irmão tivesse de sofrer.

"Meu Deus, como posso dizer a Ryan que dormi com a noiva dele?" O relacionamento dos dois talvez jamais fosse o mesmo depois disso.

— Onde você a conheceu?

— Neste hotel. Ela estava em um casamento. — Ele fez um sinal para a amiga de Aurora — de Jenna. — Ela estava com Cindy.

Os olhos de Cindy se arregalaram ainda mais enquanto sacudia a cabeça.

— Quantas vezes vocês se viram? — exigiu Ryan.

— Só aquela vez... e ontem, novamente.

— Ontem? — rugiu Ryan.

Cindy levou a mão à boca, como se estivesse observando um desastre iminente.

— Já lhe disse, eu não sabia que...

— E que diferença isso faz? — berrou Ryan.

Cindy agarrou o pulso de Ryan.

— Acalme-se. Isso não vai ajudar em nada. — Ela afagou seu braço de um jeito reconfortante. — Olhe, Ryan, por que você não vai buscar uma toalha ou algo assim, para colocarmos um pano úmido na testa dela?

Ele respirou fundo, depois assentiu.

— Tem razão. Boa ideia.

Jake olhou para a mulher inconsciente deitada no sofá. A mulher que ele amava. A noiva de seu irmão.

Ela parecia tão frágil e pálida ali deitada no couro escuro borgonha. Toda aquela situação com certeza tinha sido chocante para eles, mas Jenna não havia lhe parecido do tipo que desmaiava.

— Por que será que ela desmaiou? — disse Jake em voz alta.

— Provavelmente porque está... — A frase de Cindy terminou de repente. Jake olhou para cima a tempo de ver Ryan dando-lhe um olhar de secar pimenteira.

— Estressada — acrescentou Ryan entre dentes. — Cindy, venha comigo até a lavanderia.

Ele a segurou pelo cotovelo e a levou porta afora.

* * *

O FRIO EM SUA TESTA TROUXE JENNA de volta da escuridão.

— Jenna. — Uma voz grave disse seu nome. — Jenna, você está bem?

A voz de Ryan.

A confusão rodopiou ao redor dela, como uma cortina cinza escura numa noite tempestuosa, mas ela lutou contra aquilo.

Abriu os olhos. O rosto preocupado de Ryan a encarava, com seus lábios sensuais contraídos numa linha fina.

A cabeça de Cindy entrou em seu campo de visão.

— Ela abriu os olhos — disse Cindy para alguém atrás de si. Sorriu então para Jenna, que, através da dormência, sentiu os dedos de Cindy envolverem os seus. — Como se sente, querida?

Cindy apertou a mão de Jenna, que a apertou de volta, permitindo que aquela firmeza a arrastasse ainda mais para perto da consciência. Seus olhos tornaram a se fechar quando respirou fundo. Alguém levou um copo até seus lábios.

— Beba, Jenna — disse Cindy.

O líquido frio e sem gosto invadiu a boca de Jenna e depois passou por sua garganta. Ela abriu os olhos, atenta ao copo, segurando-o firme. Inclinou-se para a frente e tomou mais um gole. Cindy mantinha as mãos de Jenna ao redor do copo, guiando-as para cima, depois afastou-o quando Jenna pediu. Jenna olhou de novo para cima e viu dois Ryans olhando para ela.

— Oh, meu Deus. Estou vendo em dobro. — Sentiu a cabeça começar a rodar. Um latejar nasceu em sua têmpora.

Um dos Ryans segurou sua mão.

— Não, meu amor, não está. Este é...

Os lábios dele continuaram se movendo, mas as palavras foram afogadas por um zumbido alto nos ouvidos dela. O rosto dele estava contraído de preocupação, mas ela não conseguia acompanhar o que estava dizendo. Ela piscou algumas vezes

Opal Carew

tentando limpar a névoa que se fechava ao seu redor, mas caiu novamente dentro da escuridão maravilhosa e acolchoada.

* * *

A RAIVA INVADIU CINDY E ELA bateu no braço de Ryan.

— Seus idiotas. O que estão tentando fazer? Matá-la de medo? É uma péssima ideia perturbá-la em sua... — Diante do olhar assassino de Ryan, reprimiu a palavra "condição". — Situação — concluiu.

— E que situação é essa? — perguntou Jake arqueando a sobrancelha.

"Grávida", ela teve vontade de gritar, mas Ryan já a havia arrastado para um lado enquanto a proibia de contar qualquer coisa a Jake sobre o bebê. Ela não concordava com isso, pelo menos não em longo prazo, mas percebeu que acrescentar esse complicador a uma situação já tensa não seria uma boa ideia. Ryan já estava mesmo prestes a esganar o irmão, e se Jake soubesse da gravidez e somasse dois e dois...

Ela queria colocar um pouco de juízo na cabeça deles. Os dois estavam competindo, prontos para uma disputa de cabeçadas. Os homens e seus egos.

— A situação é que ela vai se casar — respondeu Ryan entre dentes. — Ou será que você esqueceu?

Cindy fechou os punhos.

— Olhem aqui, rapazes, vamos pular essa parte. Neste momento, o mais importante é Jenna. Se ela acordar e vir vocês dois de novo, o choque provavelmente vai fazê-la entrar em coma, por isso sugiro que um de vocês saia.

Ryan se acomodou na poltrona:

— Ela é minha noiva. Eu fico bem aqui onde estou. — Molhou o pano na água que havia sobrado no copo e torceu-o; depois, colocou-o na testa de Jenna de novo, voltando-se para Cindy e Jake.

Jake cruzou os braços sobre o peito com olhos estreitos.

Cindy olhou de um para outro e em seguida andou até o irmão de Ryan. Apertou com força seu braço.

Jake. O homem das fantasias de Jenna.

— Acho melhor você ir — disse ela com gentileza, usando seu tom de voz mais persuasivo. — Só até ela se levantar de novo.

A tensão de Jake relaxou. Olhou para o corpo desmaiado de Jenna e passou a mão pelo cabelo. Cabelo castanho comprido e ondulado. Uma onda de calor atravessou Cindy. Ela não conseguia deixar de pensar que Jenna estaria fazendo um grande favor às mulheres solteiras quando rejeitasse um daqueles dois belos gostosões, não importava qual.

Jake assentiu.

— Está bem, então. — Sacou um cartão de um dos bolsos internos do paletó e entregou-o a Cindy. — Vou estar aqui perto. Ligue para meu celular assim que ela acordar. Quero falar com ela.

Cindy pegou o cartão e o conduziu à porta.

— Ligo, prometo.

Sentiu pena de Jake naquele momento. Aquilo devia ser um choque terrível. Não conseguia imaginar o que ele devia estar pensando.

Ela se lembrou de quando Jenna lhe contara que Ryan havia realizado sua fantasia. Jenna ficara tão animada que suas faces cintilavam de alegria. Porém, o estranho da fantasia na verdade não era Ryan. Arrepios tomaram conta de Cindy. Ela se imaginou na pele de Jenna e sentiu um frio na barriga. Não conseguia deixar de pensar como aquilo tornava a situação toda terrivelmente ilícita e excitante.

Talvez Jake não compartilhasse dessa mesma opinião — Ryan com certeza não compartilhava.

Os olhos de Cindy vagaram até Jenna ali deitada, completamente alheia a toda aquela situação. Não era de admirar que não quisesse acordar.

Deus do céu, Cindy não vivia algo assim tão empolgante desde... Seus pensamentos vagaram. Tentou puxar o fio da memória. De fato, ela nunca havia vivido nada tão empolgante assim.

CAPÍTULO 9

Ryan deu um tapinha no rosto de Jenna. Ela estava tão fria.

O coração dele estremeceu ao vê-la assim tão frágil.

— Jenna? — Ele colocou o cabelo dela atrás das orelhas e deu mais um tapinha em sua face. — Jenna, acorde, meu amor.

— Mmm. — Suas pálpebras aos poucos se ergueram. — Ryan?

Ela passou a mão pela testa, depois pegou o pano úmido e o retirou dali. Ryan tirou o pano das mãos dela e o colocou na bandeja sobre a mesinha que estava ao lado do sofá.

— O que aconteceu? — Ela levou as mãos às têmporas e as esfregou.

— Você desmaiou. — Ryan afagou sua bochecha e sorriu.

— Não seja bobo, eu não desmaio. — Ela olhou ao redor. — Onde estou?

— Na sala do gerente de eventos. — Ele segurou sua mão e deu-lhe um tapinha. — Está tudo bem, só estamos nós dois aqui. — O som de um pigarrear o interrompeu, lembrando-lhe que a amiga de Jenna estava sentada ali ao lado. — E Cindy.

— Cindy? — Jenna olhou atrás dele.

— Estou aqui, Jenna. — Cindy se aproximou e olhou para Jenna por cima do ombro de Ryan. — Você está bem, querida. Só passou por um choquezinho.

Cindy olhou rapidamente para Ryan e fez sinal com a cabeça para Jenna. Falou sem som as palavras: *Conte para ela.*

— Jenna, nunca falei muito de meu irmão com você.

A mão de Jenna apertou a dele.

— Jake — disse Jenna baixinho, e seus olhos começaram a embaçar.

Cindy o empurrou para o lado, ajoelhando-se ao lado do sofá, e tomou a mão de Jenna da de Ryan.

— Não, Jenna, fique conosco, querida. — Pegou o paninho e deu alguns tapinhas com ele no rosto de Jenna. — Meu amor, está tudo bem. Ryan tem um irmão. O nome dele é Jake.

Cindy deu um tapinha na mão de Jenna. Ryan observava tudo impotente, com as entranhas reviradas ao pensar em Jenna nos braços de seu irmão. Saber que ela havia transado com Jake, saber que o bebê era de Jake, matava-o por dentro.

— Escute o que estou falando, Jenna. Jake é o irmão de Ryan. Seu irmão gêmeo. Mas não tem problema. — Cindy pronunciava cada sílaba de modo bem claro. Deu um rápido olhar ameaçador para Ryan, do tipo banque-a-história-senão... — Jenna, você ainda está me escutando?

Ela não respondeu.

— Jenna — disse Cindy com firmeza.

— Sim — respondeu Jenna, fraca.

— Está tudo bem, porque Ryan entende. Ele sabe que você achou que Jake era na verdade Ryan. Certo, Ryan? — Cindy fez sinal para ele enquanto o encarava, intimando-o a não contradizê-la.

— Claro que sim, Jenna. — Ele afagou o ombro dela. — Sei que você achou que fosse eu. Não a culpo por nada. — Inclinou-se esperando que os olhos de Jenna o focassem. — Não culpo você por nada.

E não culpava mesmo. Era tudo culpa de Jake, não de sua doce e inocente Jenna.

Jenna balançou a cabeça.

— Sério? — perguntou com voz fraca.

— Sério — garantiu ele com firmeza.

Jenna explodiu em lágrimas.

* * *

— QUE DIABO ESTÁ ACONTECENDO AQUI? — vociferou Jake enquanto entrava na sala com tudo. Ver a mulher que amava soluçando descontroladamente no sofá trazia à tona todos os seus instintos protetores.

— Jake, relaxe. — Cindy andou em sua direção colocando-se no caminho dele. — Jenna só está liberando a tensão. Foi um choque terrível para ela.

— Bem-vinda ao clube — grunhiu ele observando o irmão abraçado a Jenna. Uma vontade profunda de arrancar Ryan do caminho e puxar Jenna para seus próprios braços ardeu dentro dele. — Olhe, eu quero falar com ela.

— Agora não é a melhor hora — comentou Ryan com voz dura. Jenna recuou e ficou olhando as próprias mãos. Ryan estendeu-lhe um lenço de papel e ela assoou o nariz.

Ela se aproximou de Ryan pousando a mão de leve em seu ombro, e murmurou algo que Jake não conseguiu escutar. Ele odiava a intimidade que os dois compartilhavam.

— Eu realmente não acho que seja uma boa ideia, Jenna. Não neste momento — respondeu Ryan. Ela murmurou mais alguma coisa. — Tem certeza?

Ela assentiu, olhando de novo para as próprias mãos.

— Dê-me um minutinho.

Ela sacou outro lenço de papel da caixa na mesa lateral e enxugou os olhos, depois respirou profundamente algumas vezes. Por fim, olhou para Jake. Quando seu olhar se prendeu ao dele, estremeceu algumas vezes, mas, devagar, recompôs-se.

— Jake, gostaria muito de falar com você também.

Opal Carew

— Obrigado, Jenna. — Ele sorriu confiante, apesar do aperto no estômago que sentia pelo modo como ela o olhava: como um completo estranho.

Ryan se inclinou para ela e sussurrou em seu ouvido. Jenna o olhou com dureza.

— Mas eu não creio que...

Ele tornou a se inclinar e sussurrou mais alguma coisa. Ela assentiu.

Ryan se levantou e andou até a porta, olhando de jeito ameaçador para Jake. Cindy deu um tapinha no braço de Jake e depois seguiu Ryan pela porta, fechando-a com gentileza.

Jake andou até o sofá, notando o olhar de pânico de Jenna quando se aproximou. Estendeu a mão.

— Oi, meu nome é Jake. Sou o irmão gêmeo de Ryan.

Ela olhou para a mão dele como se tivesse medo de tocá-la. Por fim estendeu a mão, hesitante, e apertou a dele. Os dois se cumprimentaram com suavidade e firmeza.

— Como vai? — disse ele.

— Já estive melhor.

Ele se sentou ao lado dela cruzando as mãos sobre os joelhos. Agora que tinha conseguido um momento para conversar com ela, não sabia o que dizer. "Por que não foge e se casa comigo?" parecia completamente fora de questão.

— Então, quer dizer que você vai se casar com meu irmão amanhã.

— O plano era esse — concordou ela.

Por que ela disse "era"? Será que estava reconsiderando a ideia? Será que ela o amava mais que a Ryan? Seu coração se encheu de esperança, depois afundou quando se perguntou se realmente seria capaz de fugir com a noiva do irmão.

— Escute, preciso saber uma coisa. — Ela olhou para ele, depois remexeu os dedos. — Aquele beijo... no salão agorinha mesmo... Foi a primeira vez?

— A primeira vez? Como assim?

— Eu... quando beijei você daquele jeito, eu o peguei de surpresa? Você foi meio que envolvido por acaso?

— Deixe eu tentar entender direito. Você acha que é possível que tenhamos nos visto pela primeira vez esta noite e que, quando me beijou, confundindo-me com Ryan, claro, eu correspondi àquele beijo tesudo mesmo sabendo que você era minha futura cunhada e que, portanto, seria algo completamente fora dos limites?

Ela olhou para ele cheia de esperança.

— Não, Jenna. Não foi a primeira vez. Eu conheci você há mais de dois meses, neste mesmo hotel, quando você me levou até meu quarto e fez amor comigo. A diferença é que então eu achava que seu nome era Aurora. Uma mulher fascinante que adorava fantasias sexuais.

O rosto dela ficou vermelho intenso. Ele ainda estava meio irritado por ela ter sugerido que ele era sacana, portanto, decidiu virar o mesmo jogo contra Jenna.

— Certo, agora você me diga uma coisa. Seja sincera. Você realmente me confundiu com Ryan na noite em que nos conhecemos, ou na verdade estava mesmo procurando um estranho para realizar sua fantasia? Encontrar o irmão gêmeo de seu namorado foi excitante para você, a ponto de orquestrar nosso caso sabendo que eu não colocaria em risco meu relacionamento com meu irmão por causa de uma mulher?

Ela estremeceu ante a palavra "caso", mas sua cabeça se levantou de indignação.

— Claro que não. Eu nunca faria uma coisa dessa.

— Bem, eu também não.

A indignação dela arrefeceu.

— Desculpe. Eu não devia ter perguntado isso. — Seus pequeninos punhos se fecharam sobre o colo. — Só queria que não fosse verdade, só isso.

— Mas é verdade, Jenna — disse ele com suavidade. — Nosso encontro no saguão ontem e nosso primeiro encontro, quando você quis que eu realizasse sua fantasia de transar com um estranho. E de transar no elevador.

— O elevador — gemeu ela. Deixou a cabeça cair nas palmas das mãos. — Oh, meu Deus, isso é tão constrangedor. Nem mesmo conheço você.

Os lábios dele formaram um meio-sorriso.

— Era mais ou menos essa a intenção, não é?

Ela parecia prestes a chorar de novo. Ele apoiou a mão no ombro dela e seu coração se apertou quando ela endureceu ante seu toque.

— Olhe, Jenna, aconteceu. Não podemos fazer nada a respeito. E por mais que eu odeie, você vai se casar com meu irmão amanhã.

Ele sentiu uma pontada no peito, mas, por mais que doesse, não podia empatar a felicidade de seu irmão. Afinal de contas, quando Jenna disse que o amava, estava dizendo isso a Ryan. O aperto em seu peito ameaçou dominá-lo, mas, em vez disso, sorriu.

— Querida, vamos simplesmente ter de deixar isso para trás.

Ela balançou a cabeça.

— Não é assim tão simples.

— O que quer dizer?

Ela pegou outro lenço de papel e assoou o nariz de novo, depois colocou um punhado de lencinhos amassados na mesa. Tomou um gole d'água e pousou o copo na mesa com firmeza.

— Preciso lhe contar uma coisa. Ryan pediu para eu não contar, disse que isso complicaria demais as coisas agora... mas as coisas já estão bastante complicadas, portanto... preciso lhe contar.

— O quê?

Ela respirou fundo, depois o encarou, dessa vez sem afastar o olhar. Estendeu a mão para segurar a dele com gentileza. A sensação dos dedos dela nos seus, ela ter segurado sua mão sabendo que ele era Jake e não Ryan detonou uma tempestade de emoções erráticas dentro dele.

— Contar o quê?

Ela apertou de leve sua mão.

— Jake, estou grávida.

O coração de Jake deu um pulo.

— Oh... entendo. — Ele puxou a mão e na mesma hora sentiu falta do toque de Jenna, mas precisava se afastar um pouco. — Parabéns.

Ela pousou a mão na manga dele.

— Não, você não entendeu. Quando confundi você com Ryan da primeira vez, quando nós... hã... quando você e eu...

— Realizamos sua fantasia? — Uma sensação vaga de inquietação cresceu dentro dele.

Ela fez que sim.

— Isso. Ryan e eu não... fazia vários meses que nós não... tínhamos intimidades.

Ele congelou.

— Meu Deus. Você está tentando me dizer que... — Deixou a frase no ar, com os pensamentos num turbilhão, sem se permitir dizer aquilo com todas as letras.

Ela fez que sim.

— É, Jake. — Ela olhou para as próprias mãos enquanto as retorcia. — Você vai ser pai.

Pai. Meu Deus. A noiva de seu irmão, a mulher que amava, estava carregando seu filho. A felicidade rodopiou por seu corpo perseguida por uma consternação enorme.

Ele ia ser pai. Tudo o mais se desvaneceu diante da ideia maravilhosa de que a mulher que amava estava carregando seu filho.

Jake segurou a mão dela.

— Meu filho? — Um tom de maravilhamento tingiu suas palavras.

Seu olhar encontrou o dela, e ela assentiu. Ele a abraçou com força.

— Meu filho. — Ele sorria de orelha a orelha.

Ela franziu a testa.

— Acho que você não está entendendo bem a situação. Para todos os efeitos, vou me casar com seu irmão amanhã e ele pensa que... — Os olhos dela se arregalaram. — Ah, meu Deus.

— Ele pensa o quê?

Os olhos dela se embaçaram e ela ficou olhando o vazio.

— Jenna? — Ia desmaiar de novo? De repente, ele entendeu por que ela estava desmaiando tanto: porque estava grávida. — Jenna, quer que traga uma bebida para você? Espere, nada de álcool. Quer água? — Segurou a mão dela e a apertou. — Jenna, está me ouvindo?

— O quê? — Os olhos dela o focaram.

— Ryan pensa o quê?

— Você não entendeu? — Ela sacudiu a cabeça. — Eu achava que ele pensava que o bebê era dele... porque *eu* achava que o bebê era dele. Mas ele sabia o tempo inteiro que o filho não era dele. — As lágrimas se acumularam em seus olhos. — E isso quer dizer que... Oh, meu Deus. — Ela deixou o rosto cair entre as mãos.

— Você está me dizendo que ele sabia que o filho era meu desde o início?

— Não! — gritou ela. — Ele achou que eu houvesse dormido com um estranho. — Gemeu. — Ele realmente acreditou que eu o traí e tive um caso de uma noite com um estranho... e fiquei grávida. — Segurou Jake pela lapela, apertando o tecido de leve nas mãos fechadas. — Mas, mesmo assim, quis se casar comigo. — As lágrimas rolavam por seu rosto e sua voz baixou para um mero sussurro. — Ele deve me amar de verdade.

— Nisso você acertou.

O olhar de Jenna foi até a porta ao ouvir a voz de Ryan. Ele estava dentro da sala, com as mãos nos bolsos da calça e a gravata afrouxada.

— Há quanto... — Jenna respirou fundo, trêmula. — Há quanto tempo você está aí?

— O bastante para saber que você descobriu tudo. — Andou até ela e se ajoelhou ao lado do sofá, afastando Jake. Segurou as mãos dela. — Eu conheço você, Jenna. Você está pensando se deve ou não se casar amanhã. Quer adiar o casamento, ou até mesmo cancelá-lo. Mas não faça isso.

A culpa a assaltou. Ele a conhecia tão bem!

Ele beijou as palmas das mãos dela e o toque suave daqueles lábios enviou sensações de amor por todo seu corpo. Ela apoiou a mão na face dele e olhou bem no fundo de seus olhos.

— Ryan, você é tão doce, tão atencioso. Não dá para acreditar que quisesse se casar comigo acreditando que eu o traí. — O horror assaltou Jenna e ela afastou as mãos das dele. — Meu Deus, mas eu de fato traí você!

Ele segurou a mão dela e a levou aos lábios.

— O que mais eu poderia fazer? Não queria perder você, Jenna. — Colocou a mão sob o queixo dela e fez que o encarasse. — Jenna. Case-se comigo amanhã. Finja que nada disso aconteceu. Finja que o filho é meu. Suba comigo até o altar e torne-se a senhora *Ryan* Leigh.

A umidade se acumulou nos olhos dela, depois escorreu devagar por seu rosto. Ela sacudiu a cabeça e levou a mão à boca.

— Não — disse, fraca, e afagou o rosto dele. — Não posso. Preciso de tempo para pensar nisso tudo. Preciso de tempo para conversar com Jake, saber o que ele quer fazer. O filho é dele também.

A boca de Ryan se comprimiu.

— Droga, eu sei que o filho é dele. Não acha que isso está acabando comigo por dentro?

Ela recuou espantada com seu tom duro e deixou as mãos caírem sobre seu colo. A dureza da expressão dele se suavizou.

— Desculpe, meu amor. — Ele afagou sua face com ternura. — Olhe, Jake pode se envolver com o bebê. Pode ir visitá-lo sempre que quiser. Quando a criança estiver maior, pode visitá-lo nas férias. Isso se Jake quiser se envolver, claro.

— Claro que quero. Vocês dois ainda lembram que estou aqui?

Ryan olhou feio para Jake, que agora estava sentado numa poltrona em frente ao sofá.

— Por que você ainda está aqui? — desafiou Ryan.

— Tenho direito de estar aqui.

— Vá pro inferno. Você já causou problema suficiente.

— Parem com isso — implorou Jenna. — Por favor. — Ela apoiou a mão na manga de Ryan. — Ryan, desculpe. Não posso me casar com você amanhã. Preciso de tempo para digerir tudo isso. Todos nós precisamos.

Ryan se voltou para ela com uma expressão terna.

— Não preciso digerir nada. Quero me casar com você, não importa quem seja o pai do filho que você está carregando na barriga. — O calor de suas palavras a envolveu. Ele se inclinou para ela. — Jenna, eu amo você.

Ela pousou a mão no braço dele.

— Então, deveria estar disposto a esperar por mim. A me deixar tomar as decisões que forem melhores para mim e para o bebê. E para o pai do bebê.

O rosto dele se contraiu.

— Droga, Jenna. Não quero ser duro, mas você foi só um caso para Jake. Uma estranha com quem ele transou. Não é como se ele quisesse se casar com você. Certo, Jake?

Um silêncio se seguiu à explosão. Ryan e Jenna se voltaram para olhar Jake.

— Certo, Jake? — insistiu Ryan, tenso.

— Ryan — disse ele em voz baixa. — Acho melhor você escutar Jenna e lhe dar um tempo.

O sangue sumiu do rosto de Ryan, deixando-o absolutamente branco.

* * *

Cindy estava no corredor quando Ryan e Jake conduziram Jenna para fora da sala. Cindy passou o braço protetoramente ao redor do ombro de Jenna.

Fantasias Gêmeas

— Eu levo você para casa, querida. Não se preocupe com a festa. Expliquei para todos que você não estava se sentindo bem.

— Minha mãe vai ficar preocupada.

— Eu disse a ela que era uma dor de cabeça. Com o estresse da organização do casamento e o constrangimento de beijar o irmão de Ryan e tudo o mais, ela entendeu.

Jenna assentiu e deixou que Cindy a levasse até o elevador. Cindy apertou o botão para descer até a garagem. Os homens ficaram ao redor das duas.

— Eu acompanho você até o carro — disse Ryan.

— Não, vocês dois fiquem aqui. Ela precisa de espaço. — Cindy apertou o botão de subir para os dois irmãos. — E, seja como for, Ryan, você precisa ir até a festa e avisar tudo a seus convidados.

Jake se aproximou de Jenna.

— Está bem, então eu...

— Não, você vai conversar com seus pais enquanto Ryan fala com os outros convidados.

— Eu ligo para você amanhã, Jenna, e então conversamos — gritou Ryan enquanto elas se afastavam.

— Todos nós conversaremos — acrescentou Jake.

Enquanto as portas se fechavam, Cindy viu os dois homens se encarando de braços cruzados enquanto aguardavam o elevador retornar.

* * *

Jake bateu a mão no telefone e o arrancou do gancho para deter os toques incessantes. Os números do relógio apontavam 10h54. Ah, droga, havia bebido demais na noite anterior e agora sua cabeça doía loucamente.

— Sim, o que é?

— Jake? — disse uma voz feminina que não era a de Jenna.

— Quem é?

Opal Carew

— É Cindy. A amiga de Jenna.

Jake se levantou na mesma hora fazendo os lençóis se enrolarem ao redor das pernas.

— O que foi? Jenna está bem?

— Sim, ela está ótima. Passei a noite com ela. Eu... hã... quero conversar com você, mesmo assim. Sobre tudo o que aconteceu. Pode me encontrar para almoçar?

— Claro. Mas não no hotel. Este lugar está infestado de amigos e familiares.

Ele pegou o relógio de pulso da mesa de cabeceira e colocou-o no braço.

— Certo. Você conhece o restaurante Blue Moon, rua Napean, perto do Bank? A maioria dos turistas fica perto do hotel ou na área do mercado.

Ele pegou a caneta e o bloco de anotações na gaveta da mesinha e escreveu o nome do restaurante.

— Eu encontro. Que tal às 13 horas, para escaparmos do *rush* do almoço?

— Certo, a gente se vê lá.

Às 13h05 Jake chegou ao restaurante estilo bistrô com mesinhas redondas, cadeiras de ferro fundido e muitas plantas. Pediu um café, que chegou cinco minutos depois, bem na hora em que Cindy entrava pela porta.

— Você encontrou mesmo, pelo visto.

Ela pediu um refrigerante a uma garçonete que passava e depois olhou o menu. Outra garçonete trouxe a bebida de Cindy, depois os dois pediram sanduíches.

— Jake, não quero que você interprete mal o que vou dizer. Não quero tomar partido de ninguém, nem torcer em detrimento do outro. Estou aqui para ajudar Jenna.

Ele levantou as sobrancelhas.

— E Jenna precisa de ajuda?

— Ela precisa tomar uma grande decisão que vai afetar o resto de sua vida e da vida do bebê, sem falar em você e Ryan. Ela quer tomar a melhor decisão para todo mundo. Pode ser que você seja o pai do bebê, mas Ryan a ama.

— Eu também a amo. — Jake bebericou o café.

Ela se inclinou para a frente com as mãos cruzadas em cima da mesa.

— É mesmo? Ou só está dizendo isso por causa do bebê?

Ele afastou a xícara para o lado e se inclinou na direção dela.

— Eu me apaixonei por ela naquela primeira noite. Só me dei conta disso mais tarde, mas foi amor mesmo assim.

Ela estreitou os olhos com desconfiança.

— E tem certeza de que não foi só porque ela dormiu com você?

— Está brincando? Era a situação perfeita para a maioria dos homens. Uma mulher que só quer uma noite de sexo selvagem e depois jamais vê-lo na frente. Nada de compromisso, nada de dor de cabeça. Como Aurora, ela deixou claro que aquilo era um caso de uma noite, fazia parte de sua fantasia.

— Talvez você só a quisesse porque não a podia ter.

— Cindy, você conhece Jenna. Sabe como ela é fácil de se amar. Acredite em mim quando digo que quero passar a vida inteira ao lado dela.

Cindy assentiu.

— Mas está se controlando porque se incomoda com a ideia de roubar a noiva de seu irmão.

Ele segurou a borda da mesa.

— Nem brinque.

Ela apoiou o queixo na mão.

— Certo, então. Pois vou te contar algumas coisas que você não sabe.

CAPÍTULO 10

JAKE ANDAVA DE UM LADO PARA outro na suíte de luxo do hotel esperando seu irmão chegar, ainda fervendo com as revelações que Cindy compartilhara com ele. Quando ouviu a batida na porta, escancarou-a de uma vez só.

— Tem algumas coisinhas que você não me contou na outra noite sobre você e Jenna.

Ryan lançou um olhar impassível para o irmão enquanto fechava a porta.

— Tipo o quê?

— Tipo o fato de que na noite em que eu conheci Jenna seu relacionamento com ela já havia acabado.

Ryan foi até o frigobar e tirou de lá uma garrafinha de uísque.

— Jenna lhe disse isso? — Pegou um dos copos que estava no balcão e colocou vários cubos de gelo do balde que Jake havia enchido mais ou menos uma hora antes. Os cubos tilintaram ao cair no copo.

— É verdade? — inquiriu Jake.

— Não. — Ryan despejou o líquido cor de âmbar sobre os cubos, que estalaram alto.

— Não minta para mim, Ryan. — Jake se reclinou contra a cômoda e encarou o irmão.

Ryan correspondeu sem hesitar ao olhar dele.

— Não estou mentindo. — A voz de Ryan continuava calma e firme.

— Ela ia terminar com você. — Jake cruzou os braços.

Segundo Cindy, era sobre isso que as duas estavam conversando quando ele a vira fora do salão de baile naquela noite. Por isso ela parecia tão triste. Seu irmão egoísta andava negligenciando Jenna, assim como negligenciara todas as outras mulheres com quem se relacionara. No entendimento de Jake, se Ryan era burro demais para entender o valor do que tinha com Jenna, não merecia continuar com ela.

— *Ia* é a palavra-chave. Ela não terminou comigo. — Ryan se sentou no braço do sofá e deu um gole em seu drinque.

— É, porque ela achou que eu fosse você. O fato de ela me encontrar naquela noite salvou seu pescoço. Se eu não houvesse dado as caras, vocês dois não estariam mais juntos hoje.

— Parece que você deixou de levar em consideração uma coisa, irmãozinho. — Ryan rodopiou o copo olhando para o líquido que girava. — Já não estamos mais juntos. E isso também é graças a você.

— Não tente desviar o assunto. Ela ia terminar com você, não ia?

Ryan suspirou.

— Sim. — Ele pousou o copo na mesa de centro e depois andou até a janela, onde ficou olhando a vista.

— Porque você estava fazendo pouco caso dela. — Jake caminhou até o sofá e pegou sua bebida na mesa ao lado. Deu um gole e o malte desceu queimando por sua garganta.

— Eu não estava passando tanto tempo ao lado dela quanto deveria.

— Você a estava negligenciando.

Ryan encarou Jake de novo.

— Certo. E daí? — Voltou-se para pegar seu drinque. — Tudo isso mudou agora.

— Certo. E quanto tempo você passou com ela nessas últimas três semanas? Paris durante duas semanas. Antes disso, aquela viagem a Toronto de vários dias. E ela organizando sozinha um casamento, grávida.

— Eu estava tentando amarrar as coisas justamente para poder delegar mais trabalho a minha equipe e passar mais tempo com ela. Acabou?

— Não. E o fato de você só a ter pedido em casamento *depois* de descobrir que ela estava grávida?

Ryan congelou.

— O que é que tem?

— O que tem é que talvez você nunca houvesse pedido Jenna em casamento se ela não houvesse engravidado.

Ryan retesou a mandíbula.

— O filho nem sequer era meu.

— Lindo, então você estava sendo nobre. Isso não significa que a ame. — Jake se acomodou no sofá.

Pela primeira vez na conversa Ryan demonstrou uma pitada de raiva. Suas narinas se dilataram e seus olhos ficaram escuros e tempestuosos.

— Não venha você questionar meu amor por Jenna.

Jake se inclinou para a frente.

— Você a ama tanto que estava disposto a trapacear e mentir para ficar com ela.

— Do que você está falando? — Ryan olhou de cara feia para Jake.

— Estou falando do fato de você pedir a Jenna para não me contar nada sobre o bebê. Você ia esconder isso de mim para sempre? Criá-lo como se fosse seu? Ninguém ia achar estranho se a criança se parecesse comigo.

— Ela estava passando por estresse demais. — Ryan andou de um lado para o outro. — Eu não queria complicar as coisas.

— Então você ia me contar mais tarde?

Ryan teve o bom senso de exibir uma cara de culpa.

— Certo, foi o que pensei. Olhe, se você realmente a ama, vai ajudá-la a tomar a melhor decisão *para ela*. Vai deixar que ela obtenha todas as informações de que necessita.

Ryan estacou.

— Informações?

— Ela já conhece você. Está saindo com você há mais de um ano. Sabe como é estar ao seu lado todos os dias. Você precisa dar a ela a chance de me conhecer, de saber o que é estar *comigo* todos os dias. Então, ela poderá tomar uma decisão esclarecida.

Os olhos de Ryan se estreitaram.

— O que exatamente você está sugerindo?

— Estou sugerindo que ela fique comigo alguns meses em Montreal. Sem você. Assim, ela e eu poderemos nos conhecer.

— Eu seria um louco se aceitasse isso — rosnou Ryan com os punhos cerrados.

— É, louco de amor. Ela vai levar isso em consideração.

* * *

RYAN PASSOU A MÃO PELO CABELO enquanto dirigia pela rodovia 417 a caminho da casa de Jenna. Que diabos havia acontecido? No dia anterior estava pronto para se casar com a mulher que amava, esperando vê-la com ele no altar de vestido branco, e agora — o dia de seu casamento —, tudo havia ruído em pedaços.

Por causa de Jake.

Ainda por cima, tinha de ficar na sua enquanto Jake convidava Jenna para morar com ele durante um mês. Pelo menos Ryan conseguira negociar com seu irmão a proposta original de vários meses. Conhecendo Jenna, sabia que ela iria concordar. Ela desejaria dar a Jake, o pai de seu bebê — as entranhas de Ryan se contorceram ao pensar nisso — todas as chances possíveis. Iria a Montreal e Jake a teria só para si durante um mês inteiro, influenciando-a, convencendo-a de que era o melhor homem para ela.

Ah, Deus, Ryan podia muito bem perdê-la de vez.

Porém, brigar com Jake por esse motivo significaria perder. Jake apresentaria a ideia para ela com ou sem sua anuência. Se Ryan deixasse claro que não queria que ela fosse, isso agiria contra si mesmo. Jake observara que se Jenna realmente amasse Ryan, um mês com Jake não mudaria seus sentimentos. Ryan sabia, no fundo da alma, que amava Jenna e que esse amor superaria qualquer coisa.

Parou Ryan estacionou no estacionamento para visitantes do prédio de Jenna, depois foi até a porta de entrada com a chave que ela havia lhe dado. Tomou o elevador até o andar dela, andou até a porta de seu apartamento e então bateu. A um instante mais tarde, a porta se abriu e revelou o rosto indeciso da mãe dela.

— Oh, olá... hã...

— Preciso ver Jenna — disse ele.

Ela assentiu e abriu mais a porta.

— Entre. — Ela se voltou e chamou: — Jenna, tem alguém aqui querendo ver você.

Estava na cara que ela não sabia se era Ryan ou Jake.

Jenna apareceu à porta da cozinha.

— Oi, Jenna.

— Ryan. — Ela correu até ele. Sua mãe discretamente sumiu pelo corredor.

Jenna enlaçou Ryan pela cintura e apoiou a cabeça em seu peito. A sensação dela aninhada contra seu corpo enquanto ele a abraçava enviou-lhe ondas de calor. Era o aconchego de estar em casa. O aconchego de estar com a única pessoa no mundo que amava acima de todas as outras. Sua Jenna. Ele fechou os olhos e se embebeu daquele amor.

— Como você sabia que era eu? — perguntou.

Ela se afastou por uma fração de segundo, olhando nos olhos dele. Seus dedos afagaram a têmpora de Ryan.

— Seu cabelo. É mais curto do que o de seu irmão.

— Oh. — O desapontamento o dominou ao pensar que a única maneira de ela o distinguir era por um traço tão superficial quanto um corte de cabelo.

— E eu o ajudei a escolher este terno. — Ela levantou sua gravata, deixando que deslizasse entre os dedos. — Junto com esta gravata para combinar.

Ele se lembrou de quando os dois saíram para fazer compras. Depois, haviam ido a um restaurantezinho em frente ao rio e riram enquanto curtiam o sol, a vista e um excelente almoço juntos, saboreando a novidade de seu relacionamento. Naquela noite, fizeram amor pela terceira vez. Seu coração agora doeu ao pensar que talvez jamais a pudesse tocar daquele jeito novamente.

— Mas eu o reconheci principalmente por sua voz — continuou Jenna.

— Minha voz? — Todos diziam que a voz dele e a de Jake eram absolutamente iguais.

Ele olhou para os olhos dela, úmidos pelas lágrimas não derramadas.

— Você diz isso porque Jake a chamava de outro nome? — "Aurora", achou que era isso.

Ela fez que não.

— Isso não tem nada a ver. — Ela colocou a mão espalmada em seu peito e o calor do corpo dela agitou seu coração. — Quando você fala meu nome, existe uma ternura e uma familiaridade que não existem quando é um estranho que o diz. Seu irmão é um estranho.

Ela apoiou a cabeça no peito dele e o abraçou mais forte.

— Oh, Ryan, eu sinto tanto. Nunca foi minha intenção magoá-lo. Quando ele e eu... — Ela suspirou baixinho. — Achei que fosse você... fingindo ser um estranho.

"Fingindo ser um estranho." Então, ela notara alguma diferença entre os dois. Ele a abraçou mais forte e afagou o topo de sua cabeça.

— Tudo bem, meu amor — murmurou.

Puxou-a mais para perto e seus lábios se uniram em um beijo terno e apaixonado. Ele podia sentir o coração dela batendo perto do seu, provocando-lhe uma sensação indescritível de completude. Ali era o lugar dela. Em seus braços. Em sua vida.

A campainha tocou.

— Deve ser Jake.

Ela olhou nervosamente para a porta.

— Jake? Por que ele veio para cá?

— Precisamos conversar sobre um assunto com você.

* * *

O CORAÇÃO DE JAKE FICOU GELADO ao ver Jenna à porta olhando-o como se fosse um estranho.

— Olá, Jake.

Ele odiava como seu nome soava rígido nos lábios dela. Ela recuou para deixá-lo entrar.

Ryan já estava ali. Ela foi para o lado dele e seu braço roçou o do irmão, com um ar de intimidade pairando entre eles. O ciúme irrompeu dentro de Jake por causa da proximidade que seu irmão tinha com ela. O ano e meio que os dois passaram juntos construindo um relacionamento amoroso ficava evidente.

Enquanto Jake explicava a ideia para Jenna, de que passasse um mês em Montreal ao seu lado para poder conhecê-lo melhor, ela não parava de olhar para Ryan tentando absorver sua reação, procurando seu apoio.

Jake não se enganava. Seria duro convencê-la de que o lugar dela era ao seu lado (provavelmente impossível), mas precisava tentar. Seu amor era enorme. Não que desejasse magoar o irmão — Jake faria qualquer coisa para que nada precisasse ser assim —, mas não seria bom para nenhum deles se Jenna se casasse com o cara errado. Por mais que Jake amasse Jenna, precisava acreditar que ela o amava de coração também.

Opal Carew

* * *

Jenna se aferrou a sua bolsa observando as árvores altas e densas passarem enquanto Jake dirigia pela estreita estrada particular.

Que bagunça. Embora ela e Ryan estivessem comprometidos havia um ano e meio e ela houvesse aceitado se casar com ele, agora precisava lidar com o fato de que estava carregando o filho de Jake na barriga. Passaria um mês com Jake para considerar a possibilidade de passar o resto de sua vida com ele. Literalmente um estranho.

Ela quase terminara tudo com Ryan dois meses antes, e o acontecimento que fizera o relacionamento deles dar uma reviravolta no fim das contas havia sido um caso de confusão de identidades. Agora, Jenna sabia que precisava reavaliar todo seu relacionamento com Ryan. Torcia para que esse mês lhe desse alguma perspectiva, em vez de só aumentar sua confusão.

Jake estacionou numa clareira em frente a uma casa de cedro aconchegante com enormes janelas na fachada. Um lindo jardim, iluminado por tulipas cor-de-rosa e roxas e altas íris amarelas e cor de malva, circundava o gramado da entrada.

Esse refúgio adorável e recluso seria seu lar durante o mês seguinte. A ideia de passar um mês inteiro sozinha com Jake a deixava meio inquieta. Claro que entre eles existia muita química, mas teriam eles coisas em comum o bastante para construir uma vida juntos?

Aquele mês era justamente para ajudá-los a descobrir.

Jake abriu a pesada porta de carvalho e esperou que ela entrasse. A entrada dava direto na cozinha, um belo ambiente amplo com armários de madeira de bordo e uma grande bancada em frente a uma sala de estar espaçosa, com dois sofás e uma poltrona. Todo o local estava iluminado pela luz do sol. Muito aconchegante.

Um gato malhado com um anel de pelos brancos na ponta da cauda saltitou até Jake e se esfregou em suas pernas. Ele pegou o animal e acariciou-o atrás das orelhas. O gato demonstrou seu prazer ronronando alto.

— Quero lhe apresentar a Sam.

Jenna deu um sorriso largo.

— Bom, oi, Sam. — Ela afagou o gato. — Que garoto mais bonzinho.

Os olhos dourados do gato estavam fechados e sua cabeça repousava no ombro de Jake.

— Na verdade, é uma garota. Sam é apelido de Samantha.

— Samantha?

— Bom, quando ela apareceu em frente à porta de casa, molhada e sozinha, eu não sabia se era um gato ou uma gata, portanto, pensei que Sam funcionaria em ambos os casos.

Colocou Sam no chão e o animal acompanhou-os enquanto iam da cozinha até a sala.

— Você mora aqui o tempo todo?

— Na verdade, tenho uma cobertura na cidade, mas passo boa parte do tempo aqui no verão, e vários fins de semana no inverno. O esqui *cross country* aqui é espetacular.

Ele a guiou até a sala de estar e apontou para as portas do pátio à direita.

— Há uma piscina aquecida nos fundos.

Pela vidraça, ela viu uma bela piscina em formato de feijão cintilando à luz do sol.

— Venha, vou lhe mostrar seu quarto.

Ela o seguiu por um corredor até um quarto à direita.

— Meu quarto? — perguntou.

Tivera receio de que ele tentasse convencê-la a dormir no quarto dele.

— Sim, seu quarto. Não me leve a mal. Adoraria que você ficasse em meu quarto, em minha cama, mas achei que você não se sentiria à vontade com a ideia. — Apontou para o fim do corredor. — Meu quarto é ali. Quando quiser ficar comigo, pode vir.

Ou, se quiser que eu venha para cá, basta dizer. Você é quem manda aqui, Jenna. O que quiser ou necessitar, é seu.

Ela entrou no quarto que ele indicou como seu. Uma cama *queen size* preenchia o ambiente, coberta por um edredom com estampa abstrata em tons de safira e bege e alguns toques de fúcsia.

Jake colocou as malas dela ao lado do armário alto de madeira de bordo. Ela se sentou na cama e passou a mão pelo edredom de trama fechada, impressionada com sua sedosidade.

— Sabe, isto é muito esquisito. Eu, na verdade, não conheço você. Somos dois estranhos, mas, mesmo assim, vamos morar juntos.

Ele se apoiou na lateral do armário.

— Não somos exatamente estranhos, Jenna. Compartilhamos algumas horas bastante íntimas.

— Sim, mas eu achava que você fosse...

Ryan.

Ela virou as costas para ele sem querer pensar em Ryan ou na dor que lhe havia causado. Seu dedo brincou com o cordão de tecido na borda da capa do travesseiro.

— Você sabe o que eu pensei. A questão é que só conheci você de verdade na quinta. Agora é domingo e... — Ela fez um gesto para mostrar o ambiente ao redor. — Aqui estou.

— É por isso que não quero que se sinta pressionada a fazer nada além de passar algum tempo comigo, e não quero que se sinta sobrecarregada com isso também. Portanto, vou continuar indo para o escritório todos os dias da semana. Isso vai dar tempo a você. — Ele sorriu. — Agora, se quiser passar mais tempo comigo, basta dizer que dou um jeito de ficar aqui *full time*.

Jenna não conseguia acreditar na diferença entre os dois irmãos. Ryan mal conseguia encontrar tempo para ficar com ela, mas Jake, que só a conhecia havia pouquíssimo tempo, estava disposto a se afastar do trabalho, e de última hora, só para estar ao seu lado.

— Obrigada — agradeceu.

Ele sorriu.

— O prazer é meu. — Levantou-se. — Quer ajuda para desfazer as malas?

A ideia de ele ajudando-a a guardar suas roupas, incluindo as de baixo, deixou-a incomodada.

— Não precisa.

Ele colocou a grande mala dela sobre uma bela poltrona ao lado da janela.

— Vou deixar você se acomodar, então. — Fez um gesto para sair, mas parou na porta. — Jenna, só quero avisar uma coisa. — Encarou-a com expressão séria. — Embora não a queira pressionar, sou um homem e a desejo muito.

Ele andou até a cama e sentou ao lado dela. Seu perfume picante e masculino a envolveu.

— Pode ser que só tenhamos nos conhecido oficialmente na quinta-feira, mas, para mim, parece que nos conhecemos desde sempre. E a verdade é que fomos muito íntimos, mais íntimos do que muitos casais que estão juntos há anos. — Ele sorriu. — Afinal, você compartilhou suas mais profundas fantasias sexuais comigo.

Ela sentiu as faces corarem.

Ele inclinou o queixo dela para cima e ela olhou dentro de seus olhos azuis profundos e intensos. O calor a invadiu, em parte por causa dos hormônios, que abundavam com a gravidez, mas basicamente por estar tão perto daquele homem forte e sensual.

— Jenna, imagine-se vivendo sua fantasia de transar com um estranho comigo, agora. — Afagou os braços dela lentamente, fazendo que suas terminações nervosas se acendessem. — Imagine como isso seria muito mais real, já que, como você mesma disse, na verdade eu sou mesmo um estranho.

Os olhos dela se arregalaram quando imaginou as mãos fortes e másculas dele descendo o zíper de seu vestido, seus dedos abrindo o tecido e afagando sua pele ao revelar seus seios inchados. Seus mamilos endureceram quando imaginou os lábios dele rodeando cada um e lambendo-os com a ponta da língua. Um estranho *de verdade* tocando-a daquele jeito tão íntimo.

Seria incrivelmente sensual. Oh, Deus, ela não conseguia acreditar em quanto estava excitada ao pensar em transar com Jake. Sabendo que era Jake, um estranho, que a tocava, que lhe dava prazer e a fazia chegar ao orgasmo.

Teve vontade de se levantar e arrancar suas roupas no mesmo instante.

Ele beijou a mão dela, fazendo seu braço formigar, e depois se levantou.

— Vou deixar você com essa ideia. — Virou-se e saiu do quarto.

O calor continuou a abrasá-la. Embora ele fosse um estranho, sabia por experiência própria que lhe daria um prazer sem igual. Que seria terno, ousado, intenso na transa e loucamente apaixonado. Parte dela ansiava por sentir suas mãos em seu corpo. Na verdade, todas as suas partes desejavam isso, menos sua cabeça.

Com o corpo latejando como estava agora, como poderia resistir ao desejo de um encontro sexual com ele? Lembrou-se do elevador e de como as mãos dele haviam agarrado seus quadris, de como ele havia metido dentro dela. Da imagem do rosto dele no espelho do elevador, contorcido de prazer ao gozar dentro dela, depois de catapultá-la para um orgasmo poderoso.

Quanto tempo conseguiria resistir?

CAPÍTULO 11

JENNA PASSOU UMA NOITE DE TORTURA deliciosa sonhando com Jake. Desejando Jake. O fato de estar constantemente com tesão por causa dos hormônios em fogo não ajudava em nada.

Jake preparou um ótimo omelete de queijo e presunto no café da manhã e o serviu com chá de ervas. Durante a refeição, ela lhe lançou olhares dissimulados de desejo. Vê-lo levar o garfo à boca e deslizar os lábios pelo metal fazia seus sentidos rodopiarem. Quando a pegou olhando para ele, sorriu, e seus olhos azuis como a meia-noite cintilaram.

— Então, Jenna, conte-me um pouco de você.

Ela olhou para ele por cima do chá ao bebericar a bebida, depois pousou a caneca de cerâmica avermelhada sobre a mesa.

— Bem, sou profissional autônoma... consultora de computação, especializada em desenvolver cursos para empresas de *software* que precisam treinar os clientes a quem desejam vender seus produtos.

Ela hesitou, não querendo entediá-lo com a Jenna sem graça — que era bem diferente da *persona* Aurora que ele havia conhecido.

Ele sorriu.

— E o que faz para se divertir? Fora sonhar com fantasias sexuais, claro.

Ela sentiu suas faces ficarem vermelhas.

— Bom, eu... gosto de ler. — *Que coisa mais chata.* — E... gosto de dançar.

Oops. Aquilo assustava muitos caras. A maioria dos homens odiava dançar.

— Às vezes tricoto e faço crochê. — *Ah, que ótimo, como se isso fosse mais interessante.* Que diabos ela estava pensando?

— Isso vai ajudar muito com o bebê a caminho.

A insegurança que sentiu ao revelar a Jenna do dia a dia para Jake sumiu quando se lembrou que estava carregando um bebê na barriga. O bebê *de Jake.* Os olhos dele brilharam calorosamente enquanto ele sorria para ela, como se lesse seus pensamentos.

— Quem sabe amanhã não levo você às compras, para podermos escolher lã juntos.

— Sério?

Ela não conseguia se imaginar andando numa lojinha de material de tricô e crochê com Ryan ao seu lado, fuçando prateleiras de lã colorida juntos. Porém, por algum motivo conseguia se imaginar fazendo isso com Jake, e parecia tão... caseiro.

— Então, podemos sentar perto da lareira juntos. Quem sabe assistir a um filme.

Bem caseiro. E ela gostava da ideia. Mas Jake era quase um estranho.

Ela se remexeu na cadeira. Devia ter esses pensamentos em relação a Ryan, o homem por quem estivera apaixonada por mais de um ano. O homem com quem concordara em se casar.

— Jake, por que Ryan não me contou nada a seu respeito?

— Como assim?

— Ele nunca falava sobre sua família e... bom, vocês são gêmeos. Seria de se pensar que ele fosse falar de você. Eu achava que irmãos gêmeos eram muito próximos.

Jake assentiu.

— Ryan e eu temos uma ligação forte, sim, mas meu irmão tem uma natureza muito competitiva.

Ela revirou os olhos.

— Nem me fale.

Jenna com certeza já vira aquilo na forma como Ryan lidava com os negócios e como se lançava em busca de sucesso, mas também viu isso em outros aspectos de sua personalidade. Como da vez em que jogaram minigolfe com Cindy e um namorado dela. Ryan não parava de dar ordens a Jenna em cada buraco para garantir que ela se saíssem bem, determinado a fazer que os dois vencessem.

— Ele sempre competia comigo quando éramos pequenos — continuou Jake. — Por notas, nos esportes... pelas garotas.

Ela ergueu as sobrancelhas.

— Ele roubava suas namoradas?

— Não, era o contrário, na verdade.

— Você roubava as namoradas dele? — perguntou, estupefata. Isso explicava por que Ryan havia mantido ela e Jake afastados.

— Não exatamente. Elas simplesmente... vinham até mim. Não que Ryan não seja um cara ótimo. É que a intensidade dele afastava muitas garotas. Elas só queriam se divertir.

— E você é o divertido da dupla — supôs ela.

Jake deu de ombros.

— Isso o deixou meio inseguro, acho. Mais tarde, quando a popularidade de meu primeiro jogo para computador aumentou muito e fez de minha empresa um sucesso, ele se atirou nos negócios para dar o troco. Eu disse a ele que só tivera sorte. Tive a ideia certa na hora certa. Mas ele encarou a coisa como um desafio pessoal. Do jeito como se esforça no trabalho, é de se admirar que um dia tenha encontrado tempo para convidar você para sair. — Ele sorriu. — Bom, deve ter achado você tão irresistível quanto eu.

Ela corou diante do elogio e brincou com a colher.

— Como vocês se conheceram? — perguntou Jake.

— Numa conferência. Na verdade, no avião. Ele estava no assento ao lado do meu no voo para San Diego. Depois, encontramo-nos quando estávamos pegando a bagagem. Quando percebemos que íamos para o mesmo hotel, rachamos um táxi.

— Foi aquela conferência sobre técnicas de desenvolvimento de *sites*?

Ela fez que sim.

— Cara, eu quase fui a essa conferência. Se tivesse ido, talvez eu e você houvéssemos nos conhecido, em vez de você e ele.

— Mas nós moramos em cidades diferentes. Provavelmente eu teria me sentado ao lado de Ryan mesmo.

Ele segurou a mão dela.

— Jenna, eu nunca deixaria que algo tão trivial quanto a distância nos afastasse.

Ela sentiu um estremecimento descer por sua espinha. Ah, se Ryan tivesse esse mesmo ardor por ela! Ele morava na mesma cidade que Jenna e, contudo, ela mal o via ultimamente.

— E você? Sei que você tem um irmão. É só ele?

— Sim, só Shane. Mas não convivemos muito na infância. Meus pais se divorciaram quando eu era bem pequena e Shane foi morar com papai.

Jake apertou a mão de Jenna e ela gostou de seu calor.

— Sinto muito. Deve ter sido bem difícil para você.

Ela assentiu.

— Foi mesmo. Eu senti muita falta de Shane. E de papai.
— Sentira falta de serem uma família. Seu coração doeu diante das emoções indesejadas que a inundaram.

Jake se inclinou para perto dela.

— E você quer que seu bebê não tenha esse mesmo destino. De não ter pai.

Ela assentiu, incapaz de falar. Jake passou o braço ao redor de seus ombros.

— Jenna, sempre estarei ao lado de nosso filho. Sempre. Prometo.

* * *

Depois do café da manhã, ambos levaram os pratos para a cozinha. Jake os colocou na lavadora, mas Jenna insistiu em lavar a frigideira. Por fim, ele concordou e sumiu de vista por alguns minutos. Voltou quando ela estava limpando a bancada.

— Está tudo arrumado, pelo visto. Ótimo. Tenho uma surpresa para você.

Ela secou as mãos no pano de prato pendurado perto do fogão.

— Que tipo de surpresa?

Ele segurou a mão dela, acolhendo-a no calor de sua própria, e a levou até a sala.

Um pacote estava em cima do sofá, embrulhado em papel de presente dourado, com uma fita vermelho-viva num laço e um cartãozinho escrito JENNA colado no topo.

Ela o apanhou.

— Abra.

Ela desfez o laço e desembrulhou o papel brilhante. Dentro, encontrou uma caixa comprida e fina com uma janela de celofane. Seu olhar correu pelo comprimento da forma roxa translúcida vagamente cilíndrica que estava ali dentro, e que tinha um inchaço na ponta.

— O que é isso? — perguntou enquanto seu olhar seguia a curva ligeira e depois a virada brusca até a ponta em forma de cogumelo. Era como a cabeça de um pênis.

— É um vibrador.

O pacote caiu das mãos dela em cima do sofá e quicou para o chão. O rosto dela ardia, vermelho.

Ele riu.

— Está tudo bem, Jenna. Não estou sugerindo nada bizarro. Só queria que você soubesse que estou falando sério sobre não pressioná-la a transar comigo. Não quero que me procure porque está sexualmente frustrada, e sim porque quer de fato estar comigo.

Ele se inclinou e apanhou a caixa do chão. O *vibrador*.

Ela encarou a peça sem saber se a pegava da mão dele ou esperava que ele a colocasse em algum lugar. Havia algo de íntimo demais em tocar aquilo ao mesmo tempo que Jake, principalmente levando-se em consideração o que ela faria com ele. O que ela sabia que faria com ele. O que ele provavelmente imaginava que ela faria com ele.

O rosto dela ardeu ainda mais.

— Eu... nunca usei um.

— Sério? Uma mulher com fantasias sexuais tão ativas? Bem, vou lhe mostrar.

— Não! — gritou ela, recuando de leve.

— Eu não quis dizer mostrar desse jeito... — Ele riu. — Só vou lhe mostrar o que os botões fazem. — Ele abriu o embrulho, depois retirou a coisa de lá de dentro. Descartou o molde fino de plástico transparente que envolvia o vibrador e ergueu o aparelho roxo. — Essa parte é óbvia — disse ele indicando a forma peniana do aparato. Deu um tapinha na coisa inchada que se curvava na lateral. Seu dedo correu por ela até onde se estreitava numa ponta pequena e delicada. Deu um tapinha na ponta. — Isto aqui é para estimular o clitóris. Dê-me sua mão.

Ela recuou um pouco quando ele tentou segurar sua mão direita, depois se deu conta de que estava sendo boba e deixou que ele a segurasse e apoiasse seu dedo na ponta do vibrador. Era macia e flexível.

— Fique assim um segundo — disse ele.

Apertou um botão perto da base. Um som baixo começou e ela sentiu uma vibração em seu dedo. Leve, delicada. Podia imaginá-la roçando de leve seu clitóris. O calor inundou seu útero e seus mamilos endureceram, empurrando seu sutiã de renda.

Ele indicou a coluna de quatro botões e apontou para o segundo de cima para baixo.

— Este aqui modifica a vibração. — Apertou-o e a vibração aumentou, zumbindo pelo dedo dela e subindo por seu braço. Ele colocou o dedo dela na ponta do pênis. Oh, meu Deus, ela já estava pensando naquela coisa como um pênis! O constrangimento a estimulava a se afastar, mas o fascínio a deixava ali mesmo onde estava, permitindo que ele corresse o dedo dela pelo pênis comprido e roxo, desenhado exclusivamente para dar prazer a uma mulher. Seus malditos mamilos empurraram o tecido com mais força, como se tentassem escapar da prisão de renda.

— Está vendo? Dá para sentir a vibração na vara também.

Ela respirou fundo ao imaginar aquela vara comprida de prazer dentro dela, vibrando por toda a extensão de sua vagina.

Os olhos dele brilharam, divertidos com o óbvio enlevo de Jenna.

— Agora, olhe isto aqui. — Apertou o terceiro botão e a vara começou a girar em círculos. Ela afastou o dedo, mas continuou olhando o vibrador, que girava sem parar. — Foi pensado para atingir o ponto G. A mulher da Secluded Hideaway me disse que dá um orgasmo bastante intenso.

— Secluded Highway?

— É uma loja. — Ele desligou o vibrador. O movimento espiralado parou. — Especializada em itens sexuais para mulheres.

Ele havia discutido esse assunto com uma mulher na loja? Jenna nunca faria uma coisa dessa, mas admirava aquilo nele. Ah, se ela pudesse ser tão tranquila assim em relação a sua sexualidade.

— Eles têm uma linha completa de brinquedos sexuais, *lingerie*, até literatura erótica feminina. Comprei alguns livros para você ver se gosta. Estão na mesa lateral.

Ela notou três livros na mesinha ao lado do sofá. Pegou o de cima.

— *Amor virtual?*

— Você trabalha com computadores, então achei que ia gostar do tema da realidade virtual. — Ele sorriu. — E na primeira cena a mulher é capturada por um pirata. Lembro de você ter mencionado alguma coisa sobre um pirata naquele primeiro dia.

Meu Deus, esse estranho sabia coisas demais a seu respeito. Mais até do que Ryan, pelo menos nessa área.

— Achei que você poderia ler o livro para se excitar e depois usar isto aqui enquanto estou no trabalho. Eu nunca ficaria sabendo. — Ele piscou. — A não ser que você quisesse me contar depois.

— Para alguém que não quer me pressionar a transar, você com certeza quer que eu fique pensando a respeito.

— Jenna, sexo é saúde. Quero que você tenha uma válvula de escape para a liberação sexual. Eu poderia muito bem ser essa válvula, mas, como disse, não quero que me procure só por isso. Se fizermos amor, quero que seja porque deseja fazer amor comigo. Entende?

Ela anuiu.

— Não percebe que, se eu quisesse fazer você vir logo para minha cama, não teria comprado algo assim? — Ele apanhou o aparelho enquanto falava e o agitou diante dela. — Teria lhe dado os livros e esperado você ficar toda tesuda e entediada, deixaria que a coisa crescesse, sem lhe dar alternativa de dar vazão a seu desejo. Mas, como disse... — Aproximou-se dela. — Sou um homem e quero você, por isso, não deixe a vergonha impedi-la.

* * *

DEPOIS QUE JAKE SAIU PARA O TRABALHO, Jenna colocou os livros e a "coisa" na gaveta da mesinha de cabeceira e esqueceu o assunto.

Na verdade, tentou esquecer, mas nos dias que se seguiram abria a gaveta e apenas ficava olhando para aquilo, várias vezes ao dia. Uma vez, chegou a tirá-lo de lá e pensou em usá-lo, mas e se Jake chegasse mais cedo por algum motivo? Ficaria envergonhada demais se ele chegasse quando ela estivesse usando aquilo, mesmo se a porta estivesse fechada. Ele provavelmente seria capaz de ouvir o barulho.

Cinco dias depois de chegar à casa de Jake, ela estava sentada na sala de estar com o cotovelo apoiado no balcão da cozinha e o rosto sobre uma das mãos observando-o preparar um jantar fantástico.

Ah, meu Deus, ele estava tãããão *sexy* naquela camisa cinza com os três botões de cima abertos, revelando os pelos suaves que polvilhavam seus peitorais bem definidos! Ele tirara a gravata momentos depois de entrar em casa, depois de seu dia de trabalho. As calças de prega cinza-escuras acentuavam sua cintura fina.

Ele não deixou que ela o ajudasse a preparar o jantar, usando a gravidez como desculpa para que ela apenas sentasse e relaxasse, mas deixou que tomasse seu suco de oxicoco numa taça de vinho e observasse.

Nos últimos dias, ela se pegava olhando para ele frequentemente, um estranho com rosto familiar. Agora, contudo, percebia que estava notando as diferenças entre Jake e Ryan, e não mais as semelhanças. Ryan odiava cozinhar, e quando cozinhava, seguia a receita ao pé da letra ou preparava alguma mistura pronta de caixa. Jake parecia salpicar temperos ao acaso rapidamente de diversos frascos com etiquetas escritas à mão. Em sua cozinha havia uma estantezinha com várias ervas frescas em pequenos vasos.

Jake olhou para ela enquanto ela observava as plantas.

— Gosta de cozinhar, Jenna?

Ela fez uma careta e seu olhar correu pela cozinha *gourmet* de Jake, com panelas de fundo de metal penduradas no teto, utensílios de aparência complexa sobre o tampo de mármore e outros refinados numa bancada de cerâmica ao lado do fogão de seis bocas com forno duplo.

— Não como você obviamente gosta. Cozinho porque preciso comer, só isso. Adoro fazer bolos, biscoitos, tortas e coisas assim, mas os resultados são tentadores demais, por isso não faço com frequência. Só nas festas.

Assar biscoitos de Natal era uma das raras tradições de infância de que ela se lembrava que incluíam Shane. Sempre que ele visitava Jenna e sua mãe nas férias, os três assavam biscoitos de formatos diversos e os decoravam com cobertura de açúcar e confeitos. Shane adorava especialmente as bolinhas de confeito prateadas, e Jenna, o açúcar brilhante verde e vermelho.

Jake sorriu, com os olhos brilhando.

— Já consigo ver você nesta cozinha, com o rosto salpicado de farinha, ajudando nosso filho ou filha a cortar massa de biscoito com forminhas.

Ela passou a mão na barriga. Sentia a vida crescendo dentro de si, e o calor maternal a atravessou. Como ansiava por esse dia!

— E você estaria fazendo o quê? — perguntou.

— Preparando o peru, claro.

Os olhos dela ficaram marejados ao pensar na linda imagem de vida familiar que lhe veio à mente. O filho deles rindo enquanto a farinha subia pelos ares depois de o saco cair no chão. Jake rindo ao pegar o pequenino nos braços e girá-lo. Exatamente como o pai dela fazia — antes de ir embora.

Uma família feliz. Natal juntos.

Seu coração doeu. Queria tanto isso. Pelo que conhecia de Jake, tinha certeza de que ele seria um pai fabuloso.

E um marido idem.

— Por que não escolhe um filme para assistirmos depois do jantar? — sugeriu ele.

— Certo.

Ela saiu do banquinho e foi até as prateleiras pregadas ao lado da gigantesca televisão de alta definição chumbada na parede principal. Correu o dedo pelas lombadas das caixas de DVDs.

A julgar pela coleção de Jake, ele tinha um gosto para filmes diferente do de Ryan, ou melhor, gostava de uma variedade maior. Ryan adorava os *thrillers* de ficção científica ou de espionagem militar. Jake parecia gostar desse tipo também, mas sua coleção incluía ainda comédias, mistérios, fantasia, drama e alguns filmes alternativos. Seu dedo parou em *Corra, Lola, corra*, um filme alemão de ritmo acelerado em que uma jovem repete os mesmos quarenta e cinco minutos tentando salvar a vida do namorado diversas vezes, o que permite que ela descubra mais a respeito de si e das pessoas a seu redor. O dedo seguiu em frente e parou no filme antigo *Sortilégio de amor*, com Kim Novak e James Stewart, sobre uma bruxa em Nova York que lança um feitiço em um homem, mas depois sem querer se apaixona por ele, perdendo assim seus poderes. Era um de seus filmes favoritos.

Na coleção dele também estava *Paternidade*, com Burt Reynolds. Seu rosto corou quando se lembrou de que fora esse filme que lhe inspirara encenar a fantasia de transar com um estranho. Havia uma cena engraçada em que Burt Reynolds fazia exatamente isso com a heroína, para tornar o sexo entre eles mais interessante.

A fantasia de Jenna nunca havia sido transar com um estranho de verdade, mas apenas apimentar a vida sexual com Ryan com os dois fingindo não se conhecer.

Ela tirou o filme da prateleira e olhou o verso da caixa, sem de fato enxergá-lo. Agora, pensava em transar com um verdadeiro estranho. Um estranho que estava se tornando bastante familiar.

Bem, por que não? Jake havia explicado que Ryan estava dando a ela a chance de conhecer o irmão. Ryan sabia que havia uma alta probabilidade de Jenna transar com Jake. Sabia disso porque ela lhe fizera essa pergunta. Ele relutara, mas depois concordara quando ela dissera que seria justo ela poder explorar esse lado do relacionamento com Jake.

Só que, na verdade, essa não havia sido a intenção dela. Afinal, ela e Jake já sabiam que eram sexualmente compatíveis.

Enquanto olhava para o filme em sua mão, pensava que já estava começando a conhecer Jake. Em breve, ele deixaria de ser um estranho. Isso era bom, mas um diabinho em sua cabeça berrou que essa era sua única chance de tentar transar com um verdadeiro estranho, do único jeito que ela jamais consideraria fazer, e que aquilo estava escapando por seus dedos.

— Como é que eu sabia que você seria fã desse filme?

O olhar de Jenna se voltou para Jake, que estava em pé à porta da cozinha com uma caçarola fumegante nas mãos cobertas com luvas. Meu Deus, como esse homem conseguia ser assim tão *sexy* com roupa de cozinha? Ela enfiou o filme de volta na prateleira. Ele levantou uma sobrancelha e sorriu, entendendo tudo.

O estrogonofe de carne que ele preparou estava absolutamente delicioso. Depois do jantar, acomodaram-se no sofá para assistir a uma comédia que ela escolheu rapidamente, sem prestar muita atenção, só para não ser *Paternidade*. Sam se enrodilhou no sofá ao seu lado.

Infelizmente, ela escolheu *American pie 2*, que vagamente confundiu com *Beleza americana*. No fim das contas, aquele era um filme sensual sobre colegas de faculdade querendo transar.

Na cena em que duas jovens fingem ser lésbicas para provocar os caras, Jenna se viu olhando com o rabo do olho para Jake, imaginando se aquela seria uma de suas fantasias. Afinal, todos os homens queriam ver duas mulheres em ação, certo? Com certeza o diretor do filme parecia achar isso; um personagem escondido à janela sem querer transmitira sua descrição do que via pelas ondas de rádio e todos os homens do país pareceram venerar a situação dos personagens principais.

Embora não houvesse nenhuma cena de sexo evidente no filme, ao final Jenna se viu pensando em sexo. Muito. Seu corpo latejava de desejo, seus mamilos doloridos empurravam o tecido.

Ela queria muito transar. Queria transar com Jake. Queria transar com um estranho, mas com um estranho seguro, como Jake. Droga, ela queria transar com Jake, sendo ele um estranho ou não. Respirou fundo tentando controlar seus hormônios.

Enquanto rolavam os créditos, Jake pegou o controle remoto e desligou o aparelho de DVD, depois colocou um CD de Diana Krall. O *jazz* envolveu Jenna. Ela tomou o último gole de seu suco de oxicoco com laranja e se acomodou de novo nas almofadas do sofá, acariciando Sam distraidamente, enquanto a gata ronronava feliz.

— Vou lhe trazer outro.

— Só água desta vez, por favor.

Jake pegou a taça dela e foi até a cozinha. Ela pegou o tricô e inspecionou os seis centímetros de lã turquesa trabalhados em um padrão delicado. Jake e ela haviam escolhido aquela lã e aquele padrão no dia anterior e ela começara a fazer o suéter naquela manhã. Não viu nenhum erro evidente, portanto, leu as instruções seguintes e começou a tricotar de novo. Jake voltou logo depois com um copo alto de água gelada e um refrigerante escuro. Sentou-se ao lado dela.

— Jake, você sabe muito mais sobre mim do que eu sobre você.

Ele colocou as mãos atrás da cabeça.

— O que quer saber? Como eu ganho a vida? Onde estudei? — Deu um gole no refrigerante.

— Gostaria de saber suas fantasias sexuais.

Ele quase engasgou com a bebida. Colocou o copo na mesa diante deles e se virou para encará-la.

— Minhas fantasias sexuais?

Ela terminou a carreira de pontos de tricô e colocou a peça na mesa lateral.

— Sim, claro. Você conhece as minhas. Algumas, pelo menos.

Ele arqueou uma sobrancelha e seus lábios se transformaram num sorriso de parar o coração.

— Você tem outras? Quais?

— Primeiro você.

— Bem, tem uma no elevador que compartilho com você. Ela sorriu.

— É, eu também gosto dessa. — Ela se inclinou mais para perto dele. — Mas estou falando sério. Que tipo de fantasias de homem você tem? Por exemplo, aposto que gostaria de transar com duas mulheres.

Olhou-a com uma calidez que ela achou irritante.

— Só se as duas fossem você.

— Ah, qual é? Você está me gozando.

— Sim, *gozando* teria algo a ver com a história...

Ela deu um tapa no ombro dele.

— Você é terrível. — Inclinou-se para a frente e apoiou os cotovelos nos joelhos. — Está tentando me dizer que se duas mulheres lindas com peitos até aqui — fez um gesto doze centímetros à frente do peito — ficassem nuas em sua frente e começassem a se beijar e acariciar os seios uma da outra, você não ficaria aceso?

— Claro que sim. Não estou morto. E você?

— Se eu ficaria acesa vendo duas mulheres juntas? — Corou. — Não sei.

— Aposto que sim, mas não foi isso que eu quis dizer. Você ficaria acesa com dois caras?

— Você quer dizer ver os dois... — ela balançou o dedo para a frente e para trás — juntos?

— Não, quero dizer com você. Tocando você. Beijando seus seios, um de cada lado. Ou um acariciando aqui... — Ele deslizou a mão pela barriga dela e envolveu um dos seios. Seus mamilos já enrijecidos se endureceram ainda mais. A outra mão dele desceu pela barriga dela e fez uma concha sobre seu monte de vênus — enquanto o outro faz sexo oral em você.

Os músculos inferiores de Jenna pulsaram, ansiando que ele a tocasse lá dentro.

— Bom, isso parece bastante excitante. — Ela tirou a mão dele de sua genitália e a colocou em sua cintura. Ele agora estava inclinado em cima dela, encarando seu rosto. — Mas você está evitando me contar sua fantasia.

Ele abaixou a cabeça e roçou os lábios nos dela. O contato suave desencadeou uma onda de sensações por seu corpo.

— Minha única fantasia é que uma linda mulher chamada Jenna, uma mulher de quem gosto profundamente, olhe nos meus olhos e me diga: "Jake, eu quero que você faça amor comigo". — Ele tirou a mão do seio dela para afagar sua face com a ponta do dedo. — E essa mulher teria de me garantir que não sou outra pessoa fingindo. Ela saberia que sou eu.

Os lábios dele encontraram novamente os dela e acariciaram sua boca. Formigamentos correram por Jenna. Seus seios incharam, exigindo ser tocados por Jake de novo, só que dessa vez com mais intensidade.

— Jake, eu...

— Jenna, não sou meu irmão. Somos duas pessoas completamente diferentes.

— É, eu sei. — Ela afagou a lateral do rosto dele, adorando a sensação de seu cabelo ondulado deslizando por seus dedos, adorando a profundidade do desejo nos olhos dele. — Soube disso na primeira vez em que estivemos juntos, mas achei que fosse tudo uma encenação. Agora sei que é porque você é um homem muito diferente e muito excitante.

Ela inclinou a boca para cima em busca de um beijo. Os lábios dele roçaram os dela suavemente.

— Jake, quero que você faça amor comigo.

Os olhos dele se acenderam e ele enfiou as mãos por baixo das pernas dela, para levantá-la do sofá. Enquanto ele a carregava pelo corredor na direção de seu quarto, os nervos dela começaram a tremer.

— Jake, espero que... — Ela hesitou.

— O que foi, meu amor?

— Espero que não se desaponte comigo.

Ele parou onde estava.

— Do que está falando? Como pode sequer sugerir uma coisa dessa?

— Eu também estava fingindo ser alguém diferente. Não sou de fato assim.

Ele sorriu.

— Aposto que ela é bem mais parecida com você do que pensa. Na verdade, aposto que ela é a verdadeira você quando baixa a guarda.

— Mas, e se não for?

Ele a beijou, uma pressão delicada sobre os lábios dela que aumentou até um desejo grande e insistente. A língua dele varreu o interior de sua boca e se uniu à dela num balé pulsante. Ele recuou, deixando-a sem fôlego.

— Você jamais poderia me desapontar. Na verdade, por que não relaxa e deixa tudo comigo?

CAPÍTULO 12

Jake a carregou até seu quarto. A cama *king size* feita de carvalho escuro dominava o ambiente com decoração em estilo náutico, com tons borgonha. Ele a deitou na cama e sentou ao lado dela, olhando-a com um sorriso terno. Ela estendeu a mão para abrir os botões da camisa dele, mas ele envolveu sua mão na dele e a afastou.

— Eu lhe disse que quero que relaxe e deixe tudo comigo.

Ele se levantou e abriu o botão de cima da camisa, depois o segundo. Correu os dedos para cima, abrindo as beiradas do tecido, revelando os ângulos fortes de seu peito. Moveu os dedos para baixo novamente, abriu outro botão, depois mais um, agindo com dolorosa lentidão, a camisa se abrindo, revelando seu abdome bem definido um pouco por vez. Ele se pôs a balançar os quadris para os lados. Abriu a fivela do cinto e em seguida o soltou, depois atirou-o para o lado.

— Algum homem já fez *strip tease* para você, Jenna?

— Hã, bem...

Ele sorriu.

— Ora, ora, sua danada.

— Na verdade, não foi bem para mim. Foi para uma noiva. E estávamos num clube de mulheres. — Não em um ambiente íntimo como o quarto de Jake.

— Bem, meu amor, este aqui é só para você.

Ele deixou cair as calças, depois chutou-as para o lado. Tirou as meias e em seguida se virou e ergueu a parte de trás da camisa para expor sua bunda, cujos músculos, contraindo e relaxando, formavam o traseiro mais duro e firme que ela já havia visto. Ela estava louca de vontade de ir por trás dele e abraçar suas nádegas, sentir o movimento daqueles músculos rijos em suas mãos.

Mas ele lhe havia dito para ficar onde estava, portanto, foi o que ela fez.

Ele se virou de novo e abaixou a camisa primeiro em um dos ombros, depois no outro. Tirou um dos lados da camisa, revelando metade de seu tronco comprido e magro. O olhar dela pousou no mamilo de Jake, ansiando por colocá-lo na boca. Ele tirou o outro lado da camisa e então a retirou completamente. Segurando a manga direita com uma das mãos diante do corpo e mantendo a outra escondida atrás de si, enfiou a camisa entre as pernas e a puxou para a frente e para trás, fazendo que roçasse sua virilha e seu pau crescente, enquanto movia os quadris para a frente e para trás.

A virilha dela também estava desconfortavelmente dura. Ela desejava tocá-lo. Mais: desejava que ele a tocasse. Ele atirou no chão a camisa, que aterrissou em cima de Sam, que estivera o tempo inteiro observando Jake sentada no chão. A gata soltou um miado de reclamação e foi embora.

Jake se aproximou da cama e inclinou-se para beijar Jenna. Ela colocou a língua para fora, querendo enfiá-la na boca dele. Ele deixou que ela provasse um gostinho, depois se afastou e virou de costas. Abaixou o corpo para pegar a camisa no chão, dando a ela uma bela visão de sua bunda firme a apenas centímetros de distância. Ela estendeu a mão e tocou os músculos rígidos. Depois de permitir que ela a apertasse levemente, ele deu um passo para diante, ficou fora de seu alcance e olhou para ela com um sorriso diabólico. Estendeu a mão para trás e abaixou um dos lados da cueca, expondo metade de uma das nádegas, provocando-a, depois abaixou o outro lado. Ela lambeu os lábios. De repente, ele abaixou a cueca até os tornozelos. Deixou o corpo abaixado por um ou dois segundos enquanto tirava a cueca, permitindo que ela tivesse um rápido vislumbre da carne dura e rígida dele. Levantou-se e se voltou devagar, com as mãos na frente do corpo e a cueca bloqueando a visão de seu pau. Ele se aproximou da cama.

— O que quer que eu faça agora, Jenna?

— Eu, hã...

O olhar dela estava cravado na virilha de Jake enquanto ele subia a cueca um pouquinho, expondo um milímetro de suas bolas, depois a abaixava um tanto, para que a cabeça do pênis ficasse visível antes de ser rapidamente escondida de novo.

— Eu quero que você faça amor...

— Sim, sei disso e farei, mas o que quer que eu faça neste exato momento?

A mão direita dele sumiu atrás da cueca e ela viu seu pulso se movendo para baixo e para cima.

— Quero ver... hã...

— Quer ver o quê, meu amor? — Ele levantou um pouco a cueca, expondo suas bolas peludas. Sua mão escondida voltou para o campo de visão de Jenna enquanto ele a deslizava por baixo dos testículos e os levantava. — Quer ver estes aqui?

Ela assentiu.

— Só isso? Tem mais alguma coisa que você quer ver?

— Quero ver você inteiro. Nu.

Os dedos dele se moveram por sobre as bolas, acariciando-as.

— O que especificamente você quer ver? Diga — exigiu ele.

— Eu quero ver... — Ela lambeu os lábios. — Quero ver seu... pênis?

Ele sorriu.

— Pelo que me lembro, você tinha outro nome para isso.

Ela corou e deu um risinho.

— Seu pau. Quero ver seu pau.

O sorriso dele aumentou.

— Cara, você fica linda dizendo palavrão.

Ele deixou a cueca cair e ela ficou sem fôlego. O pau dele era comprido e duro, a cabeça roxa de desejo por ela.

— Pronto, meu amor. O que quer que eu faça com ele agora?

— Traga-o para cá. — A voz dela era profunda e rouca de desejo.

Ele se sentou na cama ao lado dela e ela afagou sua barriga, deliciando-se ao sentir as ondulações duras de músculos. Desceu os dedos até os pelos púbicos dele e por sua ereção. Correu a ponta dos dedos de leve ao redor do sulco abaixo da cabeça. Depois de um instante, ela se inclinou e lambeu a pontinha, depois enfiou a cabeça na boca. Rodou a língua ao redor dele algumas vezes até ele gemer.

— Não, Jenna. Pare. — Segurou os ombros dela com suavidade e a afastou.

Ela tirou a boca e o olhou.

— O que foi? — Sua voz era tão trêmula quanto ela mesma se sentia. Sua confiança havia despencado no chão.

Ela olhou para as próprias mãos, agora cruzadas sobre o colo. Temeu que a velha Jenna sem graça não fosse capaz de satisfazê-lo. Ele segurou o queixo dela e o levantou para que o olhasse.

— Não fique assim, querida. Eu estava adorando o que você estava fazendo. — O pênis dele balançou, concordando. — É que quero me concentrar em agradar você.

— Mas tocá-lo me agrada.

Ele sorriu.

— Que bom. — Beijou-a com ternura. — Que tal se fizermos uma coisa? Você toca tudo que quiser, mas antes me pede para fazer algo em você.

A excitação percorreu o corpo dela. Ele queria o toque dela e ao mesmo tempo queria satisfazê-la.

— Certo, acho que quero que você tire minha roupa.

Ele passou o dedo pelos botões da frente da blusa dela.

— Seja mais específica.

— Eu... quero que você tire minha blusa.

Ele moveu os dedos até o decote da blusa de Jenna. O contato dos dedos dele com sua pele enquanto ele abria o primeiro botão disparou uma corrente elétrica por seu corpo. Ele correu o dedo pela pele de Jenna até chegar ao segundo botão, depois o abriu. Quando finalmente abriu o último, abaixo do umbigo dela, a pele de Jenna estava em fogo. Ele deslizou a blusa por seus ombros e desceu-a por seus braços. A pele exposta de Jenna se arrepiou inteira. O olhar de Jake pousou em seus seios, inchados sobre a parte de cima de seu sutiã preto de bojo.

Ele os olhou, mas não tocou... e ela queria que ele os tocasse. Desesperadamente.

Ela se inclinou e o beijou, afagando as têmporas dele.

— E agora, Jenna? — A voz de Jake, grave e *sexy*, ribombou por dentro dela.

— Quero que você toque meus seios — murmurou com a voz cheia de desejo.

A ponta dos dedos dele afagou a carne branca acima do sutiã. A outra mão envolveu em concha a parte inferior dos seios, aquecendo-os. Ela queria arrancar a renda do meio do caminho, sentir as mãos dele sobre sua pele nua.

Ela roçou o rosto na orelha dele, depois soprou suavemente e sussurrou:

— Tire meu sutiã.

Ele deslizou os braços por trás do corpo dela e soltou o fecho do sutiã, depois retirou-o devagar do corpo de Jenna.

— Jenna, você tem seios lindos. — Afagou ambos e com a ponta dos dedos acariciou os mamilos, que o recompensaram endurecendo e se alongando, ansiosos por ele.

Ela queria mais.

— Quero que você... — Ela lambeu os lábios.

— Sim? — estimulou ele.

— Quero que os beije.

Ele beijou o seio direito, na parte superior, depois em círculo ao redor do mamilo, provocando a aréola com os lábios, depois os centrou sobre o mamilo, beijando a ponta. Então, passou para o seio seguinte e fez o mesmo. Mas apenas com beijos.

Ela queria mais.

— Lamba os dois, depois enfie-os em sua boca.

Ele passou a língua sobre um dos mamilos e ela gemeu com aquela estimulação deliciosa. Então, ele o colocou dentro da boca, sem parar de lambê-lo.

Ela respirou com dificuldade.

— Oh, sim, assim é bom.

O outro mamilo recebeu o mesmo tratamento.

— Agora chupe.

Imediatamente ele chupou, sugando-a até o fundo de sua boca quente e úmida. Ela gemeu de prazer intenso.

— Ah, sim — disse sem ar. — Ah, como é bom.

Ele alternava um lado e outro, beijando, lambendo, chupando. De repente, ela se deu conta de que aquele homem — Jake, não Ryan —, um homem que ela mal conhecia, estava sentado na cama ao seu lado, totalmente nu e chupando seus seios despidos. Não apenas isso: ele a fizera dizer o que ela queria que ele fizesse. Ele a colocara no controle da situação enquanto ao mesmo tempo a obrigava a estender seus limites sexuais, ao precisar dizer em alto e bom som o que queria. Era tão excitante.

Seus seios doíam de prazer. Sua vagina doía de desejo.

— Jake, tire minha calça.

Ele abriu o botão, depois o zíper. Ela arqueou os quadris para cima para que ele deslizasse a calça por eles. Retirou-a e correu as mãos nas pernas dela, mas parou na metade das coxas.

— Quero que você me toque... — Ela não conseguia pensar numa palavra apropriada, por isso segurou a mão dele e a guiou até a virilha. — Aqui. Quero que me toque aqui.

Ele colocou a mão em concha sobre seu monte de vênus por um instante, depois deslizou o dedo pela fenda, por cima da seda da calcinha. A umidade encharcou o tecido.

Inclinou-se e beijou os pelos pubianos, ainda subindo e descendo os dedos pela vagina dela. Depois roçou o rosto no ouvido dela.

— Posso lamber você, Jenna? — murmurou.

— Oh... sim, adoraria.

Ele desceu a cabeça e ela sentiu sua língua deslizar por toda sua extensão. Por cima da calcinha. Ele a lambeu de alto a baixo várias vezes, depois deu batidinhas com a língua na frente, provocando o clitóris. O tecido úmido pressionava firmemente o corpo dela enquanto a língua quente de Jake se mexia ali.

— Ah, meu Deus, tire logo essa calcinha.

Ele a tirou com um só movimento rápido, e quando sua língua tocou a pele nua dela, dando lambidinhas em seu botão sensível, ela quase deu um pulo.

Ele lambia e pulsava, afastando as dobras dos lábios vaginais para os lados para poder ter um acesso melhor.

— Oh, Jake. Oh, sim — gemeu ela enquanto a primeira onda de prazer a atravessava.

Ele levantou as pernas dela e as colocou sobre os ombros, escancarando-as. Sua língua mexia-se impossivelmente rápido, fazendo que ela rodopiasse para dentro de um orgasmo intenso. Ela segurou a cabeça dele com força, puxando-a contra seu corpo.

— Ah, Deus, Jake. Ah, sim.

Ele chupou, depois lambeu, depois chupou. As ondas de prazer se enovelavam por ela, depois a arrastaram para longe.

Depois que os gemidos dela pararam, a língua de Jake estacou e ele sorriu para ela. Esticou o corpo ao seu lado.

— Pelo visto, você gostou.

Ela deu um sorriso largo.

— Gostei.

Estendeu a mão até a ereção dele e a afagou de leve para cima e para baixo, só com a ponta dos dedos.

— Gosta?

— Gosto.

Ela o empurrou de costas na cama e subiu nele.

— Ótimo, porque agora é minha vez.

Ela segurou seu pau duro como pedra e o levantou perpendicularmente ao corpo dele. O membro se retorceu em suas mãos. Roçou os lábios na ponta e deu lambidinhas no buraco minúsculo. Acariciou a vara com um único dedo, depois fez espirais ao redor da ponta. O pau era tão lindo, com sua pele retesada e macia, a cabeça bulbosa em forma de cogumelo e a vara *tão* comprida. Ela ansiava por chupá-lo e apertá-lo na boca, mas o jogo que ele havia começado a instigara. Ele havia dito para deixar tudo com ele.

Ela lambeu de novo, depois o soltou e se deitou na cama. Ele olhou para ela com as sobrancelhas erguidas.

Ela deu de ombros.

— Você me disse para deixar tudo com você. — Ela olhou para o pau dele, depois para seu rosto. — Então, vá em frente.

Ele sorriu e envolveu com a mão grande sua ereção. A cabeça roxa do pau aparecia no topo da mão fechada.

— Você quer dizer assim? — A mão dele deslizou por seu próprio corpo, depois foi para a frente de novo.

Ela assentiu, observando atentamente enquanto a mão dele se movia em movimentos longos e suaves. Podia imaginar aquela vara linda afagando as paredes de sua vagina enquanto ele metia dentro dela. Seus mamilos doeram. Ela envolveu um deles com um dedo e o acariciou.

Ele desviou o corpo na direção dela, movimentando a mão mais depressa, os olhos cintilando enquanto a observava com atenção. Ela sorriu e afagou o outro mamilo, beliscando os dois ao mesmo tempo.

— Jenna, você está me deixando louco.

Ela deslizou uma das mãos pela barriga, depois as enfiou entre as pernas, dentro de sua umidade escorregadia.

— Oh, meu amor, eu... — De repente ele estremeceu, e o líquido branco espirrou de seu pau e se espalhou pelo peito dela.

Ela prendeu a respiração. O sêmen quente voltou a espirrar, sem parar.

Ele riu, depois se apoiou sobre um dos cotovelos.

— Você me dá um tesão daqueles. — Arrastou um dedo pelo visgo branco, depois o deslizou para baixo. — Isso devia ter ido parar aqui.

Ele pressionou o dedo na abertura dela. Ela gemeu quando ele o enfiou ali dentro e o girou.

— Ah, sim. Esse é um bom lugar para isso.

Ele acariciou seu clitóris. A umidade latejante entre as pernas dela lhe disse que era hora de fazer mais um pedido.

— Mmm. Quero que você faça algo, mas não sei se já está preparado.

Encarando o pau dele, ela lambeu os lábios e abriu bem as pernas. Seu membro flácido começou a se retorcer, voltando à vida.

Ele deu um sorriso travesso.

— Querida, estou pronto, se você estiver.

— Quero que você venha para cá. Depois quero que lamba e chupe meus seios até os mamilos ficarem tão duros que eu não consiga mais suportar.

— O que você quiser, Jenna.

Ele subiu sobre ela e chupou um dos seios com tanta força que ela engasgou.

— Um já foi — respondeu ela, trêmula.

Ele sorriu, depois lambeu o segundo e chupou devagar, mas sem piedade. Em dez segundos ela estava arfando.

Ele sorriu olhando para ela, com os olhos brilhando.

— Certo, e agora?

Ela sorriu.

— Agora, quero que enfie seu pau *enorme* bem dentro de mim.

Os olhos dele se escureceram de desejo intenso. Ele pressionou a ponta do pau na abertura úmida dela e devagar deslizou para a frente.

— Não, enfie rápido e com força.

— Meu Deus, Jenna, eu adoro quando você fala desse jeito.

Ele arremeteu, esticando a largura da vagina dela em uma única enfiada. Ela gemeu alto. Ele recuou, fazendo a cabeça do pênis se arrastar pela extensão da vagina, depois tornou a meter. Ela passou as pernas ao redor do corpo dele, cruzando os tornozelos atrás das suas costas e pressionando-o a ir ainda mais fundo.

Ele bombeou dentro dela. A respiração de Jenna se acelerou enquanto o prazer aumentava. Ondas de puro êxtase pulsaram por seu corpo, fazendo-a girar em um vértice de sensações incríveis.

— Jenna, goze para mim. Quero ouvir você gritar de prazer.

— Ah, sim. Você está me fazendo gozar. — Ela gemeu enquanto o orgasmo a atingia. O corpo dele se retesou e ela sentiu um líquido quente inundar suas entranhas. Ainda assim, ele continuou bombeando. Enquanto ela continuava cavalgando seu pau, os dedos dele se enfiaram entre os corpos e afagaram seu clitóris. O clímax que chegava se acendeu mais uma vez e ela gemeu no ouvido dele.

Ele continuou a estimular seu clitóris e enfiou a vara rígida mais fundo dentro dela. O orgasmo de Jenna pareceu durar para sempre. Quando finalmente acabou, ela o abraçou com força.

— Isso foi fabuloso. — Ela roçou o rosto perto do peito dele, sentindo-se de repente exausta. — O melhor que já tive.

Ela bocejou, depois beijou a base do pescoço de Jake.

— Vou dormir agora. — Ela acariciou a barriga dele. — Boa noite, Ryan.

* * *

JAKE FICOU OLHANDO JENNA ADORMECIDA, o peito completamente tomado pela dor. O sexo havia sido fantástico. Sua artimanha para ajudá-la a superar seu nervosismo havia funcionado às mil maravilhas. Ela se abrira e no fim começara a curtir falar de sexo. Aí, ela o fizera chegar perto do clímax várias vezes, depois o conteve, fazendo que sua energia se acumulasse até finalmente explodir em uma liberação fantástica.

Pena que ela havia se esquecido de quem ele era.

Ela o chamara de Ryan.

Uma dormência se acomodou no fundo de sua barriga. Agora ele sabia o que seu irmão havia sentido e não gostou nem um pouco. Na verdade, a dor era quase insuportável.

Ele acariciou o cabelo dela atrás da orelha. Amava-a tanto que todo seu corpo latejava de amor. Ela havia concordado em ficar com ele durante um mês para se dar a chance de se apaixonar pelo pai de seu filho — do filho dele —, mas agora ele se perguntava se isso seria possível.

Será que sua adorável Jenna na verdade estava mesmo apaixonada por seu irmão?

* * *

Na manhã seguinte, Jenna acordou sozinha na cama de Jake, mas o calor da transa da noite anterior ainda a aquecia. Puxou as cobertas para o lado e espiou no banheiro da suíte para ver se Jake estava no chuveiro, mas tudo que encontrou foi uma toalha úmida pendurada num toalheiro térmico.

Sacou uma toalha limpa das prateleiras ao lado da enorme banheira jacuzzi. Dez minutos depois, saiu do boxe encharcada. Secou o cabelo com uma toalha, passou um pente por ele e depois vestiu o robe de *plush* que encontrou pendurado num gancho ao lado do chuveiro. Adorou sentir o cheiro de Jack envolvendo-a quando o robe a abraçou com seu calor.

Ao sair do banheiro olhou para o relógio ao lado da cama. 8h05. Jake só saía para trabalhar às 8h15. Talvez estivesse na cozinha tomando o café da manhã. Ela foi até o corredor, tentando não correr, desejando sentir os braços dele ao redor de seu corpo mais uma vez antes de ele sair. Sam estava deitada no tapete perto da sala de estar, esticada numa faixa de sol.

Jenna abriu a porta da cozinha e sorriu ao ver Jake sentado num banquinho ao balcão, tomando café e lendo um relatório. De repente, ela se sentiu tímida e nervosa.

— Bom dia — cumprimentou.

Ele olhou para Jenna.

— Oi. A chaleira está cheia de água quente, se quiser preparar um chá de ervas. Não sabia quando você ia acordar, por isso não o preparei.

— Tudo bem.

Ela se sentiu esquisita. Ele não havia sorrido e seu tom era educado, mas distante. Teria ela feito algo de errado?

Sentou-se no banquinho ao lado do dele pensando que estava apenas sendo paranoica, e apoiou a mão na coxa de Jake, precisando ter algum contato físico com ele.

— Dormiu bem? — perguntou hesitante.

— Sim — respondeu ele sem dizer mais nada. Continuou lendo o relatório a sua frente.

O coração dela se apertou. Ele estava sendo fechado e ela não sabia o motivo.

— Jake?

— Hummm?

Ele não olhou para ela. Arrependeu-se de não ter saído antes de Jenna acordar, mas agora não poderia simplesmente ir embora. Droga, ele não queria conversar com ela naquele momento. Ainda estava magoado.

Podia ouvir as palavras ronronantes dela: "Boa noite, Ryan". Seu coração se apertou. E a sensação da mão dela em sua coxa era pura tortura. Não queria jogar aquilo tudo na cara dela. Ela não havia feito aquilo para magoá-lo. Na verdade, ele tinha certeza de que ela nem percebera o que fizera.

— Jake, aconteceu alguma coisa?

Ele olhou para ela.

— Não, claro que não. — Ele se levantou, colocando a distância necessária entre eles. — Preciso sair para o trabalho.

Sentiu o olhar dela sobre ele enquanto pegava a pasta e se dirigia até a porta da cozinha. Algo o fez olhar para ela mais uma vez antes de abrir a porta. Lágrimas enchiam os olhos de Jenna.

Ah, que droga. Deixou a pasta e foi até o lado dela, depois a abraçou.

— Querida, o que foi?

— Eu... não... sei. Na... noite passada... nós... — As palavras dela eram pontuadas por soluços, depois se transformaram em um choro pesado.

Que diabos, não havia sido sua intenção magoá-la. Na verdade, ele quisera fugir antes de ela perceber que havia algo errado.

Ele pegou um lenço de papel da caixa sobre o balcão e estendeu-o para ela.

— Aqui — disse num tom gentil. — Assoe o nariz e respire fundo.

Ela fez o que ele sugeriu e tentou de novo:

— Na noite passada estávamos tão próximos... — Outro soluço. — Mas agora, você não quer nem ficar perto de mim. — As palavras saíram aos borbotões, e então ela tornou a soluçar.

Ele a abraçou e puxou-a para perto, sentindo mais que apenas um pouquinho de culpa.

— Desculpe, meu amor. Só estava pensando noutra coisa. — Beijou o topo de sua cabeça. — Não queria fazer você ficar triste.

A única reação dela foi uma fungada. Ele envolveu seu queixo com a mão em concha e o ergueu. Partia-lhe o coração ver seus grandes olhos azuis cheios de lágrimas.

— Eu já lhe disse, meu amor. Não há nada de errado.

— Certeza?

Ele beijou a ponta de seu nariz.

— Absoluta.

Lágrimas novas caíram dos olhos dela.

— Desculpe, acho que são os hormônios. — Ela segurou a gola do robe e um sorriso tênue e trêmulo curvou seus lábios. — Se eu continuar agindo assim, você com certeza não vai mais querer ficar comigo.

O coração dele se encheu ao lembrar que ela estava carregando seu filho. Abraçou-a com força.

— Isso jamais vai acontecer, querida. Não existe nada que você possa fazer para me impedir de amá-la.

Mesmo que ela não retribuísse seu amor.

* * *

Jenna observou Jake se afastar no carro. Abraçou o próprio corpo, adorando a sensação do robe felpudo ao seu redor, adorando o cheiro dele envolvendo-a.

Apesar disso, estava perturbada com a conversa que haviam acabado de ter.

Jake lhe dissera que a amava. Ela abriu a geladeira e tirou o suco de laranja, depois serviu-se de um copo. Na verdade, pensando bem, ele já lhe dissera aquilo antes, na noite antes do jantar de ensaio do casamento, mas aquilo não havia se imprimido nela porque naquele momento achava que ele fosse Ryan.

"Meu Deus, Jake me ama." Como podia ser? Ele só a conhecia havia dois dias quando dissera isso. Seria possível que realmente houvesse se apaixonado por ela assim tão rápido? Ryan levara oito meses para dizer aquilo.

Ela observou dois gaios azuis mergulharem na fonte em frente à casa, atirando a água por cima das costas e batendo as asas, espirrando água para todos os lados. Sabia que Jake a levara até ali para convencê-la a se casar com ele, mas pensou que fosse apenas porque ela seria a mãe de seu filho. Porém, Jake lhe disse que a amava.

Era tudo tão confuso. O que ela sabia de fato sobre o amor? O que Ryan e Jake sabiam sobre o amor?

Ryan disse que a amava, mas se era verdade, por que evitou ficar ao lado dela?

Jenna correu o dedo pela vidraça.

Jake disse que a amava, e ela também estava começando a se apaixonar por ele. Mas aí, ele se fechou. Disse que estava pensando em outra coisa, mas isso mais parecia uma desculpa de Ryan do que algo do Jake que achava conhecer.

Sam entrou na cozinha e olhou para Jenna. Ela pegou a gata e a aninhou perto do corpo.

Talvez ele apenas houvesse se convencido de que a amava por causa do bebê, e agora também ia se afastar.

* * *

Após um jantar silencioso naquela noite, Jake a convidou para jogar *videogame* em seu gabinete. Ele tinha um esquema maravilhoso, com dois computadores ligados em rede, monitores de alta resolução e CPUs de última geração feitas para jogos. Ela preferia jogos que exigiam destreza aos RPGs, portanto, jogaram um novo *game* de golfe *online*. Após uma partida de oito buracos, ela decidiu que bastava.

Os dois haviam passado a noite inteira juntos, mas em mesas separadas, sem literalmente nenhuma interação física. Jenna foi dormir sentindo-se sozinha. Havia começado a se convencer de que seus sentimentos por Jake eram verdadeiros, mas muito provavelmente ela apenas via em Jake o que desejava ver em Ryan.

Ela amava Ryan. Claro, os dois tinham alguns problemas a resolver no relacionamento, mas quando estava com ele, nunca duvidava do que ele sentia por ela. Isso só acontecia quando ele estava longe. Ah, se ele não se afastasse com tanta frequência! Ah, se estivesse ali agora! Na verdade, não era ele quem estava afastado dela agora, e sim o contrário.

Olhou para o telefone prateado na mesa de cabeceira. Podia ser que Ryan não estivesse ali, mas isso não queria dizer que eles não podiam estar em contato. Ela se sentou na cama e colocou dois travesseiros atrás das costas, depois pegou o telefone e digitou o número de Ryan. Olhou para o relógio. 23h30. Estava um pouco tarde (Ryan provavelmente chegara havia mais ou menos uma hora), mas ela torceu para que ele não se incomodasse.

O telefone tocou três vezes. Quatro.

— Alô?

Ao ouvir o som da voz de Ryan, rouca de sono, seus tremores de inquietação sumiram.

— Ryan, é...

— Jenna. — A voz dele ficou dura. — Está tudo bem?

— Sim, eu... — Ela fez uma pausa, impressionada com seus sentimentos. A preocupação na voz dele, o sentimento de proteção que emanava fizeram que Jenna se sentisse segura e amada. Era uma sensação maravilhosa que ela sabia vir de um relacionamento profundo, construído ao longo do tempo. Um relacionamento baseado na confiança e no respeito mútuos. E no amor.

— Jenna? Você ainda está aí?

Ela se deu conta de que sua mente havia divagado.

— Eu... eu só queria ouvir sua voz. — Uma lágrima caiu de seu olho.

— Meu amor, tem certeza de que está tudo bem?

— Sinto sua falta, só isso.

— Querida, também sinto a sua. Sabe, você pode voltar quando quiser. Não precisa ficar a...

— Não. — Ela balançou a cabeça tentando se convencer daquilo tanto quanto Ryan. — Prometi que daria um mês a Jake.

— Mas, se você está infeliz...

— Não estou infeliz... — Ela fungou para camuflar as palavras. — São só os hormônios. Jake tem sido maravilhoso. Ele me faz sentir em casa. Tem sido um fofo.

O silêncio do outro lado da linha fez que ela se arrependesse do que havia dito.

— Eu só quis dizer que... — Ela não tinha mais certeza do que queria dizer.

— Hã-hã.

Ela imaginou a expressão rígida do rosto dele e sua testa franzida, os lábios comprimidos. Ele devia odiar o fato de ela estar tão longe, sem lhe dar a menor chance de influenciar sua decisão. Isso devia fazer que se sentisse impotente, e ele era um homem acostumado a exercer controle sobre seu meio.

— Mas, Ryan, estou ligando para você — disse em tom caloroso. — Porque sinto sua falta.

— Hã-hã. — Dessa vez, as palavras saíram num tom de sorriso.

Melancolicamente, ela lembrou o sorriso dele, recordou que beijava aqueles seus lábios cheios e sensuais, lembrou-se da pressão firme daqueles lábios contra os seus enquanto ele a abraçava. Seus hormônios subiram às alturas.

— Sabe, estou aqui sentada na minha cama... sozinha... — Ela deixou as palavras no ar, esperando para ver se ele mordia a isca.

— É mesmo? O que você está vestindo?

Nada. A palavra quase escapou de sua boca, mas era clichê demais. Ela imaginou se ele não estaria a fim de algo um pouco mais excitante.

— Estou vestindo uma fantasia minúscula de odalisca. Sabe, com um sutiã que mal cobre os seios e uma saia bem abaixo do umbigo.

— Hummm. Gostei.

Ela sorriu.

— Meus seios inchados estão pressionando o tecido apertado de veludo. Você é um xeque rico e me comprou na casbá hoje mesmo.

Opal Carew

— Você quer dizer o mercado de escravos?

Ela deu um sorriso. Prestar atenção aos detalhes era algo tão típico de Ryan, mas mesmo enquanto fazia sexo ao telefone?

— Claro. Agora estou em seu quarto.

— Você quer dizer tenda?

Ela puxou os lençóis.

— Ryan, quer precisão ou sensualidade?

— Certo. Estamos no meu quarto. Você está amarrada?

— Hummm. Sim, minhas mãos estão presas.

Ela ficou em silêncio um instante, mas ele não disse nada, obviamente esperando que continuasse.

— Estou em pé, esperando para ver o que você vai fazer — sugeriu.

— Ahhh. Olho para você, correndo os olhos por seu corpo, e eles pousam em seus seios lindos.

Os mamilos dela endureceram ao ouvir aquilo, enquanto o imaginava olhando para ela com desejo. Deslizou uma das mãos sobre um mamilo duro, transida de desejo.

— Ando em sua direção — disse ele.

— E eu recuo.

Ela podia sentir a excitação daquele belo xeque, seu Ryan, se aproximando dela, com olhos negros como carvão atravessando-a. O calor fervilhou dentro de seu corpo.

— Eu a agarro e puxo-a para perto.

Ela quase ofegou com a imagem.

— Beijo você. Um beijo longo e forte.

— Mmm. — Ela deixou escapar um murmúrio ao imaginar seus braços fortes enlaçando-a, forçando-a a entregar o que ela queria lhe entregar, mas não podia. Não como escrava. Não com a distância física entre eles.

— Você gosta do beijo, eu percebo — murmurou ele.

Os dedos dela afagaram lentamente um de seus mamilos, depois o outro. Eles se empinaram, o algodão macio da camisola se modelou ao redor dos montes desenhados.

— Sim, mas não quero que você saiba disso, portanto, eu resisto — respondeu ela.

— Mas eu a beijo com mais força ainda, até que você cede e corresponde ao meu beijo.

— Ah, sim. — Ela correu os dedos pelos lábios, sentindo uma comichão ao imaginar a boca dele movimentando-se sobre a sua.

Meu Deus, como ela o queria. Ah, se ele estivesse naquele quarto com ela! Ela arrancaria suas roupas e se atiraria em cima dele. Queria vê-lo. Queria deixá-lo nu e tocá-lo.

— Passo a mão por seu peito rígido e forte. Sinto seus músculos desenhados com a ponta dos meus dedos. Você é meu mestre e quero rejeitá-lo, mas não consigo evitar. Eu o desejo.

Ela podia ouvir a respiração acelerada dele no outro lado da linha.

— Deslizo a mão por sua barriga dura, depois a enfio em suas calças e... — Ela fez uma pausa, imaginando seus dedos tocando seu pau duro, depois deslizando por ele. — Ohhh — gemeu.

— Jenna?

— É tão grande e duro.

Ao ouvir a admiração na voz dela, Ryan sentiu sua ereção empurrar dolorosamente sua calça *jeans*. Passou a mão por cima do pau, desejando que fosse a mão doce e delicada de Jenna.

— Eu o tiro para fora e o acaricio suavemente — continuou ela.

Ele abaixou o zíper. Seu pau pulsou, livre, rígido como uma pedra. Isso não duraria muito.

— Ei, achei que você estivesse amarrada. — Ele a imaginou na fantasia diáfana que ela descrevera, os seios quase saltando para fora do sutiã, o tronco nu até os quadris, as pernas espiando pelo tecido leve da saia.

— Ah, é. Mas agora não estou mais — disse ela.

— Mas quero que esteja — respondeu ele com um grunhido sensual e rouco. — Você tira a mão porque percebe que está sendo arrastada pelo desejo e se recusa a ceder. Eu empurro você para a cama e a amarro, os braços e as pernas escancarados.

— Ah, sim. Ou melhor... Oh, não. Por favor, me solte.

As palavras dela fizeram o desejo trovejar pelo corpo dele.

— Não, escrava. Você é minha e eu quero provar isso a você.

Ele a imaginou inteiramente aberta em sua cama, olhando-o com olhos arregalados de paixão. Ele ia lhe provar que ela era dele, de todas as maneiras possíveis. Seu coração inchou de alegria ao perceber que ela estava lhe dando a oportunidade de fazer exatamente isso. Ou seja, ele ainda tinha uma chance real.

— O que você está fazendo agora? — perguntou ela.

— Olhando para você. Você está ofegando, portanto, estou vendo seus seios subindo e descendo. — Ele podia ouvir o som da respiração acelerada de Jenna. — Você luta, por isso o tecido leve de sua saia se abriu. Suas pernas estão completamente à mostra.

— Só isso está à mostra? — perguntou ela com uma voz ardente.

— Enquanto você se debate, vejo o meio de sua calcinha.

Jenna sentiu a calcinha ficar molhada.

— Você ainda está só me olhando?

— Não — murmurou ele, a voz como seda quente roçando a orelha dela. — Agora estou sentado na cama ao seu lado, minha perna roça seu tórax. Afago seu rosto...

Um tremor atravessou o corpo de Jenna ao pensar no toque suave dele, um contraste com a *persona* dominadora que ele estava representando. Foi assim que essa escrava soube que ele de fato a amava, esse seu xeque forte, ainda que não admitisse. Foi assim que ela soube, no fundo do coração, que ao lado dele estaria segura.

— Continuo descendo por seu pescoço, e depois... por seus seios.

Os dedos dela seguiram o caminho que ele descreveu, depois envolveram seu seio direito.

— O sutiã se abre na frente — ela observou.

— Abre mesmo. Meu dedo desliza por baixo do fecho. Abro.

— Eu olho para o outro lado.

— Ah, sim. Seu sutiã acabou de se abrir. Vejo seus seios nus. Seus mamilos estão duros. Bem empinados.

— Sim. — Ela encontrou a barra da camisola e a tirou do caminho. Seu dedo brincou primeiro com um mamilo, depois com o outro, enviando comichões por seu corpo.

— Eu os olho, impressionado com sua beleza.

Ela respira com dificuldade, imensamente excitada com o maravilhamento na voz dele, com a lembrança de que ele adorava olhar seu corpo.

— Eu os acaricio, cobrindo-os com as mãos. São tão macios e quentes.

— Adoro sentir suas mãos em mim. — Ah, como ela desejava que as mãos dele realmente estivessem sobre seu corpo!

— Lambo seu mamilo esquerdo.

— Oh, sim. — Ela lambeu os dedos, depois deslizou-os sobre o mamilo esquerdo. — Ah, gosto disso, mas estou tentando não demonstrar.

— Mas eu percebo. Seu rosto está corado. Sua respiração está acelerada. Lambo o outro mamilo, depois o enfio em minha boca.

— Mmmm. — Ela apertou e beliscou o mamilo duro, desejando que realmente estivesse dentro da boca quente e úmida dele.

— Como está duro dentro de minha boca!

— Isso é a única coisa que está dura? Você está duro? — perguntou ela.

— Ah, meu Deus, sim, estou duro. Eu me levanto e deixo as calças caírem, mostrando a você o que a espera.

Ela o imaginou em pé a sua frente, seu pau longo e rígido se latejando, ansioso por entrar dentro dela.

— Oh, como é grande.

— E tudo isso só para você. Logo vou lhe mostrar como é sentir isso tudo enfiado dentro de você.

A vagina dela se apertou em torno do nada. Uma dor aguda disparou em seu corpo. Sua mão foi até a calcinha, depois deslizou para dentro e acariciou a fenda úmida.

— Quando?

— Em breve. Muito em breve.

— Você está passando a mão nele agora?

— Eu o seguro com força e subo e desço a mão algumas vezes, para exibi-lo a você.

Ela imaginou a mão dele subindo e descendo. Na vida real, ela tinha certeza de que ele estava fazendo exatamente isso. Porque ele a desejava, e esse pensamento a excitou ainda mais.

— Fazendo isso você me deixou molhada. Ah, tão molhada.

Ryan gemeu ao imaginar Jenna, não uma escrava em sua cama, mas a verdadeira Jenna deitada numa cama pensando nele e ficando molhada por causa de suas palavras e das imagens que ele estava evocando. Ele bateu uma punheta no pau latejante, tão perto de gozar.

— Estou impaciente para ver sua xoxota molhada, portanto, arranco sua saia. Sua calcinha também. Agora você está completamente nua.

— Ah, sim.

— Meus dedos deslizam entre suas pernas e provocam você. — Ele riu. — Sim, você está molhada, dá para sentir.

— Oh.

— Pode me imaginar sentindo você, Jenna? — murmurou ele.

Sim, ela podia. Jenna podia sentir seu dedo forte deslizando sobre sua carne macia e úmida.

— Estou enfiando o dedo dentro de você agora.

— Oh, sim. — Ela fechou as pálpebras enquanto enfiava seus próprios dedos dentro de si.

— Meu polegar acaricia seu clitóris.

Ela acariciou o clitóris.

— Sente isso, meu amor?

Ela se retorceu na cama.

— Oh. Sim. — Suas palavras entrecortadas disseram a Ryan que ela estava sentindo o que ele descrevia.

Cara, ele sabia que ela estava enfiando os próprios dedos na vagina e a ideia dela se tocando quase o fez perder as estribeiras. Precisava se controlar para que ela também pudesse gozar.

— Minha língua está tocando seu clitóris agora.

— Oh, sim, sua língua.

— Você está quase lá.

Ele não estava brincando. O calor invadiu Jenna enquanto ela imaginava a língua dele dançando sobre seu clitóris. Enfiou mais dois dedos em si mesma enquanto o polegar acariciava o clitóris, agindo como se fosse a língua dele.

— E seu pau? Continua duro?

— Duro. E comprido.

— Ohhhh...

Ryan apertou a mão sobre a vara enquanto bombeava.

— Estou subindo em cima de você agora.

— É? — O murmúrio baixo e gemente dela parecia tão cheio de desejo.

— Estou empurrando o pau para dentro de você...

— Ohhhh...

— ... e... ah... meu amor, estou metendo.

— Oh, sim, enfie tudo.

— Estou enfiando tudo.

— Oh, Deus, eu estou... estou... — Os gemidos dela, depois seu arfar, rodopiaram dentro do ouvido dele e o deixaram sem fôlego. — Estou gozando — urrou ela entre gemidos.

Ele bombeou mais duas vezes e gozou, a mão apertando a vara enquanto o líquido quente espirrava em seu peito. Os gemidos baixinhos dela agiam como uma serenata durante seu clímax intenso.

Jenna arqueou o corpo e gemeu enquanto cavalgava o orgasmo cintilante, imaginando o rosto de Ryan contorcido de prazer enquanto ele metia dentro dela.

Ouvia sua respiração do outro lado da linha. Acalmando-se. Suspirou contra o travesseiro.

— Soltei suas amarras agora e a abracei, aninhado a você.

Ela quase podia sentir o calor dos braços dele em volta de seu corpo e o peito forte e largo contra sua bochecha.

— Mmm, estou aninhada a você.

— Sem resistir?

— Sem resistir. Você me conquistou.

* * *

RYAN DESLIGOU O TELEFONE. Podia ser que houvesse mesmo conquistado Jenna... Essa noite, porém, Jake tinha a vantagem da proximidade. Jenna já tinha um apetite sexual intenso normalmente, e agora que estava grávida, com os hormônios em fúria... Com Jake na mesma casa, será que ela sucumbiria ao desejo e o procuraria? Será que já não havia feito isso?

Ryan correu a mão pelo cabelo e olhou para o relógio ao lado da cama. 23h28. Bocejou. Mudou o alarme para as 8 horas para ganhar mais uma hora de sono. Andava trabalhando até tarde todas as noites, jantando no caminho para casa e depois desabando na cama assim que chegava. Precisava se manter ocupado. Não pelos negócios, e sim pelo bem de sua sanidade. Precisava tirar a cabeça de Jenna e de quanto sentia sua falta.

E de quanto temia perdê-la.

Pegou o telefone novamente ao perceber que não havia verificado a caixa postal naquela noite. O padrão interrompido do toque informou que havia mensagens a ser ouvidas. Digitou estrela-noventa-e-oito e depois teclou sua senha. Duas mensagens. Apertou para ouvir uma delas.

— Oi, Ryan, aqui é Hannah. — A voz de sua assistente o relembrou de uma reunião no dia seguinte às 10 horas da manhã.

Deletou a mensagem e esperou a seguinte.

— Olá, senhor Leigh, aqui é do consultório da doutora Morgan.

Ao ouvir aquela voz feminina agradável, Ryan se inclinou para a frente com um nó no estômago. Ele e Jenna haviam ido ao consultório da doutora Morgan juntos e ela fizera alguns exames para saber se a gravidez de Jenna corria bem. Jenna autorizara o consultório a ligar para Ryan enquanto estivesse fora, caso houvesse algum problema com os resultados ou se ela precisasse, por algum motivo, voltar para uma nova consulta.

— Por gentileza, entre em contato com o consultório amanhã assim que possível. O número de telefone é...

CAPÍTULO 13

Jenna terminou seu chá de ervas e colocou a caneca na lava-louça, depois foi até a sala. O sol de fim da tarde banhava o local com calidez. Sam estava deitada, esparramada no tapete, parecendo nem perceber a presença de Jenna. Na noite anterior, o sexo por telefone com Ryan havia sido fabuloso e a ajudara a se sentir mais conectada com ele, e mais segura. Amada. Entretanto, não havia satisfeito seu desejo físico profundo.

Olhou para fora, para a luz do sol cintilando sobre as árvores. Sentiu-se muito confusa. De um lado, amava a sensação profunda de segurança e comprometimento que tinha com Ryan. De outro, amava a excitação e a novidade de seu relacionamento com Jake. Os dois eram muito diferentes, mas ao mesmo tempo muito parecidos. Ela sabia que se passasse tempo o bastante com Jake poderia se apaixonar por ele.

Passara a maior parte da noite se revirando na cama enquanto imagens da noite do sexo incrível com Jake duas noites antes dançavam em sua cabeça. O desejo insistente ainda a incitava por dentro. Oh, naquele exato momento ela queria Jake dentro dela.

Decidiu que finalmente ia experimentar um dos presentes de Jake. Foi até o quarto e selecionou um dos livros que ele escolhera para ela. Voltou para a sala e afundou no sofá, depois se acomodou contra nas almofadas, buscando ficar confortável embaixo de um cobertor macio de *plush*.

O livro começava num navio pirata, onde o capitão *sexy* atirava a heroína por cima do ombro e a arrastava até sua cabine. Quando ele a atirou sobre sua cama e abriu sua blusa, deixando à mostra seus seios úmidos cintilantes que arfavam, Jenna se viu deslizando os dedos por seus próprios seios. Quando ele prendeu os pulsos da heroína acima de sua cabeça, Jenna deslizou a mão sobre a curva suave de seu seio, depois colocou a mão em concha ao redor dele, sentindo seu peso na palma da mão. À medida que a história avançava, ela foi tirando o sutiã e começou a beliscar os próprios mamilos, circulando devagar durante as partes mais eróticas, deixando os dois famintos quando parou para virar a página.

Caramba, como estava ficando excitada! Virou outra página. Quando o herói empurrou os quadris para a frente e sua força rígida preencheu a prisioneira, ela se lembrou do pênis duro como pedra de Jake deslizando para dentro dela. Os dedos de Jenna giraram mais depressa, depois ela atiçou um mamilo e em seguida o outro, com a respiração cada vez mais acelerada. Uma arremetida de dureza masculina estilhaçou a última barreira de controle da heroína e a mulher já não conseguiu mais se enganar.

Droga, Jenna não conseguia mais se enganar quanto à necessidade de sentir um pênis dentro dela. Deus, como queria um homem metendo nela. Queria *Jake* metendo nela. Lembrou-se de seu pau rígido entrando em seu corpo, fazendo que ela alcançasse um orgasmo sensacional. O herói recuou e meteu de novo. Um grito agudo saiu da garganta da heroína quando o capitão levou-a a um orgasmo frenético e extasiante. Jenna gemeu de frustração.

Mordiscou a unha do polegar ao pensar no calor latejante de sua vagina e na poça úmida de desejo ali reunida. Pensou na máquina roxa de paixão, fosse lá como a embalagem a chamava. Retesou a mandíbula com mais força.

Olhou para o horário indicado no mostrador do DVD *player*. 16h15. Jake só chegaria dali a duas horas.

Deixou o livro cair no chão, correu para o quarto e foi direto até a mesa de cabeceira. Abriu a gaveta e pegou a caixa com o vibrador comprido e roxo. Lambeu os lábios. Seu próprio pênis pessoal.

Caminhou de volta para o sofá, abaixou o *jeans* e depois se aninhou no cobertor. Apertou o botão de cima, como Jake havia lhe mostrado. A máquina começou a zumbir. Tocou a pequenina curva na lateral imaginando aquilo tremendo contra seu clitóris. Sentiu a umidade aumentar entre suas pernas. Abaixou a calcinha e tentou tocar o dispositivo em sua pele sensível, mas ele se curvava na direção da vara do pênis roxo, portanto, ela não conseguia fazer que a tocasse ali.

Droga, teria de introduzir o pênis para testar.

Colocou a cabeça da coisa contra sua racha molhada. Oh, uau, a vibração era altamente erótica. Empurrou um pouco para dentro, depois tirou de novo. Nossa, ela aprenderia a gostar daquela coisa. Empurrou mais fundo, depois tirou, depois ainda mais fundo.

"Bom, lá vai." Enfiou tudo. Posicionou a partezinha que tremia contra as dobras ao redor de seu clitóris. Massageou-o ligeiramente, estimulando-a de uma maneira deliciosa. Jogou a cabeça para trás, contra o braço do sofá, enquanto desfrutava da sensação total do aparelho dentro de si e o pequeno tremor provocava seu clitóris. A tensão aumentou dentro dela, um orgasmo se aproximava. Esperou, mas nada mudou. Bombeou o pênis para dentro e para fora, mas isso afastava o tremorzinho, portanto voltou a enfiá-lo. Tentou girá-lo, esperando com isso trazer o orgasmo. Sem sorte.

Então, lembrou-se dos outros botões. Jake havia feito a ponta girar em círculos. Lambeu os lábios. Isso parecia ótimo agora. Com os dedos, encontrou a coluna de botões no fim da vara, depois apertou o segundo. O zumbido aumentou enquanto a vibração aumentava.

Uau. Era forte demais, estimulante demais. Apertou o mesmo botão, mas talvez tenha apertado o terceiro, porque o barulho aumentou mais ainda e ela sentiu a vara se mexer em círculos eróticos dentro dela, acariciando as paredes vaginais com um movimento altamente excitante. Oh, Deus, era fabuloso, mas a vibração estava entrando na cabeça dela e o som a irritava. Apertou os botões de novo, mas só conseguiu aumentar o ritmo do pênis giratório. As sensações e o barulho a incomodaram, fazendo seu orgasmo ficar muito, muito longe. Apertou os botões freneticamente.

Ouviu a porta de um carro se fechando. Ai, meu Deus, Jake devia ter voltado para casa.

Tirou a máquina de dentro de si e apertou o primeiro botão; o barulho e os movimentos cessaram. Graças a Deus. Mas o desejo trêmulo dentro dela continuava ali. Bem, que diabos, ela tinha um homem à mão. Deixou o aparelho cair sobre o cobertor e o cobriu, depois chutou a calcinha para baixo do sofá. Poderia esconder as evidências constrangedoras de seu experimento mais tarde, enroladas no cobertor. Nesse momento, precisava manter Jake ocupado para que ele não percebesse nada.

Puxou a camisa para baixo enquanto corria até a cozinha. A barra cobria a parte inferior de seu corpo nu. Espiou pela grande janela e correu pela cozinha. Viu Jake se aproximar da porta e abriu-a de uma só vez.

— Jenna?

Ela o segurou pela mão e o puxou para dentro, fechando a porta. Atirou os braços ao seu redor, capturando a boca dele na sua. Ele afastou a boca da dela.

— Jenna, sabe o que...?

Ela prendeu os lábios aos dele, movimentando-se de um modo convincente.

— Só sei que quero você.

Segurou as mãos dele e as colocou com firmeza sobre seus seios, arqueando as costas para pressioná-los com força nas palmas dele.

Beijou-o de novo. De modo explosivo. Com desejo. Exigente.

— Oh, meu amor. Você não sabe quanto senti sua falta.

Fazia trinta e oito longas horas desde que tinham feito amor e ela também sentira a falta dele.

Ela puxou a camisa dele para fora das calças e depois deslizou as mãos para cima, sobre o abdome definido, até chegar aos mamilos duros, beliscando-os e provocando-os enquanto ele correspondia a seus beijos selvagens. Ele correu as mãos pelas costas dela, sobre a barra curvada de sua camisa. Passou as mãos pelo calor de sua pele nua. Pela curva de sua bunda.

— Meu Deus, Jenna, você não está usando nada por baixo.

Ela encontrou o botão do *jeans* dele e o abriu, depois desceu o zíper.

— Daqui a pouco você vai estar assim também.

Mordiscou ao longo da linha da clavícula dele, depois beijou a abertura em V de sua camisa. Com uma das mãos abriu os botões, enquanto a outra se enfiava pela braguilha dele e segurava sua ereção crescente. Ela puxou o pau para fora pela abertura da cueca. Beijou a região abaixo do umbigo, depois seus lábios deslizaram por cima da cabeça vermelho-escura do pau.

— Meu amor — disse ele, com respiração ofegante. — Oh, sim.

Ela afagou a cabeça do pau.

— Amor, preciso lhe contar uma coisa...

Ela deslizou a boca completamente sobre ele, fazendo o pau entrar no fundo da garganta, depois chupou com vontade.

Ele gemeu.

* * *

JAKE ABRIU A PORTA E FICOU PARADO onde estava. Ali no meio de sua cozinha estava Jenna, chupando o pau de seu irmão, que estava enfiado até o talo em sua garganta, enquanto o rosto de Ryan se contorcia de intenso prazer.

A raiva o atravessou, mas então, ao se lembrar da sensação quente da doce boca de Jenna movendo-se sobre seu próprio membro, o sangue drenou completamente de seu cérebro e fluiu para seu pau, que ganhou vida.

Observou a cabeça dela balançando para cima e para baixo, Ryan gemendo. O pau de Jake foi crescendo e pressionando com força contra o zíper. Ele fechou a porta com cuidado, depois afagou sua ereção. Jenna abriu a boca e lambeu Ryan da base até a ponta, depois girou a língua ao redor da cabeça. Jake quase gemeu ao mesmo tempo que Ryan enquanto assistia a essa cena erótica.

Cara, ele sabia que devia estar fulo, mas seus hormônios em fúria e seu desejo de meter dentro da doce abertura de Jenna superaram qualquer emoção. Jenna apertou a bunda de Ryan, sem dúvida enfiando seu pau ainda mais para o fundo de sua garganta.

Ela mudou de posição e se apoiou no outro joelho; a camisa subiu e o traseiro nu dela ficou à vista. Enquanto ela se inclinava sobre Ryan, Jake viu alguns cachos escuros entre as pernas dela.

Seu coração deu um pulo e um som estrangulado escapou de sua boca antes que ele conseguisse reprimi-lo. Ryan, no ápice do prazer, não ouviu, mas Jenna desviou o olhar e o viu.

* * *

Jenna sentiu a virilha de Jake se endurecer e bombeou com mais força, apertando-o entre sua língua e o céu da boca. Mudou ligeiramente de posição e ouviu um gemido suave do outro lado da cozinha. Olhou para o canto e viu Ryan, observando-a da porta de entrada enquanto afagava um volume imenso nas calças.

Parou por um átimo de segundo, depois sentiu Jake inchar dentro de sua boca. Continuou apertando e deslizando sobre sua ereção, sem parar de olhar para Ryan. O calor se derramou do pau duro dentro de sua boca, quente e salgado. Ela continuou bombeando, observando o olhar de Ryan se nublar, até Jake terminar de ejacular. Devagar, soltou Jake, depois se levantou e olhou para Ryan.

— Jenna, isso foi ótimo, mas... — disse o homem a sua frente.

Ela se voltou para encará-lo.

— Jake, Ryan está aqui — disse ela.

— Estou vendo.

Seu sangue se congelou quando ela percebeu que quem disse isso foi o homem na porta. Girou a cabeça para encará-lo.

Virou de novo para ver o homem que pensava ser Jake.

— Você é Ryan?

O *jeans* e a camisa casual. Não as roupas que Jake estava usando quando saiu de casa pela manhã. Ela olhou de novo para Jake, que estava com calças cinza folgadas, camisa branca com gravata vermelha estampada e um *blazer* esportivo cinza-escuro.

— Eu tentei avisar, mas você não me deu muita chance. Desculpe.

Ele enfiou o pênis flácido dentro das calças e subiu o zíper, depois se voltou para Jake.

— Eu não quis enganar ninguém.

Jake fez um gesto de "deixe para lá".

— Esqueça. Eu podia ficar puto, mas já estive do outro lado da história. Apenas me diga por que você está aqui.

— Preciso falar com Jenna. Aconteceu uma coisa.

— Mas nós combinamos que...

— Eu sei, mas é importante e não pode esperar. — Ele se voltou para encarar Jenna. — Jenna, é um assunto que preciso discutir em particular com você. Podemos jantar juntos nsesta noite para conversar?

— Eu, hã...

Um som mecânico, seguido de um miado de gato e de algo caindo no chão chamou a atenção dela para a sala. Oh, não, não pode ser. Um zumbido alto veio do sofá.

— O que foi isso? — perguntou Jake correndo para a sala.

— Ah, não foi nada — disse ela, tentando seguir na frente dele, mas as passadas largas de Jake o fizeram chegar à porta da sala antes dela.

Ele ficou olhando para o sofá com um sorriso enorme. Ela assomou a cabeça e viu Sam sentada com uma das patas sobre a base do pênis roxo, batendo na vara com a outra pata enquanto o aparelho girava descontrolado.

Jenna sentiu Ryan a seu lado.

— Que diabos é isso aí?

— Eu lhe dou uma chance para adivinhar — respondeu Jake. — Jenna, pelo visto você estava curtindo meu presentinho.

Ryan agitou as mãos diante do corpo como se quisesse apagar a imagem que acabara de ver.

— Beleza, vou nessa. — Voltou-se e foi até a porta. — Jenna, vou me hospedar num hotel e ligo para você daqui a uma hora.

Jenna correu para a sala, fazendo a gata sair correndo, e pegou o pênis roxo do chão. Apertou o botão para desligá-lo e os giros e o barulho pararam. Atirou o aparelho em cima do cobertor e cobriu-o com uma das pontas.

Jake deu uma risadinha. Ela se encarapitou no braço do sofá.

— Jake, está bravo?

— Devia estar, acho eu, mas, para falar a verdade, ver você fazendo um boquete em meu irmão foi excitante pra caramba.

Ela corou violentamente.

— Na verdade, achei que ele fosse você.

Ele sorriu.

— Eu acredito. Posso imaginar a cena toda agora. Você estava usando o vibrador quando Ryan chegou. Você não estava pensando bem. Excitada como uma louca, pulou em cima dele. A única coisa que não consigo entender é por que você não estranhou que eu houvesse batido à porta.

— Ele não bateu.

— Ele simplesmente foi entrando?

— Não, eu ouvi a porta do carro bater e corri para a porta para pular em cima de *você*. Estava frustrada porque não consegui fazer essa coisa funcionar.

Ele sorriu.

— A gata conseguiu fazer a coisa funcionar.

Ela revirou os olhos, lembrando sua frustração.

— Ah, funcionar funcionou, só que não para mim. Não consegui fazer as coisas certas nas horas certas e... — Deixou o resto da frase no ar e deu de ombros.

— Entendi. Então, você estava bastante frustrada quando ele chegou.

— Ainda estou. Só fiz com Ryan o... o que você viu.

O sorriso de Jake aumentou.

— Então, pelo que entendi, você gostaria de um pouco de atenção.

Ela gemeu.

— Eu gostaria de um monte de atenção.

Ele andou até ela com olhos cada vez mais famintos. Quase tanto quanto os dela. Abraçou-a e beijou-a, quente e ansioso.

Ela o recebeu pressionando o corpo contra o dele, adorando sentir a dureza dele contra sua maciez.

— Jenna, não vou dar para trás, mas quero saber...

Ela o beijou de novo.

— Saber o que, Jake?

— Você realmente me queria ou só queria satisfazer seu desejo?

— Eu queria satisfazer meu desejo... — apertou as mãos dele e olhou no fundo de seus olhos, vendo o profundo desapontamento — por *você*.

Prendeu a boca dele na sua e enfiou a língua. Lambeu e girou a língua pelo lado interno dos lábios dele.

— Quero *você*, Jake.

Um sorriso se abriu no rosto dele enquanto afagava as costas dela, depois sua bunda nua. Então, puxou-a para sua virilha.

Ela gemeu com aquele contato bem-vindo, aninhando o volume das calças dele em seu centro quente.

Ele a beijou e ela o abraçou pelos ombros, fechando os olhos enquanto se entregava a seu beijo. A língua quente de Jake entrava e saía da boca dela. Ela a afagava enquanto movia os lábios com fome sobre os dele. Ele a segurou pela cintura e ergueu-a. Ela envolveu-o com as pernas enquanto ele a carregava para trás. Na direção da cozinha.

Jenna sentiu o mármore frio embaixo de sua bunda e tremeu de excitação. Estava acesa demais para brochar com uma pedrinha fria embaixo dela. Jake largou sua cintura e desabotoou-lhe a camisa, observando o tecido se abrir enquanto ele seguia para baixo. Ela havia retirado o sutiã enquanto lia o livro erótico que ele lhe dera. Agora, vendo o prazer nos olhos dele, ficou feliz por ter feito isso.

Ele afagou de leve seus seios; depois se inclinou e colocou um deles na boca. Chupou vorazmente, fazendo o corpo já cheio de luxúria de Jenna ir às alturas. Quando chupou o outro mamilo, ela agarrou com força a cabeça dele, soltando gemidos pequenos do fundo da garganta.

Jake recuou e olhou o corpo dela de alto a baixo.

Lá estava ela, sentada com a bunda nua no balcão da cozinha, as pernas escancaradas, enquanto Jake estava completamente vestido. Ela sentiu suas entranhas derreterem e sua xoxota ficar úmida e quente. Jake observou cada centímetro de seu corpo. Jenna se arrepiou inteira.

Nenhum dos dois se mexeu, impressionados com aquele momento incrível e *sexy*. Os mamilos dela se transformaram em bolas compridas e duras e a umidade que se acumulava na xoxota dela começou a pingar por suas coxas.

Jake por fim se mexeu. Abriu o cinto e olhou-a com seu olhar incandescente e faminto. Abriu o botão da braguilha, e o som do zíper descendo, um som excepcionalmente sensual, fez que Jenna sentisse calafrios de prazer na espinha. Ele deixou as calças caírem no chão com um baque, graças ao cinto de couro e a sua fivela.

Começou a abrir a camisa, mas ela o impediu e lambeu os lábios.

— Fique com ela.

Enfiou o dedo em gancho na beirada da cueca dele.

— Fique com essa aqui também.

Puxou o cós para baixo e colocou-o sob as bolas dele, expondo-as por inteiro. Segurou a ereção gigantesca.

Ele soltou uma risada rouca no fundo da garganta.

— Estou sentindo que essa é outra fantasia.

Ela sorriu, afagando com a mão livre sua gravata, depois segurando-a com força pelo nó e puxando-o para perto.

— Não, só estou me aproveitando de uma situação incrivelmente sensual que apareceu em minha frente.

— Mmm. — Ele beijou o pescoço dela, fazendo-a se arrepiar até as pontas dos mamilos. — Minha garota safada quer que um homem de negócios poderoso se aproveite dela, não é?

Ele enfiou um dos mamilos na boca e ela gemeu.

— Algo assim.

Ela bombeou seu pau, subitamente impaciente para que estivesse dentro de si. Recostou-se no armário e ergueu as pernas para colocar os calcanhares na borda do balcão, o que fez que abrisse ainda mais as pernas, expondo sua xoxota molhada para ele. Sentia-se devassa. Safada.

E queria ser uma ótima garota safada.

— Gosta do que está vendo, senhor Leigh?

Ele afagou a barriga dela e as dobras entre suas pernas.

— Ah, sim.

Seus olhos se escureceram e se nublaram um pouco quando ele a viu passar o dedo para baixo e para cima na xoxota. Ela deslizou o dedo para dentro, e a respiração dele se acelerou.

— Isso é o que eu quero que você faça comigo — disse ela enfiando e tirando o dedo. Moveu-o mais depressa e segurou o pau dele. — Só que com isto.

Tirou o dedo e levou os quadris um pouco para trás. O olhar dele continuava sobre sua xoxota. Ele segurou o pulso dela e levou a mão de Jenna a seus lábios, depois chupou seu dedo úmido. Sentir a boca quente dele pulsando sobre seu dedo, sabendo que ele estava sentindo o gosto de seu suco, fez que ela gotejasse ainda mais de prazer.

— Mmm. Muito bom. — Ele colocou o dedo na carne úmida e quente dela, sentindo sua umidade. — Mas tenho uma ideia diferente para minha garota safada e molhada. — O sorriso dele era diabólico enquanto se inclinava para a frente para lhe dar um selinho. — Fique aí.

Ela observou curiosa ele se afastar, deixando-a nua de pernas escancaradas no balcão da cozinha.

Um instante depois ele voltou com o pênis roxo de brinquedo.

— Oh, não. — Ela agitou as mãos.

Sorrindo, ele segurou o vibrador e apertou um botão. O pênis começou a girar.

— Aposto que eu consigo fazer que funcione.

Apertou outro botão e a coisinha trêmula perto da base começou a vibrar.

— Duvido, eu... — Sentiu uma ligeira vibração sobre seu clitóris. — Ohhh. — Ela o observou segurando o pequeno estimulador clitoridiano sobre seu botão enquanto ondas de prazer a assolavam. Como ele conseguiu fazer aquilo, se ela falhara miseravelmente?

Ele afastou o aparelho e ela choramingou. Ligou a vara rotativa e depois a pressionou contra sua fenda.

— Acho que isso não...

Seu protesto sem forças morreu em seus lábios enquanto a ereção roxa deslizava para dentro dela. Sua vagina se apertou ao redor do pau duro ali dentro.

— Meu amor... — Ele se inclinou e roçou o rosto no pescoço dela. Sua respiração acariciou a pele de Jenna como uma pena macia, como um sussurro. — Confie mais em mim.

Ele apertou um botão e a vara se moveu dentro dela. Ela ofegou. A vara girou sem parar, acariciando as paredes vaginais e causando sensações esfuziantes.

Jake roçou sua têmpora.

— Está gostando?

— Ah, com certeza. — Suas palavras saíram roucas, e então soltou um gritinho quando uma vibração leve estremeceu seu clitóris. Seus olhos se reviraram e ela os fechou. — Oh, querido.

Uma tempestade de energia aumentou dentro de si fazendo seus sentidos atingirem o ápice da estimulação. Jake tirou o brinquedo, deslizando-o para fora, até que a cabeça do pau ficou girando ao redor da boca da vagina. Apertou e soltou seu clitóris, depois tornou a enfiar o aparelho nela. Sensações extremas a atravessaram enquanto o prazer aumentava mais e mais.

— Oh, meu Deus, sim! — berrou ela.

Abraçou-o com força e deu-lhe um beijo furioso, enfiando a língua com violência em sua boca. Ele afagou a língua dela com a sua, depois se inclinou para lamber um mamilo, depois o outro, enquanto pressionava a vibração de novo no clitóris. Fechou a boca ao redor de um mamilo e chupou com força. O prazer bombeou dentro dela enquanto era catapultada para um orgasmo entontecedor, fazendo o prazer extremo ricochetear em cada parte de seu corpo.

Por fim, ofegante, Jenna desabou contra os armários a suas costas. Abriu os olhos e viu Jake sorrindo.

— E você achou que ele não funcionava.

Ele retirou o pênis roxo das profundezas dela. O zumbido parecia incrivelmente alto agora. Desligou-o apertando um botão, depois atirou o aparelho na pia vazia.

— Que boba eu sou. — Ela sorriu.

Ele a beijou, enfiando a língua para acariciar a parte interna dos lábios dela. Ela envolveu o pescoço dele com os braços e o puxou mais para perto, pressionando os seios nus contra o peito vestido dele.

Ele envolveu um dos seios com a mão em concha e o apertou.

— Agora, minha garota safada, este executivo poderoso quer se aproveitar de você.

Ela pressionou o braço na cabeça, fazendo o clássico gesto de dama em apuros.

— Não tenho forças contra você. O que vai fazer comigo?

Ele lambeu seu clitóris de leve e murmurou no ouvido dela:

— Vou enfiar meu pau *enorme* em sua xoxota molhada.

Estremecimentos tomaram conta do corpo de Jenna.

— Não, não faça isso — gritou ela com falsa preocupação.

A cabeça do pau dele roçou sua carne íntima e ela gemeu. Ele meteu e ela gritou ao sentir a sensação deliciosa do pau entrando. Passou as pernas ao redor da cintura de Jake enquanto ele ia mais fundo. Correu as mãos pelos músculos incrivelmente duros de sua bunda.

Assim que ele começou a se mexer dentro dela, sentiu um orgasmo desabrochar de novo.

— Oh, Jenna... — ofegou ele. — Espero... que você esteja quase lá... porque eu... não vou conseguir segurar... por mais... tempo. — A cadência da fala dele foi sendo interrompida por suas arremetidas constantes.

O calor dentro dela se expandiu, estremecendo todas as partes de seu corpo.

— Jake... — O nome dele saiu tão rígido quanto seus punhos fechados, que agarravam o tecido da camisa dele. — Vou... — Ela ofegou enquanto ele se mexia em espirais dentro dela. — Oh, sim. — As ondas de prazer a tomaram. — Estou gozando.

Ele gemeu, parando no fundo dela por um instante enquanto ela o segurava com força. Começou a se mexer de novo, metendo mais rápido, beijando seu pescoço, acelerando o prazer dela até novas alturas.

— Sim! — urrou ela com a voz trêmula enquanto se desmanchava em êxtase total.

Devagar, ela voltou flutuando para o mundo real, enquanto ele a segurava com força, a cabeça dela contra seu peito, afagando seus cabelos com ternura.

— Uau.

Aquilo não parecia suficiente, mas era tudo em que conseguia pensar para dizer. Ele beijou o topo da cabeça dela.

— Com certeza, uau — Jake concordou.

Ela sorriu e ergueu a cabeça para um beijo. Os lábios dele encontraram os dela com fome, e seus braços a apertaram com força.

— Meu Deus, Jenna. Eu te amo tanto.

As entranhas dela estremeceram ao perceber que ela também estava apaixonada por Jake. Apesar da profunda sensação de segurança e do amor que sentia por Ryan, sabia que sentia algo igualmente profundo por Jake. Era poderoso demais para ser apenas um eco de seus sentimentos por Ryan.

"Meu Deus, será que estou mesmo apaixonada por esses dois homens?"

CAPÍTULO 14

As mãos fortes e quentes de Jake envolveram a cintura de Jenna quando ele a levantou do balcão da cozinha. Ela segurou sua mão enquanto ele a levava até o banheiro da suíte. Ela seguia com o olhar sua bunda *sexy* e dura enquanto ele andava na frente.

Ainda estava banhada com o êxtase do amor, mas uma vozinha chata a lembrou que Ryan a amava e estava esperando pacientemente por sua resposta — uma resposta que ela estava mais longe que nunca de poder dar.

Jake parou na frente do chuveiro e ela sorriu. Ele sorriu também e a beijou com ternura.

Ela afagou seus ombros largos, depois a parte sob o colarinho da camisa, acariciando a região superior de seu peito. Adorou sentir seus músculos firmes e bem delineados sob a ponta dos dedos. Abriu os botões da camisa e a tirou, deixando-a cair no chão. Ele arrancou a cueca e as meias, depois a levou para dentro do espaçoso boxe de vidro.

A água quente bateu sobre eles enquanto ele a ensaboava dos pés à cabeça, dando especial atenção à bunda dela, afagando ao redor de cada nádega com mãos escorregadias.

— Minha vez — insistiu ela.

Pegou a barra translúcida cor de âmbar e a esfregou até suas mãos ficarem cobertas de espuma. Envolveu o pênis dele e deslizou as mãos para cima e para baixo. A pele dele era escorregadia e macia como cetim. Ele endureceu com o toque dela. As mãos de Jake envolveram seus seios. Depois que ele os ensaboou bem, ela se inclinou para a frente e roçou o corpo contra ele, fazendo os seios deslizarem para baixo e para cima por seu peito, deixando uma trilha de espuma.

Ele enfiou uma das mãos entre as pernas dela. A sensação erótica das mãos dele deslizando sobre ela fez sua vagina doer de desejo. Ela ficou impossivelmente escorregadia, uma mistura do sabão e de sua lubrificação íntima natural. Enquanto ele afagava a xoxota com uma das mãos, deslizando um dedo para dentro dela, a outra acariciava sua bunda. Ela atirou a cabeça para trás, deixando a água escorrer por seus longos cabelos, que ficaram grudados nas costas. Ele puxou a pelve dela para perto da dele e se inclinou para cobrir um mamilo com a boca.

— Oh, Jake, sim.

Ele deslizou outro dedo para dentro dela e acariciou-a em círculos, estimulando todos os tipos de sensações interessantes. Ela agarrou o pau dele de novo, bombeando-o na mesma cadência dos círculos de prazer que ele atiçava dentro dela. Jake dobrou os dedos e acariciou a vagina de Jenna, encontrando seu ponto G, depois encostou as costas dela contra a parede de azulejos.

A respiração dela se acelerou à medida que o prazer aumentava. Com paciência infinita ele a acariciou, para baixo e para cima.

— Ah, como isso é bom.

Ela arfou. A água quente caía sobre seu ombro esquerdo e escorria por seu corpo inteiro.

— Sim. Oh, sim.

Ondas de prazer intenso seguidas por agulhadas de êxtase a dominaram; depois, uniram-se em uma única onda brilhante de prazer devastadora, num orgasmo poderoso, anestesiante.

Antes que o orgasmo acabasse, Jake envolveu as coxas dela e a levantou. Ela passou as pernas ao redor dele enquanto ele arremetia dentro dela com uma única estocada profunda e forte, fazendo-a ir às alturas. Ela se segurou em seus ombros molhados enquanto ele bombeava dentro dela, e o uivo de prazer de Jenna ecoava ao redor dos dois no boxe envidraçado. Ele gemeu e a segurou com força contra a parede. Jenna sentiu seu sêmen quente encher seu útero e apertou as pernas com mais força ao redor da cintura dele, recebendo cada gota.

Roçou a cabeça contra o pescoço de Jake, depois contra seu ombro, deliciando-se com o calor de seu corpo e com o calor da água que ainda caía sobre eles.

Depois de se enxaguarem, ele a secou com uma grande toalha felpuda azul e a ajudou a vestir o robe dele. O telefone tocou no quarto.

— Eu atendo — disse Jake, e beijou a curva do pescoço dela.

Ela observou sua bunda fabulosa se afastando enquanto ele seguia até o quarto, completamente nu. Enrolou os cabelos com uma toalha e depois o seguiu.

Jake estendeu o telefone para ela com expressão azeda.

— Quem é? — perguntou ela.

— Ryan.

Ryan. Oh, meu Deus, ela havia esquecido que ele ia ligar. Ele havia dito que queria vê-la nessa noite.

Ela foi até Jake, suspirou e apertou o robe contra seu corpo ao apanhar o telefone que ele lhe estendia.

— Olá, Ryan. — Enfiou uma das mãos no bolso do roupão e olhou para o fio espiralado do telefone.

— Oi. Como você está? — perguntou ele.

— Bem. — Olhou para Jake, que estava colocando as calças de cara feia. Jenna sentou-se na beira da cama.

— Está tudo bem?

— Hã-hã. — Ela percebeu que seu jeito contido fazia que as coisas não parecessem estar bem, mas estava sem jeito com Jake a encarando. Com a mão livre, afagou a colcha macia com motivos náuticos em tons de borgonha.

— Jake está aí, não é? — quis saber Ryan.

— Sim.

— Ouça, Jenna. Eu preciso muito conversar com você sobre uma coisa. Estou no Marriott, no centro. Venha jantar comigo.

Ela baixou o tom de voz:

— Ryan, você prometeu a Jake que nos deixaria sozinhos por um mês.

— É verdade — grunhiu Jake ao fundo.

— Eu sei. Não teria quebrado a promessa se não fosse importante. Por favor, Jenna, eu vim até aqui.

Ela correu a mão pelo rosto e olhou para Jake. Notando a linha tensa da boca dele, levantou-se e andou um pouco de um lado para o outro, depois se voltou na direção da janela.

— *Okay*, tudo bem. A que horas?

— Estou saindo daqui agora mesmo para pegá-la.

— O que está acontecendo, Jenna? — Jake exigiu saber.

Ela cobriu o bocal.

— Ryan precisa conversar. Está vindo me apanhar aqui para jantarmos juntos.

Jake estendeu a mão para pegar o telefone.

— Que diabos você está fazendo? — vociferou no aparelho. — Hein? — Ficou em silêncio por um instante, de cara feia. — Está bem. — Mais alguns segundos se passaram e a carranca de Jake só ficou mais feia ainda. — Está bem, tudo bem, mas eu é que vou levá-la até aí.

Pegou uma caneta e um papel da mesa de cabeceira.

— Como é o nome do restaurante? — Ele apertava a caneta com tanta força que Jenna tinha certeza de que iria se partir ao meio. — Acho que não. — Bateu a caneta no papel. — Certo, vou dizer que é particular.

Ele olhou para Jenna, depois virou o rosto.

— Droga, Ryan. Não me coloque nessa posição. — Escutou por mais um momento, depois bateu o telefone com força.

Olhou para ela, os lábios numa linha fina e rígida.

— Algum problema? — perguntou ela.

Pelo que ouvira da conversa e pela reação de Jake, tinha uma boa ideia do que Ryan havia sugerido.

— Ele quer que você jante no quarto dele.

"Bingo".

— Disse que precisa falar com você *em particular*. — Ele segurou a mão dela e a olhou fundo nos olhos. — Você não precisa ir se não quiser, Jenna.

Ela apertou seus dedos.

— Sim, preciso. Nós namoramos por mais de um ano. Ele me pediu em casamento e eu disse que sim. Não vou lhe negar um jantar e uma conversa.

A expressão dele ficou sombria.

— Vai lhe negar sexo?

— Jake!

Ele a abraçou com força, segurando suas costas com firmeza.

— Desculpe, amor — disse enquanto afagava seu cabelo. — É que não consigo suportar a ideia de você fazendo amor com ele. — Ele inclinou o queixo dela para cima. — Amo você demais.

Lágrimas se acumularam nos olhos de Jenna.

— E eu também te amo.

Os olhos dele se suavizaram e um sorriso se espalhou em seu rosto. Ele a puxou para perto, para um beijo doce e terno. Seus lábios se movimentaram ardentemente sobre os dela numa persuasão silenciosa.

— Isso quer dizer que você já decidiu? — Os olhos escuros dele, tão cheios de esperança, miraram os dela bem fundo.

— Eu... hã... — A náusea ondulou dentro de Jenna. Ela afundou na cama. — Tenho medo de que você se canse de mim.

As feições de Jake se enrugaram de incompreensão.

— Por que você pensaria isso?

— Porque ontem de manhã você estava tão envolvido com seus documentos que mal me notou. Quer dizer, entendo que as pessoas precisem ter tempo para si, mas era a manhã seguinte à primeira vez que fizemos amor aqui. Só fiquei alerta, só isso.

— Jenna, eu não estava ignorando você.

Ela olhou para as mãos unidas no colo.

— Mas eu senti exatamente isso.

Ele balançou a cabeça.

— Não queria lhe contar isso, não queria que você ficasse mal.

Ela arregalou os olhos e sentiu um nó no estômago. Ele segurou a mão dela.

— Eu não estava ignorando você — repetiu ele —, estava tentando lidar com meus próprios sentimentos. Estava magoado.

— Magoado? Eu... não entendo.

— Na noite anterior, logo antes de você dormir...

— Sim?

Ele suspirou. Os pensamentos dela estavam a mil. O que ela havia feito? De repente, uma vaga lembrança agitou seu cérebro. Ela ficou de boca aberta e a cobriu com as mãos.

— Não, eu não...

— Você me chamou de Ryan.

— Oh, Jake. — Ela afagou o rosto dele implorando com os olhos que a perdoasse. — Desculpe, sinto muito.

Ele a abraçou.

— Eu não queria lhe contar porque não gostaria que você ficasse mal.

— Mas eu magoei você.

Ele levou a mão dela até sua boca e a beijou.

— Foi sem querer. Olhe, Jenna, você já passou por muita coisa, eu sei disso. Só estou tocando no assunto agora porque...
— Deslizou as mãos até os ombros dela e a virou para que ficasse de frente para ele. — Porque eu prefiro morrer a você achar que eu poderia me cansar de você. Ou negligenciar você. Amo você demais.

Ele levou os lábios aos dela, e naquele beijo apaixonado e terno ela soube que havia encontrado o homem com quem passaria o resto da vida.

* * *

Enquanto Jake dirigia pela estrada que levava à cidade, os pensamentos de Jenna saltaram para Ryan. Como poderia olhar para ele agora que sabia que estava apaixonada por Jake?

Correu o dedo pelo painel do carro, depois brincou com o botão do porta-luvas. Olhou para Jake, observando seu perfil sendo banhado pela luz intermitente enquanto os carros passavam na pista ao lado. Jake com toda certeza a amava e encontraria tempo para ficar com ela, e ela sabia que daria um pai maravilhoso depois que o bebê nascesse.

O fato de Jake ser o pai verdadeiro da criança só ajudava; tudo fora decidido pelo melhor.

Mas havia Ryan.

Seu coração murchou um pouco quando ela percebeu que não era justo fazer Ryan ter esperanças. De alguma forma, nessa noite ela precisava encontrar um jeito de contar a Ryan que estava tudo terminado entre os dois.

Ah, se ela não precisasse escolher!

* * *

Jake estacionou na frente do hotel. Um porteiro com um uniforme elaborado em tons de azul e dourado abriu a porta do carro para Jenna. Jake a acompanhou até o saguão, com o braço ao redor de sua cintura. Imediatamente Jenna viu Ryan andando na direção deles.

— Jenna. — Ryan se inclinou para lhe dar um beijo no rosto. Apoiou a mão na lombar de Jenna e a afastou de Jake.

— Volto para buscar você daqui a duas horas, Jenna — disse Jake com firmeza.

— Eu a levo de volta — disse Ryan.

— De jeito nenhum. — Jake olhou de cara feia para o irmão.

Jenna pôs a mão espalmada no peito de Jake.

— Está tudo bem, Jake. Ryan pode me levar.

Ele fechou a cara, mas não discutiu com ela. Porém, puxou-a num abraço e a beijou, com força e paixão, deixando-a sem fôlego. Antes de soltá-la, murmurou ao seu ouvido:

— Lembre-se disso enquanto estiver aqui.

Ryan estreitou os olhos com raiva, mas não disse nada. Segurou o braço de Jenna e a conduziu até o elevador. Alguns minutos depois, abriu a porta de seu quarto, no décimo oitavo andar.

Quarto não, era uma suíte de luxo, percebeu Jenna ao entrar. Decorada com tons suaves de marrom, pontuados com toques de vermelho-tomate e com arranjos de flores de seda, parecera bastante elegante. Ela se sentou no sofá de couro bege-claro.

Ryan pegou uma garrafa de vinho de um balde de gelo que estava no aparador e serviu duas taças.

— É vinho sem álcool — explicou enquanto estendia uma das taças para Jenna. — Já me adiantei e pedi o jantar. Está ficando tarde e não queria que você tivesse de esperar para comer, por causa do bebê e tudo o mais. Vamos?

Ele fez um gesto para a janela. Pratos cobertos com domos prateados, velas altas e taças cheias de água gelada esperavam numa mesa redonda em frente a uma vista espetacular da cidade.

Ele puxou a cadeira para ela e depois que se sentou, retirou os protetores dos pratos. Aromas maravilhosos fizeram a boca dela se encher de água. Ele comeu um enorme filé com brócolis e batata assada, mas pediu para ela frango marsala — pequenos pedaços de frango embebidos num molho com o sabor distinto que só o vinho marsala poderia propiciar. Era um dos pratos preferidos de Jenna, reservado para ocasiões especiais.

Ela estendeu o guardanapo de linho verde sobre o colo.

Fantasias Gêmeas

— Então, sobre o que você queria conversar comigo? — perguntou.

Ele acendeu as velas altas nos castiçais de prata.

— Vamos comer primeiro, depois conversamos.

Ela anuiu, feliz, porque estava com muita fome.

— Liguei algumas vezes para você depois que fiz o *check-in* no hotel, mas ninguém atendeu — comentou ele enquanto pegava o garfo e a faca. — Você e Jake saíram?

Ela hesitou e corou.

— Não, eu... hã... estava tomando banho.

O sorriso dele sumiu quando se deu conta do que aquilo significava. Afinal, Jake também não havia atendido ao telefone. Ela fez força para se concentrar em seu prato. Bom, que ele esperava, dada a situação quando saíra da casa?

Comeram o resto da refeição em silêncio. Depois do jantar, ela se acomodou em uma das poltronas, sem desejar que Ryan fosse se aninhar ao seu lado no sofá.

Ele serviu uma xícara com chá fervente de uma garrafa térmica prateada e acrescentou leite e açúcar. Estendeu-lhe em um pires e o aroma de Earl Grey espalhou-se pelo ar. Outra das preferências de Jenna.

Ele se sentou no sofá diante dela.

— Como estão indo as coisas com você e Jake? — perguntou.

Ela mexeu o chá com a colherzinha que ele deixara no pires, embora Ryan já houvesse mexido o chá para ela.

— Bem. Muito bem.

— Espero que não bem demais.

Ela pousou a xícara na mesa de centro.

— Ryan...

— Não, eu só queria saber. Você está começando a considerar ficar com Jake e não comigo?

A culpa estremeceu seu corpo. Ela respirou fundo e soltou o ar devagar. Sabia que precisava contar a ele nessa noite, e agora ele havia lhe dado abertura para isso.

— Eu...

Ele deu um soco na mesa.

— Droga, está.

Ela entrelaçou os dedos das mãos.

— Ele me ama.

— E você o ama? — Ele levantou a mão para impedir que ela falasse. — Deixe para lá. Não responda.

Ele se pôs em pé.

— Minha vida inteira Jake sempre ganhou na disputa pelas garotas. — Fechou os punhos enquanto andava para um lado e para o outro. — Bem, desta vez vai ser diferente. Nem que eu morra vou deixar você e ele sozinhos de novo.

— Prometi dar um mês para Jake — disse ela com voz fraca. Lágrimas ardiam em seus olhos.

— Ele terá esse mês, mas eu estarei lá também. Vou lutar por você.

Ele parecia tão feroz, e tudo aquilo por ela. Ela nunca o vira tão determinado. Nem em relação aos negócios. Mas não queria ser um prêmio conquistado para acalmar a dor das antigas rivalidades.

— Ryan, não se trata de vencer seu irmão. Trata-se de amor... e de vida.

Ele a olhou com intensidade.

— E você acha que não sei disso?

CAPÍTULO 15

JENNA RESPIROU FUNDO.

— Ryan, no fundo você deve saber que as coisas não vão dar certo entre nós.

— O diabo que eu sei.

— Para você, a carreira vem em primeiro lugar. Não existe espaço em sua vida para um relacionamento sério neste momento.

— Eu lhe disse que isso estava mudando.

— Eu sei que você está se esforçando, Ryan, sei mesmo. Mas isso não está acontecendo. E eu entendo. Seu negócio é importante.

— Não mais importante que você.

Ela ajeitou uma mecha de cabelo atrás da orelha.

— Não tenho certeza de que isso seja verdade.

Ele se ajoelhou na frente dela com uma ternura doce que atingiu a alma de Jenna. Ao sentir o toque sensual de seus lábios roçando as costas de sua mão, como o roçar de asas de borboleta, achou que ia derreter. Os olhos cor de meia-noite dele passaram do gelo áspero para poças cálidas de saudade.

— Lembra-se dos bons tempos, Jenna? No começo do namoro? Lembra quando fomos para aquele *resort* de esqui no primeiro dezembro que passamos juntos? Da noite na banheira quente?

Ela se lembrava. A noite estava linda, clara, fria. As luzes da montanha ali perto cintilavam e a lua cheia se refletia na neve.

Então, grandes flocos macios de neve caíram do céu, aterrissando sobre o cabelo e o rosto deles.

— Quando voltamos para nosso chalé — prosseguiu ele —, o cartão-chave não funcionou.

Ela sorriu.

— E você teve de ir até a recepção só de toalha para pegar outro.

Ele, na verdade, usara uma sunga por baixo da toalha, mas, quando ela relembrou a cena, somente a toalha permanecia — e a doce possibilidade de que caísse.

— E, pelo que me lembro, você me recebeu de volta com uma bola de neve no peito — disse ele.

Ela riu.

— Que você devolveu com outro punhado de neve.

Ele a perseguira, depois a agarrara por trás e a abraçara, mesmo diante dos protestos risonhos dela, depois jogara um punhado de neve branca e leve dentro da roupa dela. Agora, ao se lembrar da neve fria e molhada entre seus seios, seus mamilos saltaram, atentos.

Aquela viagem havia sido a primeira que fizeram juntos — e a primeira vez que fizeram amor. Ryan desejara que fosse especial, por isso sugerira a viagem. Depois da brincadeira com a neve, ele a carregara até o chalé e fizeram amor selvagem e apaixonado na frente da lareira. Ela se lembrava de ter acordado no dia seguinte, no calor dos braços dele, pensando que era com aquele homem que desejava passar o resto de sua vida.

— Não entende, Jenna? Para mim, não é difícil passar o tempo *com* você, é difícil passar o tempo *sem* você.

— Não entendo.

— Quando estou com você, nada mais importa. *Nada*. Nem meus negócios, nem minha família, nem eu mesmo. Isso me assustava. Por isso eu estava fugindo de você. Mas agora não tenho mais medo. Percebo agora que com você sou mais do que jamais poderia ser sozinho. Com você vejo além do trabalho e das formas tradicionais de sucesso que eu costumava perseguir. Vejo uma vida repleta de amor e felicidade. Por seus olhos vejo um mundo melhor e um Ryan melhor.

Levou a mão dela até sua boca. O toque terno de seus lábios abalaram a compostura dela.

— Eu te amo. Não consigo imaginar um futuro sem você.

As palavras dele espiralaram através dela, tocando-a profundamente, confundindo todo o sentido de ordenação de Jenna. Ela havia tomado uma decisão, ficar ao lado do pai de seu filho, mas agora Ryan estava destruindo tudo sendo tão... tão maravilhosamente amoroso com ela.

Porém, ela amava Jake.

E amava Ryan. Olhando seus olhos ternos, não conseguia acreditar em quanto o amava.

Mas o bebê era de Jake, e esse fato desequilibrava a balança em favor dele.

Não era isso?

— Jenna, estou pronto para dar um passo adiante e construir uma vida a seu lado — ele colocou uma das mãos na barriga dela — e de nosso bebê.

Ela apoiou a mão sobre a dele.

— Mas, Ryan, o filho é de Jake.

— Se eu e você nos casarmos, qualquer filho que você tiver será meu também. Vou criar o garoto de Jake como se fosse meu.

"Garoto?"

— Ryan, você teve notícias da médica? Ela sabe que é um menino?

— Sim. Na verdade, os dois bebês são meninos.

Ela tentou falar, mas sua garganta ficou tensa. Tossiu, depois tentou de novo.

— Gêmeos?

— Isso mesmo.

Ela balançou a cabeça, sentindo-se dormente.

— São gêmeos fraternos.

Jenna tremeu incontrolavelmente. Teria gêmeos. A alegria a atravessou.

— Jenna. — Ryan segurou a mão dela e seus lábios roçaram os nós de seus dedos. Depois, pressionou a palma da mão dela em sua face, contra a pele recém-barbeada. — Eu a amo mais que à própria vida. E não importa quantos bebês de Jake você estiver carregando, vou criar todos eles como meus filhos. Vou *amar* todos eles como meus filhos.

Ele beijou sua mão e aninhou-a entre as suas. O olhar cálido se acomodou sobre ela, cheio de amor e ternura, e ela sentiu um amor se inchar dentro de si em resposta.

— Mas há mais uma coisa que quero lhe dizer.

— O que é?

— Sei que está preocupada com o tempo que passo no trabalho, mas isso não vai ser problema. Não tenho mais uma empresa a administrar.

O coração dela deu um salto mortal.

— Você vendeu a empresa?

— Não, ainda sou o acionista majoritário, mas estou saindo da presidência. Promovi Ken Harvey. Ele vai administrar a empresa por mim de agora em diante. Vou passar todo meu tempo com você e os bebês.

Ela retirou a mão das dele e se levantou, depois andou até a janela e olhou para fora. A confusão rodopiava dentro de seu corpo. Junto com o medo.

Viu o reflexo dele no vidro, aproximando-se dela. Ele apoiou as mãos sobre seus ombros.

— O que foi, meu amor? Achei que você ficaria feliz.

— Você não pode desistir de sua empresa por minha causa. E se começar a ficar ressentido por isso? Ressentido com os bebês?

— Jamais.

Ele a virou para que o encarasse e pousou a boca sobre a dela. Seus lábios produziram uma mágica potente. Ela se derreteu contra ele enquanto a língua de Ryan abria seus lábios e se enrodilhava dentro de sua boca.

Ele soltou seus lábios, mas continuou abraçando-a fortemente.

— Jamais iria me ressentir por sua causa. Amo você demais. Isso vale também para os bebês.

— Oh, Ryan...

O que ela poderia dizer?

— Jenna, você se apaixonou por mim antes de conhecer Jake. Concordou em se casar comigo. Não deixe que um caso de identidades trocadas destrua o que temos entre nós.

Poucas horas antes ela já tinha tudo decidido. Jake a amava e ela amava Jake. Teria o filho dele. Casar-se com ele fazia todo sentido.

Amava Ryan também, mas havia se convencido de que ele não a amava de verdade. Agora ele não só havia atirado essa ideia pela janela como provara que a amava mais profundamente do que podia imaginar que alguém fosse capaz de amá-la.

Ryan enlaçou a cintura dela.

— Pobre Jenna. Sei que é difícil para você, mas, por favor, diga que se casará comigo.

— Eu... eu não sei o que fazer.

— Você me ama?

Ela olhou em seus olhos e soube que sim. Uma lágrima se acumulou.

— Sim — sussurrou. Seu coração começou a bater de modo errático. — Mas preciso de um tempo. — As palavras saíram depressa de sua boca. — Está acontecendo muita coisa e estou muito confusa, e...

Ele apoiou os dedos nos lábios dela, detendo o fluxo de palavras.

— Eu sei, amor. Tudo bem. Vamos dar um passo de cada vez. Neste instante, vou me contentar em saber que você me ama.

Quando ele sorriu para ela parecia um menino, tão lindo que seu coração se derreteu. Ante a adoração suave dos olhos dele, o amor inundou seu coração e dominou seus sentidos. Ele se inclinou na direção de Jenna. O roçar suave de seus lábios contra os dela tocou algo profundo em Jenna. Ela envolveu o pescoço dele e intensificou o beijo. A ponta da língua de Ryan provocou suavemente seus lábios e ela os abriu para ele, convidando-o com um toque de sua própria língua ao redor da parte interna dos lábios dele.

Ele gemeu e abraçou-a com força. Seus seios se esmagaram contra o peito forte, os mamilos retesados de desejo. Ele afastou o cabelo dela dos ombros e seus dedos envolveram o pescoço de Jenna, segurando sua cabeça em concha.

— Eu te amo. Você é todo meu mundo — murmurou ele ao ouvido dela.

Suas palavras sussurradas fizeram com que ela estremecesse. Seus seios doeram e ela se sentiu latejar entre as pernas.

— Jenna, quero fazer amor com você.

O desejo a atravessou.

— Sim — disse ela num sussurro. — Faça amor comigo, Ryan.

Ele deslizou os braços pelas pernas dela e a levantou. Ela se agarrou a ele enquanto ele a carregava até o quarto. Pousou-a na cama e sentou ao seu lado. Desfez o nó do vestido envelopado dela e abriu o tecido. Seu olhar, quente e amoroso, viajou pela extensão do corpo de Jenna com reverência.

— Você é tão linda, meu amor.

Ryan não conseguia acreditar que Jenna estava deixando que fizesse amor com ela. Tivera medo de que ela o dispensasse. A decisão dela o encorajara. Ele doía de amor por ela.

Ela sentou, deixou o vestido deslizar por seus ombros e o jogou para o lado, depois abriu o sutiã e o tirou também. Seus seios, redondos e alvos, apareceram.

Ele ficou sem ar ao estender a mão para correr o dedo pelo volume de um dos seios. Incrivelmente macio. Ela pegou a mão dele e a colocou em concha sobre o seio. O mamilo pressionou a palma da mão de Ryan. Ele mordiscou a nuca de Jenna e a respiração dela se acelerou, como sempre acelerava quando ele a tocava ali. Roçou o rosto no pescoço dela, depois traçou uma linha de beijos por seu ombro, sem parar de acariciar o seio. O sangue correu até a virilha dele enquanto ela arqueava o corpo contra sua mão. Os dedos dela abriram os botões da camisa de Ryan e ela a deslizou pelos ombros dele. Ele a arrancou fora enquanto Jenna abria o zíper de sua calça. Segurou a respiração quando os dedos dela deslizaram para dentro de sua cueca e seguraram sua ereção crescente, depois expirou quando ela o segurou com força e começou a mover a mão para cima e para baixo.

O toque dela era tão bom que ele pensou que morreria de prazer. Afagou o outro seio dela, adorando os gemidos baixinhos que ela dava. Depois lambeu a ponta de seu mamilo e o colocou na boca, provocando-o com a ponta da língua. Ela adorava quando ele fazia isso.

Ela apertou o pau dele com mais força e acelerou os movimentos. Ele colocou a aréola inteira em sua boca e chupou suavemente.

— Sim — gemeu Jenna baixinho.

A mão quente dela bombeando seu pau de baixo para cima fazia-o se excitar depressa demais. Afastou-se dela.

— Volto num instante, querida.

Ele tirou as calças e a cueca e foi até o outro cômodo. Pegou a garrafa gelada de vinho e as taças. Colocou tudo sobre a mesa de cabeceira e encheu a taça.

— Está com sede? — perguntou ela.

— Não exatamente.

Ele mergulhou o dedo no líquido translúcido e o levou ao seio dela, depois deixou uma gota cair sobre seu mamilo.

— Oh! — Jenna arregalou os olhos.

Ele aspergiu o mamilo com o dedo frio e molhado, depois o levou até a boca, aquecendo-o com os movimentos rápidos de sua língua. Ao mesmo tempo, aspergia o outro mamilo com o líquido frio, depois o levou até a boca também. Jenna arqueou a pelve para cima indicando que queria a atenção dele lá embaixo. Ele afagou-a com a mão ali, sobre a barriga ainda reta de Jenna, sobre seu umbigo, e deslizou para dentro da calcinha. Continuou, passando por seus cachos escuros e sedosos, e deslizou sobre o capuz do clitóris, depois dentro da abertura. Estava gotejante de tão molhada. Seu pau latejou. Deslizou de novo o dedo pelo capuz do clitóris, de leve, e ela gemeu e abriu mais as pernas. Ele enfiou os dedos sob a renda delicada da calcinha dela e a desceu por seus quadris, saboreando a visão de sua xoxota nua e gloriosa. Deu-lhe um beijo rápido, depois tirou a calcinha de vez. Afagou a coxa dela, seu quadril, e tornou a envolver o seio em concha. O mamilo arremeteu contra a palma de sua mão.

Ele tomou um gole do vinho. Levou o mamilo duro à boca, sem engolir o vinho. O corpo dela se retesou inteiro enquanto o líquido frio a rodeava, fazendo o mamilo endurecer ainda mais.

— Oh, Ryan, que malvado.

Ele engoliu e lambeu seu mamilo, aquecendo-o. Ela sorriu e o jogou contra a cama, depois montou-o.

— Agora é minha vez. — Envolveu o pau com as mãos e abaixou a boca.

Sentir a boca quente dela envolver a cabeça de seu pau fez faíscas dispararem em sua corrente sanguínea. Ela deslizou a boca pela vara, enfiando-a até o fundo da garganta, depois deslizou a boca para cima de novo e rodeou a borda da cabeça com a língua. Com a outra mão, acariciou suas bolas.

— Está gostoso e quente?

Ele fez que sim.

— Oh, sim, amor. Muito quente.

— Ótimo.

Ela tomou um gole do vinho sem álcool e se aproximou dele com um sorriso.

Saber o que ia acontecer não o preparou para aquela sensação incrível. O líquido frio o rodeou enquanto ela deslizava os lábios sobre o pau, inundando-o com o vinho gelado preso dentro de sua boca. Ela movimentou o vinho ao redor do pau, depois correu a língua quente ao redor da cabeça. Quente e frio. Giros e massagens.

Então, o líquido frio sumiu, mas a boca dela o aqueceu devagar. Ela o soltou, depois lambeu toda a vara. Para cima e para baixo. Para cima e para baixo. Ele se sentiu um pirulito, e adorou.

Afagou o pescoço dela e envolveu sua mandíbula com a mão, olhando-a cheio de amor.

— Venha aqui, querida.

Ela se inclinou e ele a beijou, arrastando-a por seu corpo. Seus lábios moveram-se juntos, depois suas línguas dançaram. Ele deitou-a sobre a cama e subiu sobre ela.

Beijou seus seios, roçando a cabeça de leve contra eles, depois desceu até sua xoxota. Deslizou a língua entre os grandes lábios, depois abriu os pequenos lábios até encontrar o botão escondido ali dentro. Ela estremeceu. Ele lambia e dava batidinhas. Ela se arqueou contra o corpo dele. Ele afagou a umidade dela com o dedo, de vez em quando mergulhando em sua abertura aveludada, sabendo que era disso que ela gostava.

Jenna respirou fundo e começou a gemer baixinho. Ele acelerou os movimentos e os gemidos dela aumentaram de volume, envolvendo-o, fazendo sua excitação ir ao ápice. Deslizou um dedo dentro dela e ela o apertou com as paredes da vagina, envolvendo-o em sua maciez molhada e sedosa.

O orgasmo dela estremeceu seu corpo até ela finalmente desabar na cama. Ele sorriu enquanto afagava seu corpo e a olhava. Ela sorriu também, segurando seu pênis, e o puxou para a frente, fazendo-o saber que era hora. Abriu as pernas e ele posicionou sua ereção diante da abertura escorregadia.

Empurrou para dentro dela, devagar, e a cabeça de seu pau a abriu para ele. Depois que o pau estava completamente envolvido, retorceu-se, prestes a explodir. Ele o retirou, sentindo a umidade dela deslizar sobre ele, depois tornou a arremeter.

— Mais depressa — murmurou ela, envolvendo-o com as pernas.

Ele meteu de novo, mais fundo, depois repetiu.

— Faça-me gozar de novo, Ryan. — A voz dela tinha aquele tom que lhe dizia que ela estava quase chegando ao clímax.

Ele meteu sem parar, sentindo seu próprio orgasmo se aproximar rapidamente.

— Meu amor, você está tão quente! — exclamou ele.

— Oh, meu Deus. Oh, sim.

As palavras dela eram pequenos ofegos, e depois um gemido longo e poderoso.

Ele se retesou e explodiu dentro de seu calor macio e feminino. Um instante depois os dois desabaram na cama. Ele os virou de lado, sem querer esmagá-la com seu peso. Abraçou-a bem forte, acariciando seu cabelo, sem querer se separar dela.

CAPÍTULO 16

JAKE OBSERVOU COM O ROSTO DURO como pedra o carro de Ryan estacionar em frente à casa. Ele havia ligado para o hotel, mas a telefonista se recusara a transferir a ligação, dizendo que o quarto 1.852 solicitara não ser perturbado. Enquanto Jake fumegava de raiva, pensara em ir até o hotel e esmurrar a porta até eles atenderem, mas imaginou que Jenna não iria gostar disso.

Ryan abriu a porta de Jenna e pousou a mão na lombar dela enquanto andavam até a casa.

Droga, ela havia dito a Jake que o amava, mas, mesmo assim, passara a noite com Ryan. Ouviu uma chave na porta e Jenna a abriu.

— Oh, Jake, você está aqui. — Ela entrou, seguida por Ryan.

— Sim, estive aqui a noite inteira. Por que você não estava?

Na mesma hora, arrependeu-se do que disse. Soou vulgar, e pelo enrijecimento dos ombros dela, colocara-a na defensiva.

— Jake, preciso lhe dizer uma coisa.

Ele sentiu o sangue fugir do rosto e sua barriga se apertou. Iria perdê-la.

— Por que você não se senta? — sugeriu Jenna.

Jake se sentou no sofá, olhando com cara feia para Ryan, que se acomodou na poltrona como se fosse dono do pedaço. Jenna se sentou no sofá ao lado de Jake.

— Primeiro — começou Jenna —, quero lhe dizer que... — Olhou para ele com um sorriso trêmulo e o rosto brilhando suavemente.

Como uma mulher apaixonada. O coração de Jake parou. De alguma maneira, Ryan vencera. Jake soube disso.

— Vou ter gêmeos.

As palavras dela assentaram devagar dentro dele. Eles teriam filhos gêmeos? A alegria o atravessou e um sorriso tomou seu rosto. Segurou as mãos dela.

— Meu Deus, Jenna. Isso é maravilhoso.

Ela apertou as mãos dele, e por um instante ele sentiu que tudo ficaria bem. Até ela soltá-lo, cruzar as mãos sobre o colo e olhar para elas.

— Essa é a notícia boa.

Ou seja, havia uma notícia ruim. Com dentes cerrados, Jake esperou que ela dissesse que ia voltar para Ottawa e para Ryan.

— Ryan me convenceu de que...

"Lá vem..."

— ...que ele deve se mudar para cá durante as próximas semanas. Ainda preciso de tempo para tomar minha decisão e ele não acha justo que você tenha a vantagem de me ter só para si.

Jake olhou de cara enfezada para Ryan.

— E sua empresa? — exigiu saber.

— Não se preocupe com isso, irmãozinho. — Acomodado na poltrona, com uma perna cruzada displicentemente sobre a outra, Ryan parecia mais relaxado, como Jake não o via fazia muitos anos. — Transferi o controle administrativo para Ken Harvey. Agora tenho todo o tempo do mundo para me dedicar à família.

A dor se espiralou nas entranhas de Jake. Ryan havia feito o grande gesto de se afastar dos negócios para passar todo seu tempo com Jenna e os bebês. Como Jake poderia competir com isso? Não que Jake pensasse duas vezes antes de vender sua empresa se achasse que isso conquistaria o coração de Jenna, mas agora isso pareceria baixo.

— E então, o que você acha? — Ela olhou para ele com mãos ainda cruzadas no colo.

— Sobre Ryan se mudar para cá? — Ele odiou a ideia. — É isso que você quer, Jenna?

— Bem, acho que é apenas justo com Ryan.

Ele tinha muito pouca escolha. Se dissesse não, Jenna provavelmente iria embora. Ele não tinha nenhum espaço de manobra.

— Tudo bem, então vai ser assim — respondeu ele.

* * *

Os hormônios de Jenna estavam em fúria. Estava sentada no sofá com Jake à esquerda e Ryan à direita, assistindo a um filme — um suspense de ficção científica no qual havia perdido o interesse havia uma hora. Numa situação normal, teria ficado completamente enojada, mas com a gravidez enlouquecendo sua libido, sentia dificuldade de ficar sentada entre aqueles dois gostosos sensuais, com quem já tivera intimidade, a quem amava, sem agarrar algum deles e levá-lo para a cama. Que diabos, por que não com os dois? A ideia daqueles dois homens lindos a tocando, beijando, tirando suas roupas fez seu pulso se acelerar loucamente.

Remexeu-se incomodada, tentando não roçar em nenhum dos dois. Sem sucesso. Tocou a coxa de Jake e um tremor se catapultou dentro dela. Quando se afastou de leve, seu cotovelo enconstou no braço de Ryan, fazendo que sua pele inteira se arrepiasse.

Passou a mão na testa, sentindo a palma úmida.

— Jenna, querida, você está bem? — perguntou Ryan.

Jake se voltou para ela.

— Você está corada. — Colocou a mão na testa dela. — Está meio quente.

— Estou bem. Só um pouco de calor, só isso.

Um pouco! Estava fervendo de calor.

— Vou pegar água para você. — Ryan se levantou e foi até a cozinha.

— Tem certeza de que está bem? — perguntou Jake, com preocupação em seus olhos azul-marinhos.

Ela assentiu. Ryan voltou com um copo d'água e ela bebeu quase de um gole só.

— Quer mais alguma coisa, Jenna? — perguntou Jake. — Algo para comer?

Ela balançou a cabeça.

— Vamos só terminar de assistir ao filme.

Quando o filme terminou, Jake desligou o DVD *player* e ligou a tevê. Estava passando um *talk show* e todos ficaram olhando a tela enorme. Cara, como ela desejava que um deles fosse dormir. Então, ela arrastaria o outro para seu quarto.

Quando o programa terminou e outro começou, ninguém se mexeu. Ela olhou para Ryan. Ele raramente ficava acordado até depois da meia-noite, mas eram 2 horas da manhã e ainda estava ali. De repente, ela se deu conta de que talvez ambos estivessem esperando que o outro fosse para a cama para poder ficar a sós com ela.

Depois que discutiram a estadia de Ryan naquela manhã, Jake havia concedido para o irmão o sofá do porão, um salão de jogos bastante confortável e luxuoso. O terceiro quarto do andar de cima era uma espécie de escritório, e a única outra opção para dormir seria o sofá da sala, que não permitia nenhuma privacidade.

Eles haviam conversado sobre todos os arranjos. O que não haviam discutido era quem ia dormir com Jenna — ou seja, quem iria para a cama de Jenna fazer amor louco e apaixonado com ela. Naquele instante, ela só queria que fizessem amor louca e apaixonadamente com ela.

Olhou para Ryan de soslaio, depois para Jake.

"Droga. Um de vocês vá logo se deitar. Não importa qual!"

Mais vinte minutos se arrastaram.

Ela se pôs em pé.

— Boa noite — disse entre dentes, e marchou pelo corredor até seu quarto.

— O que deu nela? — Jenna ouviu Jake murmurar baixinho.

— Sei lá. Oscilações de humor, será? — respondeu Ryan.

Ela bateu a porta.

* * *

Jenna olhou para o luar refletido na parede e para as sombras dos galhos das árvores balançando ao vento. Seu corpo pedia o toque de um homem. Ansiava para que Jake ou Ryan fosse se juntar a ela, acariciá-la e beijá-la, levá-la aos céus.

Ouviu passos no corredor vindos da sala. Aumentaram de volume e pararam diante de sua porta. Prendeu a respiração.

— O que você está fazendo, Jake?

Precisou se conter ao ouvir a voz apressada de Ryan.

— Quero dar uma olhada nela para ver se está tudo bem — respondeu Jake.

— Não, ela é minha noiva. Eu vejo se ela está bem.

Os dedos de Jenna seguraram as cobertas com força.

— Ela deixou de ser sua noiva assim que soube de quem realmente a engravidou.

As vozes pararam e ela ouviu uma batida na porta.

— Estou bem. Não preciso de nada — mentiu ela.

Não queria que os dois entrassem ali: poderia se descontrolar e seduzir os dois.

Ouviu os passos de ambos se afastando, indo para direções diferentes, e seus dedos relaxaram.

Droga. Lá estava ela, a pouca distância de dois amantes incrivelmente tesudos, e, contudo, via-se deitada sozinha, frustrada, olhando para o teto. A noite seria bem longa.

* * *

NA MANHÃ SEGUINTE, JENNA tomou uma longa chuveirada, cobriu o corpo de espuma e ensaboou cada parte dele com afagos longos e demorados. Pensou em Jake acariciando seus seios. Correu o chuveirinho por todo seu corpo. Pensou em Ryan beijando sua barriga, depois sua língua empurrando seus pequenos lábios. Abriu as pernas e circulou o chuveirinho sobre seu clitóris, encostando as costas na parede e se deliciando com a estimulação intensa. Em questão de instantes um orgasmo a invadiu. Um orgasmo vazio e frustrante. Oh, Deus, como queria um de seus homens dentro dela.

Secou-se e vestiu o robe felpudo e macio de Jake, amarrando-o bem ao redor da cintura. Ao abrir a porta do banheiro, a do quarto de Jake se abriu também.

— Bom dia, meu amor.

Ele envolveu a cintura dela com o braço e puxou-a para trás contra seu peito forte e rijo. Seus dedos brincaram na barriga dela e ela sentiu o pau dele se endurecer contra suas nádegas. Suas entranhas doeram, a vagina se apertou com força ao redor do nada, desejando aquele pau duro. Reclinou-se nele, fechando os olhos.

Apoiou a mão na dele, depois segurou-a, prestes a arrastá-lo para seu quarto.

— Bom dia.

Abriu os olhos e viu o rosto de desaprovação de Ryan. "Que droga!" Aprumou o corpo e se afastou de Jake.

Pigarreou.

— Bom dia, Ryan. — Passou por ele e entrou em seu quarto, fechando a porta.

Ele bem que podia ter chegado em outra hora. Mas é claro que, do ponto de vista dele, percebeu Jenna, chegara no momento certo.

Isso era loucura. Os dois homens queriam transar com ela. Ela queria transar com os dois. A situação parecia perfeita, mas ela se via constantemente com tesão sem nenhum homem para satisfazê-la, tudo porque os dois estavam demarcando território. Precisava haver uma solução sem que ninguém se magoasse.

Nos dias seguintes, nenhum dos homens a deixava sozinha com o outro. Jake havia dado um telefonema para tomar as providências necessárias a fim de não precisar comparecer ao escritório.

À medida que sua frustração aumentava, ela se perguntava por que simplesmente não se levantava no meio da noite e ia até o quarto de Jake — ela nem considerava ir até Ryan no porão porque o lugar parecia exposto demais e era totalmente visível das escadas —, mas parte dela se sentia incomodada com a ideia de fazer amor com um deles enquanto o outro estava a poucos metros de distância.

Maldita inibição idiota.

* * *

NA QUINTA NOITE JENNA NÃO conseguiu mais suportar ficar deitada em seu quarto. Seus seios inchados doíam e seu corpo ansiava pelo toque de um de seus homens. Droga, um deles estava dormindo a apenas uma porta de distância. Ela não ia mais fazer isso consigo mesma. Atirou as cobertas para o canto e foi até a porta. Abriu-a, depois olhou para fora. Estava tudo em silêncio. Nem sinal de Ryan ou Jake.

Saiu de fininho para o corredor e fechou a porta em silêncio, depois andou pé ante pé até a porta de Jake. Sentia-se como uma adolescente escapando para um encontro ilícito e tentando não ser pega por seus pais.

Ficou diante da porta dele por um instante, procurando decidir se devia bater ou simplesmente entrar. Se Ryan ainda estivesse acordado (não era provável às 2 horas da manhã, mas, mesmo assim), poderia ouvir. Ela não gostava de simplesmente invadir o quarto de Jake, mas será que ele se importaria?

Deu de ombros. Melhor descobrir.

Virou a maçaneta e abriu a porta, depois entrou depressa e fechou-a. Ouvia as batidas em *staccato* de seu coração. Oh, sim, ela daria uma ótima ladra. Não conseguia nem entrar de mansinho no quarto do namorado sem praticamente sofrer um ataque do coração.

Reclinou-se na porta.

— Jake? — sussurrou.

O luar irradiava sobre a cama e ela viu os vales ensombrados dos lençóis contornando as curvas sobre as planícies de seu corpo. Jake se apoiou nos cotovelos.

— Jenna? — Sua voz, rouca de sono, vibrou através dela. Seu cabelo emaranhado e o rosto de barba por fazer, iluminado pelo luar, pareciam tão sensuais. — Aconteceu alguma coisa?

Ela respirou fundo e o olhou. Suas entranhas tremeram de expectativa.

— Eu... eu só queria ficar com você. — Sua voz saiu baixa e sedutora.

Ele atirou as cobertas para o lado e atravessou o quarto em uma fração de segundo, com o olhar escuro e fervilhante preso no dela. Enlaçou-a e apertou-a contra seu corpo. Seus mamilos se acenderam numa onda de calor ao serem pressionados contra o corpo dele. Os lábios se encontraram num fogo apaixonado, e ela envolveu o pescoço dele, saboreando a sensação de seu corpo forte contra o dela, adorando o toque dos dedos dele em seu rosto.

— Oh, Jake, preciso de você.

Ela afagou os ombros largos dele e depois seu peito musculoso. A língua dele girava dentro da boca dela, depois se enfiou bem fundo. Ela remexia a parte de cima da cueca dele, até deslizar a mão para tocar sua longa e sólida ereção.

A evidência óbvia de que ele também a desejava encheu-a de alegria.

Ele soltou seus lábios e a dirigiu até que se apoiasse na porta. Deslizou as mãos por baixo da camisola e afagou seus seios; os mamilos já desabrochavam em pontas sólidas cheias de desejo.

Oh, Deus, ela não podia esperar.

— Estou tão molhada, Jake.

Beijou-o e levou uma das mãos dele até lá embaixo para que tivesse a prova. Os dedos de Jake deslizaram por baixo de sua calcinha rendada e ele afagou os cachos, depois enfiou um dedo.

— Está mesmo.

Ele não desgrudou o olhar do dela nem por um segundo. A intensidade daquilo a dominou. Mordiscou o lóbulo da orelha dele, depois soprou de leve em seu ouvido. Ele ofegou.

— Jake, faça amor comigo. Agora. Aqui.

Ele mudou de posição e ela sentiu a cabeça de seu pênis provocar sua carne úmida. Ficou na ponta dos pés e abriu as pernas enquanto inclinava a pelve para a frente, para facilitar o acesso dele. Ele afastou a calcinha dela para o lado, depois arremeteu, seu pau deslizou como uma flecha para dentro dela. Ela gemeu diante da sensação deliciosa de sua vagina quente e escorregadia ao redor dele. Apertou o pau comprido e duro dentro de si.

— Jenna, isso é tão bom.

Ele a beijou enquanto retirava o pau e então meteu, enterrando-se de novo dentro dela.

Ela retesou os músculos íntimos ao redor dele, tentando levá-lo ainda mais para o fundo, deliciando-se com a sensação de sua vara dura dentro dela. Sólida. Inabalável.

Ele segurou as coxas dela e a levantou. Ela o envolveu com as pernas. Ele recuou e arremeteu, devagar, sem parar. Ela se segurou em seus ombros, a respiração se acelerando, seu pulso latejando por seu corpo.

— Sim, Jake. Oh, Deus, eu quero você.

Ele meteu com mais força, mais depressa. Ela gemeu com a sensação deliciosa de seu pau deslizando dentro dela, enviando ondas que ricocheteavam de prazer por cada parte de seu corpo.

— Sim. Oh, Deus, sim — gemeu ela ao sentir os primeiros tentáculos do prazer delicioso e intenso do orgasmo se enrodilharem ao seu redor. — Vou gozar — gritou ela cheia de alegria.

Ele acelerou o ritmo para estocadas rápidas e fortes. Ela o segurou com mais força em seu interior aveludado, intensificando a fricção e o prazer.

Ele batia o corpo dela na porta enquanto ela uivava de prazer.

— Oh, Jake... Oh, Deus, sim!

— Jenna... Oh, Jenna... Oh...

Ela sentiu a torrente de líquido quente dentro dela. Os dois ficaram parados, ele derramando-se dentro dela, enquanto os músculos genitais de Jenna o apertavam repetidamente e eles se abraçavam, cavalgando a onda do orgasmo juntos.

Ao desabar contra a porta, ela percebeu que não havia ficado exatamente em silêncio enquanto faziam amor.

— Acha que Ryan nos escutou? — murmurou ela ao ouvido de Jake.

Jake roçou o rosto no pescoço dela.

— E se escutou?

— Não sei, eu... — Deu de ombros.

Ele a beijou.

— É por isso que você esperou tanto para me procurar? Estava com medo de ele nos escutar?

— Bem, eu... não me sentia à vontade.:. — Ela deu de ombros mais uma vez. — Você sabe, com ele assim tão perto...

— E comigo assim tão perto. Você não o procurou, não é?

Ela sacudiu a cabeça.

— Então, andou esse tempo toda enfiada em seu quarto, frustrada. — Ele afastou o cabelo dos olhos dela. — Olhe, Jenna, nós dois somos adultos. Você tem que pensar no que precisa e deixar que nós nos preocupemos um com o outro.

Ela arqueou as sobrancelhas.

— Então, você não se importa se eu levar Ryan para meu quarto, ou se descer para passar a noite com ele?

— Não disse que não me importo, mas vou superar. Se estiver procurando permissão, pare com isso. Você não precisa de permissão. Faça o que precisa fazer.

Seu coração se aqueceu com aquelas palavras, tão preocupadas com suas necessidades. Beijou-o.

— Obrigada.

Uma batida soou na porta atrás dela e Jenna praticamente deu um pulo de susto.

CAPÍTULO 17

— Jake, Jenna está aí?

O peito dela se apertou sabendo que Ryan estava a poucos centímetros de distância de suas costas, havendo apenas uma fina porta de madeira entre eles, enquanto ela estava ali com o pau de Jake ainda enterrado em seu corpo.

— Não é da sua conta, Ryan.

Ele bateu com mais força.

— Jenna, você está aí?

Ela trocou olhares com Jake e mordeu o lábio inferior, depois suspirou.

— Sim, estou, Ryan.

Jake se afastou dela. Ela sentiu frio quando ele deslizou para fora de seu corpo. Ajeitou a camisola e depois abriu a porta.

Sorriu com doçura.

— Sim?

— Oh, hã... Ouvi um barulho. Só queria ver se você estava bem.

— Sim, estou bem. Jake e eu só estávamos... — Hesitou observando o rosto de Ryan se contorcer. — Estávamos só fazendo amor.

Ele ficou boquiaberto. Obviamente esperava uma mentira.

— Olhe, Ryan, passei esse tempo toda deitada sozinha em meu quarto desejando você.

— Desejando a mim?

— Vocês. — Ela fez um gesto para os dois. — Mas não cedi porque... bem, porque se eu fosse para a cama com um de vocês, receava machucar o outro.

— E aí você decidiu ir para a cama com Jake?

— Ele estava mais perto.

— Valeu — murmurou Jake.

Ela se voltou para Jake e afagou seu braço suavemente.

— Por favor, não fique ofendido. Eu desejo vocês dois.

Voltou-se para Ryan.

— Não quero decidir entre vocês. — Sentiu lágrimas em seus olhos. — Não pedi para estar nesta situação. Não quero machucar nenhum dos dois. Não existe a possibilidade de eu escolher entre vocês. — As lágrimas escorreram livremente por suas faces. — Amo os dois.

— Oh, Jenna. — Ryan a abraçou.

Ela aninhou o rosto no pescoço dele. Jake afagou as costas dela.

— Isso deve ser difícil para você, Jenna — disse Jake. — Como podemos tornar as coisas mais fáceis?

Ela fungou, depois enxugou os olhos. O calor do toque deles enviou ondas de desejo por seu corpo.

— Não sei, mas... — Sem pensar conscientemente, arqueou o corpo contra o de Ryan, pressionando os seios no peito dele. Sentiu-se tonta de desejo. — Droga, meus hormônios malucos... Estou ficando acesa de novo.

Brincou com o robe de Ryan, olhando para ele.

— Quero você.

Então, olhou para Jake.

— Vocês dois! — uivou ela, depois os soluços a dominaram.

Enfiou o rosto no peito de Ryan de novo.

— Você quer dizer nós dois? Ao mesmo tempo? — perguntou Ryan.

"Os dois? Ao mesmo tempo?" Seus hormônios chegaram ao auge. As batidas de seu coração se aceleraram.

— Sim. Não... quer dizer... — Fungou de novo e respirou fundo. — Eu... hã... já pensei nisso.

Era uma de suas fantasias mais excitantes. Agora que eles haviam trazido aquilo à tona, a ideia estava se enfiando dentro de sua cabeça, tornando-se uma coceira impossível de não coçar. Ela sabia que essa vontade não ia sumir, mas o olhar no rosto deles deixava claro que jamais topariam. Não que ela houvesse pensado que topariam.

Mas, enfim, Jake lhe havia dito para cuidar de suas próprias necessidades e deixar que eles cuidassem das deles. Passou as mãos pelos seios, decidindo que precisaria de um pouquinho de persuasão.

— Tenho fantasias. Andei pensando em como seria sentir vocês dois afagando meus seios, um de cada lado. — Afagou a ponta dos seios. Seus mamilos ficaram claramente à mostra através do tecido fino da camisola. — Sentir a boca dos dois em meu corpo ao mesmo tempo.

Passou uma das mãos lá embaixo, depois na barriga. Os dois pares de olhos observavam seus movimentos enquanto ela acariciava seu monte de vênus e enfiava a mão entre as pernas.

Oh, Deus, ela se sentia demoníaca. E tão sensual.

— Fantasiei com um dos paus compridos e duros enfiados em mim enquanto eu chupo o outro, girando a língua na cabeça.

Viu os dois paus incharem com suas palavras.

— Jenna, você e suas fantasias. — A voz de Jake estava rouca.

Ela acariciou os seios de novo, depois pegou a mão de Ryan e a colocou sobre o seio direito. Sentiu a mão dele endurecer embaixo da dela enquanto ele a observava pegar a mão de Jake e pousá-la em seu seio esquerdo.

— Jenna. Meu Deus... — O olhar de Ryan se prendeu na mão de Jake.

Jake a acariciava em círculos. Ryan apertou-a com suavidade, depois rodou o dedo sobre seu mamilo.

Ela ergueu a camisola, revelando o inchaço dos seios, depois colocou a mão de Ryan embaixo do tecido, sobre um seio nu. Ele ficou sem ar quando a carne dela se moldou embaixo de sua mão que apertava suavemente. Jake deslizou a mão pela barriga nua dela, depois enfiou um dedo pela calcinha e passou-o de leve por sua xoxota úmida.

O toque deliciosamente excitante dele nublou o cérebro de Jenna. Ela queria deitar no chão ali mesmo, abrir as pernas e convidar os dois a entrar. Implorar para que enfiassem seus paus dentro dela, um depois do outro.

O olhar de Ryan continuava fixo na mão de Jake e sua respiração foi ficando ofegante.

Será que conseguiria convencê-los? A excitação a atiçou ao pensar nisso.

O dedo de Jake roçou seu clitóris. Mmm. Ele definitivamente parecia estar perto de dizer sim.

Ao ver o rosto de Ryan se contorcer em uma expressão rígida, porém, mesmo envolvida no prazer ela percebeu que estava pedindo demais. Não queria forçar nenhum dos dois a fazer algo de que fossem se arrepender depois. À luz do dia, ela provavelmente se arrependeria de ter dito aquelas coisas.

O dedo de Jake deslizou por sua passagem escorregadia e as entranhas dela pulsaram. Seu mamilo doeu ao pressionar a mão de Ryan. Oh, céus, ela queria sexo. De novo. Havia acabado de transar com Jake, portanto, segurou o antebraço de Ryan e se inclinou para perto dele.

Afagou sua orelha e murmurou:

— Que tal uma fantasia de pirata? — Mordiscou o lóbulo da orelha dele. — Só você e eu.

— Humm? — Os olhos dele se acenderam.

— Bem, Jake e eu acabamos de passar um *bom* tempo juntos. Tenho certeza de que ele não vai se importar se eu e você vivermos uma aventura agora.

Jake tirou com relutância a mão da calcinha dela.

— Se é isso o que você quer, Jenna... — disse ele.

— Você sabe o que eu quero, Jake. — O tom dela era grave, rouquenho. — Mas isso aqui também vai ser bom.

Ryan abriu seu robe, revelando um pau furiosamente duro sob a cueca listrada azul-marinho. Segurou as mãos de Jenna e amarrou os pulsos dela com o cordão de cetim. Puxou-a em sua direção, depois a abraçou e murmurou em seu ouvido:

— Talvez possamos deixar Jake assistir.

Os olhos dela se arregalaram. O rosto de Jake se abriu num sorriso amplo e inacreditável.

Ryan se inclinou para baixo e enfiou o ombro sob a pelve dela, passou os braços pelas coxas de Jenna e então se levantou. Ela dobrou o corpo sobre seu ombro e ele a carregou até a sala rumo às portas do pátio.

Sua mão livre afagou a coxa dela, depois cobriu a nádega com a mão em concha.

— Ora, ora, belezura. Tenho planos pra você — disse ele.

Abriu a porta e a carregou até o ar quente da noite. As luzes dentro e ao redor da piscina se acenderam e ela se deu conta de que Jake devia ter acendido o interruptor. A piscina em formato de feijão parecia uma joia azul em meio ao escuro da noite.

A mão de Ryan deslizou pela bunda dela e se enfiou entre suas coxas, afagando de leve sua xoxota quente. Ela quase gritou com aquela sensação erótica intensa. Ele levou até o trampolim de mergulho, depois a colocou sobre ele.

— Acho que talvez eu obrigue você a caminhar pela prancha.

— Oh, não, a prancha não! — implorou ela, adorando o modo como ele havia incorporado o papel.

Ele desamarrou o cinto das mãos dela e o atirou para o lado, depois deu um passo à frente. Ela recuou na direção da extremidade da prancha.

— Ah, sim, a prancha sim! — Ele se fingiu de feroz, com um brilho nos olhos e um sorriso selvagem.

O coração dela disparou: meu Deus, que pirata *sexy* Ryan era.

Ele deu mais um passo e ela também. Ela olhou para trás. Caiu de joelhos e segurou a barra do robe dele.

— O que posso fazer para convencer você a me libertar?

— Bem, eu não vou libertar você, moça, mas posso deixá-la viver, se...

— Se...

— Bem, vou deixar o resto para sua imaginação. Vamos dizer apenas que você está numa ótima posição.

A ereção dele empurrou o tecido fino de algodão da cueca bem na frente do rosto dela. Ela sabia exatamente o que ele queria.

Olhou na direção da casa e viu a silhueta de Jake recortada contra as portas do pátio. A adrenalina correu por seu corpo. Ele estava observando os dois.

Ela enfiou as mãos por baixo do robe de Ryan e o afagou, subindo pelo peito para deslizar pelos mamilos duros, depois desceu de novo até a cueca. Enfiou os dedos por baixo do elástico e deslizou-os até as costas de Ryan, depois acariciou suas nádegas musculosas enquanto descia a cueca devagar, lambendo os lábios. Deslizou as mãos para a frente e puxou o elástico. A ereção saltou para fora; então, puxou a cueca até os joelhos dele.

Envolveu o pau com os dedos e o afagou suavemente.

— Quer que eu o toque aqui, senhor?

— Sim, mas você vai fazer mais que só tocar, mocinha.

Ela passou a língua ao redor dos lábios, depois abriu a boca e colocou a língua para fora, depois para dentro de novo.

— Tipo o quê? — perguntou ela com inocência exagerada.

— Tipo lamber.

Ver Ryan assim, soltando-se, agindo de modo ousado, aqueceu o coração de Jenna. Ele precisava se soltar com mais frequência.

Colocou a língua para fora e lambeu a base do pênis, depois subiu até a ponta.

— Assim?

— É. Agora enfie na boca e chupe.

Ela olhou na direção de Jake enquanto cobria a ponta do pau de Ryan, fazendo da língua uma flecha sobre o buraquinho minúsculo, depois girou a língua ao redor da base da cabeça. Chupou. Ryan gemeu, então ela deslizou a boca sobre ele, engolindo-o, até o fundo da garganta. Apertou e chupou com força.

— Ohhhh.

Ele afagou os cabelos dela. Ela enfiou as mãos sob as bolas e as afagou gentilmente. Ele tentou abrir mais as pernas para oferecer melhor acesso a ela, portanto, ela puxou a cueca até os tornozelos. Tinha medo de que ele caísse.

Ela tirou a boca do membro dele e disse:

— Senhor pirata, será que o senhor não deveria ficar mais à vontade enquanto eu lhe dou prazer?

Ela puxou de leve seu pau, depois girou a língua ao redor da ponta. Ele sorriu, percebeu a deixa e se deitou na prancha do trampolim. Ela olhou na direção da casa enquanto tirava a cueca dele e a atirava sobre a grama. Jake continuava olhando tudo. Era difícil dizer, mas julgou tê-lo visto mexer na região da virilha. Enquanto lambia o pau duro como pedra de Ryan, ela podia imaginar que Jake havia tirado seu pau igualmente duro para fora das calças e agora o estava acariciando. A ideia de que ela estava excitando dois gostosos incrivelmente lindos ao mesmo tempo a excitou imensamente. Podia sentir a umidade entre suas pernas, pingando entre suas coxas.

Ela enfiou Ryan inteiro na boca, chupando com força. Subiu e desceu a boca sobre ele, circulando a língua pela vara. As bolas dele se retesaram em suas mãos. Ela desceu os dedos até a base do pênis e o lambeu até embaixo, depois seguiu em frente até os testículos duros. Enfiou uma bola na boca, depois a outra, chupando-as com seu calor, lambendo-as com sua língua. Depois as soltou e voltou a chupar o pau.

— Oh, meu amor, estou quase lá — murmurou Ryan.

Ela enfiou o dedo embaixo das bolas, depois acariciou o períneo dele enquanto chupava e afagava o pau dentro de sua boca. Sentiu o pênis se retesar. Olhou na direção de Jake enquanto subia lentamente a boca pelo pênis de Ryan, acompanhando o trajeto com as mãos. Segurou o pau no ninho macio de suas mãos e tirou a boca da ponta justamente quando ele começou a ejacular. Jatos longos e brancos de líquido passaram por cima do ombro dela. Ela lambeu as bolas dele enquanto a fonte de sêmen continuava a jorrar. Subiu sobre o corpo dele e então beijou sua boca.

— Você conseguiu alcançar uma distância e tanto. — Piscou para ele. — Aposto que seu irmão ficou impressionado.

* * *

JAKE OBSERVAVA JENNA CHUPANDO seu irmão enquanto seu próprio pau latejava dolorosamente. Bateu uma punheta. Ryan estava deitado na prancha do trampolim, sua ereção voltada para cima como o mastro de um navio. Jake acelerou seus movimentos enquanto Jenna subia e descia a boca pela vara do irmão.

Oh, meu Deus, como ele queria sentir os lábios dela em seu pau. Droga, por que ele e Ryan não haviam aceitado a sugestão de Jenna na mesma hora? Os dois fazendo amor com ela ao mesmo tempo?

Um *ménage à trois*. Ela havia oferecido uma fantasia dos sonhos e eles haviam recusado. Idiotas.

Continuou bombeando seu pau enquanto observava Jenna fazendo um boquete em seu irmão. Por fim, ela tirou a boca do pau de Ryan e uma fonte de sêmen espirrou de seu. As bolas de Jake se retesaram e ele soltou sua própria fonte, querendo que houvesse sido dentro da boca quente e sensual de Jenna.

* * *

Ryan puxou Jenna para cima de seu corpo e a beijou, depois se sentou. Aquela mulher era incrível, e suas fantasias haviam trazido um elemento interessante para sua vida.

— Bem, mocinha... — piscou para ela. — você conseguiu ganhar algum tempo.

Ele se levantou e segurou as mãos dela, depois a colocou em pé. Segurou-a com a mão enquanto pegava o cinto do roupão na grama e voltou a amarrar as mãos dela. Usou o meio do cinto como correia para levá-la até as portas do pátio.

Jake não estava mais lá. Ryan esteve bastante consciente de que Jake os assistira o tempo todo e aquilo havia sido muito excitante para ele. Talvez por Jake saber o quanto Ryan excitava Jenna. Ele não tinha certeza. Só sabia que aquilo havia acrescentado um tempero à coisa toda.

Ryan abriu a porta e levou Jenna para dentro. Jake chamou sua atenção lá da cozinha e apontou na direção de seu quarto. Ryan levou Jenna pelo corredor. No quarto do irmão, viu quatro correias de velcro presas na cabeceira e nos pés da cama, alinhadas de modo a deixar Jenna completamente presa na cama. Ele sorriu e seu pau se latejou.

— Deite aí, vadia — ordenou ele.

Ela olhou para as correias, depois voltou-se para ele, de olhos arregalados. Com horror fingido, gritou:

— Não, por favor, não me amarre!

— Eu disse para se deitar, puta. — Olhou carrancudo para ela, com um meio-sorriso nos lábios enquanto batia com a ponta do cinto de tecido na própria palma aberta. — Não me faça ordenar de novo!

A ideia de chicotear as costas dela com o tecido, de ver a carne redonda e branca de suas nádegas ficar vermelha, fez seu pau se latejar de novo. Será que ela o desafiaria? Talvez ser espancada fizesse parte da fantasia de Jenna.

Enquanto ela se deitava na cama, ele percebeu que não fazia. Pelo menos não dessa vez. Prendeu um dos pulsos dela com uma das correias, depois o outro. Fez o mesmo com os dois tornozelos aos pés da cama. Sentou-se e ficou olhando para ela, deitada com as pernas e os braços escancarados, pronta para ele. Ela o encarou de volta, os olhos arregalados e a respiração ofegante. O único problema é que ela ainda estava com sua camisola. Ele poderia tirar as correias dos pulsos e ordenar que ela se despisse, mas não seria isso que um pirata faria. Deu um sorriso diabólico, depois segurou a barra da camisola e rasgou-a de cima a baixo.

Ela soltou um murmúrio de espanto.

Ele puxou o tecido, revelando os seios redondos e brancos dela. Os mamilos se eriçaram, implorando que ele os enfiasse na boca. A calcinha, tão delicada e branca, foi a próxima. A renda fina se desfez quando ele a rasgou. Atirou o tecido ao chão. As mangas curtas da camisola ainda estavam presas nos ombros dela, portanto ele rasgou cada uma e deixou a peça destroçada por baixo do corpo dela.

— O que está acontecendo aqui?

Ryan se voltou e viu Jake à porta.

— Você veio me salvar? — perguntou Jenna.

Jake sorriu.

— Se eu fosse salvar você, teria de desamarrá-la.

Ryan viu a excitação nos olhos de Jenna e se lembrou de como havia sido excitante saber que Jake estava assistindo aos dois na prancha do trampolim. Na verdade, havia sido extremamente excitante ouvir Jenna fazendo amor com Jake enquanto ele a batia repetidamente contra a porta, e seus gemidos baixinhos de prazer enquanto o irmão bombeava dentro dela. Seu gemido alto quando atingiu o orgasmo ainda o fazia estremecer.

Se os dois fizessem amor com ela, ele tinha certeza de que ficaria mais excitada do que jamais ficara na vida. Como poderia negar a ela tamanho prazer? Como poderia negar a si mesmo tamanho prazer?

— Desamarrá-la seria uma pena — disse Ryan. — Venha, irmão, dividir o butim.

Os olhos de Jenna se arregalaram e o rosto de Jake se abriu num imenso sorriso.

— Como você pode ver, sua vadia, o irmão de um pirata não pode ser outra coisa a não ser um pirata. Acho que nós dois vamos nos aproveitar de você.

CAPÍTULO 18

Jenna quase desmaiou ao perceber que sua mais sublime fantasia, transar com dois homens ao mesmo tempo — *aqueles* dois homens —, estava prestes a se tornar realidade. Mal podia acreditar. A excitação a atiçou e mal podia respirar.

Jake se ajoelhou ao lado da cama e acariciou seu seio direito. O mamilo subiu. Ryan sentou do outro lado e afagou o seio esquerdo, depois se inclinou e enfiou o mamilo duro como pedra em sua boca.

— Ohhhh, sim — gemeu ela.

Quando Jake também enfiou o outro mamilo na boca, ela perdeu o ar com aquele prazer sensacional. Logo os dois passaram a chupar e lamber, provocar e usar a língua como uma flecha.

— Nossa prisioneira está sendo surpreendentemente cooperativa — disse Ryan.

Ooops. Ela havia sugerido aquela fantasia, mas não estava desempenhando bem seu papel! Arregalou os olhos e encolheu os ombros.

— Não! Soltem-me!

— Acho que não, minha belezura — disse Ryan.

Ele acariciou sua barriga, depois enfiou a mão entre suas pernas. Jake se inclinou e lambeu a racha. Os dedos de Ryan separaram os pequenos lábios e a língua de Jake lambeu o clitóris exposto.

— Ohhhh.

Jake se acomodou entre as pernas dela e lambeu o clitóris com vontade, depois o enfiou na boca. Ryan foi para cima, voltando a enfiar um mamilo na boca. Com a mão, acariciou suavemente o outro seio.

Era tão incrível sentir as mãos e a boca dos dois em seu corpo! Arqueou o corpo para cima, contra a boca de Jake. Ryan cobriu cada seio com uma das mãos, depois foi subindo com a língua até a base do pescoço de Jenna. A língua de Jake ondulava lá embaixo.

O prazer fez seu corpo estremecer quando Jake girou a língua dentro dela, sem parar, depois pairou sobre seu clitóris. Ele afagou a parte interna de suas coxas. Ryan chupou seu mamilo com força, depois deslizou a mão pelas costas dela e segurou sua nádega com a mão em concha. Enquanto Ryan afagava e apertava sua bunda, os músculos de Jenna se retesaram e ela arqueou o corpo para a frente, pressionando-o com mais força na língua de Jake. Ryan mordiscou o outro mamilo e Jake lambeu a vagina, enquanto enfiava os dedos dentro dela.

— Oh, sim. Oh... sim... — gemeu Jenna.

— Jake, acho que você a está fazendo gozar — cantarolou Ryan.

A língua de Jake se espiralou no clitóris e ela explodiu num orgasmo. Ryan afagou os seios dela enquanto ela arqueava o corpo em contorções abençoadas.

— Sim, definitivamente você a está fazendo gozar.

O prazer pulsava em ondas através de seu corpo. Quando começou a relaxar, a língua de Jake diminuiu o ritmo e ela desabou na cama. O pau grande e duro de Ryan entrou no campo de visão de Jenna enquanto ele batia uma punheta, obviamente excitado ao extremo. Ela olhou para Jake e viu seu enorme pau orgulhosamente em pé.

Ela precisava de um dos dois dentro dela — Ryan, para ser justa, já que havia acabado de fazer amor com Jake. Manteria Jake ocupado de outra maneira.

— Oh, irmão do senhor pirata? — Fixou o olhar no de Jake. — O que vai fazer comigo agora?

Ela abriu a boca, depois deslizou a língua ao redor dos lábios sugestivamente. Jake sorriu, depois foi até o lado dela e inclinou a cabeça de seu pau na direção da boca de Jenna. Ela lambeu a cabeça, depois rodeou-o com a ponta da língua.

— Mais — murmurou Jenna, e ele se inclinou mais para perto, deixando que ela o engolisse inteiro.

— Nossa prisioneira está se tornando cooperativa demais de novo — observou Ryan, subindo e descendo a mão por sua ereção intumescida. Oh, Deus, como ela queria aquilo dentro de si agora.

Deixou o pau de Jake deslizar para fora de sua boca.

— Não, seus monstros. Deixem-me em paz. Não enfiem seus enormes paus dentro de mim. Não enfiem seus paus rápido e com vontade. Não me façam gritar de êxtase.

Eles a observaram com sorrisos largos, mas nenhum dos dois fez nenhum movimento. Ela se contorceu sob seus olhares.

— Eu disse não... e não façam isso agora! — insistiu ela.

Jake deslizou a vara para dentro da boca dela de novo enquanto Ryan ia para o pé da cama. Ele se ajoelhou entre as pernas abertas dela e desceu as mãos por seu corpo, dos pulsos amarrados até sua cintura. Seu toque parecia uma corrente elétrica atravessando o corpo dela. Ele se inclinou e enfiou o mamilo na boca quente. Ela quase gritou com a vara dura de carne dentro de sua boca.

Ela abriu ainda mais as coxas, arqueando a pelve para cima enquanto chupava e acariciava Jake com sua língua. Ryan colocou a ponta do pau em sua fenda úmida. Ela empurrou o corpo para a frente, tentando fazer que ele entrasse, mas ele recuou.

— Calma aí, amor.

Passou o polegar sobre seu clitóris, depois acariciou devagar. Ela gemeu alto, depois chupou o pau de Jake bem no fundo da garganta.

Ryan meteu dentro dela, rápido e com vontade, e ela ofegou. Oh, Deus do céu, era incrível, sua carne quente e dura dentro dela! Ela apertou Jake na boca enquanto Ryan deslizava para a frente e para trás, em arremetidas cada vez mais profundas. Chupou Jake com mais força enquanto cavalgava a onda da paixão. Sabia que Jake estava prestes a gozar, mas ele tirou o pau de sua boca justamente quando sentiu o prazer aumentar. Começou a gemer e Ryan meteu e gemeu, espirrando sêmen quente dentro dela. Ela uivou de êxtase enquanto gozava ao mesmo tempo que ele. Desabou na cama, ofegante Ryan saiu de dentro dela.

Ela olhou para Jake, os ecos de seu orgasmo ainda estremecendo seu corpo, e a expectativa aumentou.

— Agora, Jake. Quero sentir você dentro de mim — disse ela com a voz rouca e cheia de desejo.

Ele deu um sorriso largo.

— Era exatamente essa minha ideia.

Jake colocou sua vara de aço na entrada dela, depois enfiou, e continuou enfiando enquanto a arremessava para um orgasmo imediato. Ela berrou de êxtase e ele explodiu dentro dela, misturando seu sêmen com o do irmão.

Jake desabou sobre Jenna, depois rolou para o lado. Ela estava deitada, ofegante, olhando para seus dois amantes incríveis.

— O que mais devemos fazer com nossa adorável prisioneira, irmão? — perguntou Jake para Ryan.

— Bem, provavelmente não precisamos mais disso.

Ryan retirou as amarras dos tornozelos de Jenna enquanto Jake fazia o mesmo com os pulsos dela.

Ryan se recostou na cabeceira da cama e a colocou sobre seu colo.

— Acho que você devia ir primeiro agora. — Ryan abriu as pernas dela, oferecendo-a a Jake.

Jake se ajoelhou na frente dela e lambeu sua xoxota gotejante, depois passou a língua sobre seu clitóris.

— Oh, Deus. — Ela estava tão sensível, ainda tão excitada, que gemeu enquanto outro orgasmo a dominava.

— Quero a boca de vocês dois em meu corpo de novo — disse ela com a respiração entrecortada. — Um em cada seio.

Ryan a deitou na cama e cada um chupou um de seus mamilos, fazendo-os se alongar ainda mais.

— Oh, Deus, sim. Chupem com vontade.

Ryan a chupou com força e a apertou entre o céu da boca e sua língua. Jake chupou bem devagar, fazendo-a ofegar, depois lambeu suavemente.

Os ritmos e sensações diferentes eram incríveis. Ela se colocou de joelhos, depois beijou Ryan. Quando ele a abraçou, ela o empurrou no colchão, com a cabeça perto dos pés da cama. Ergueu a bunda e agitou-a diante do rosto de Jake. Sentiu as mãos dele afagando seus quadris e suas nádegas. Um segundo depois, sua língua quente lambia a fenda úmida.

Ela olhou por cima do ombro para ele, um olhar incandescente.

— Quero você dentro de mim. Agora. — Ela foi descendo pelo peito de Ryan e chupou seu pau grande e duro.

Jake enfiou seu membro dentro dela e ela gemeu, depois começou a chupar o pau como se não houvesse amanhã.

Jake entrava e saía, acariciando suas carnes íntimas com a cabeça do pau.

— Oh, sim. Oh, sim. Mais rápido. Mmm.

— Oh, meu amor, você está tão quente — gemeu Jake.

Ela passou os dedos embaixo das bolas de Ryan, sentindo-as se retesar, sentindo seu pau inchar e seu corpo ficar rijo. Logo gozaria. Desacelerou um pouco o ritmo dos movimentos sobre sua ereção gloriosa e lançou o corpo para trás contra o corpo latejante de Jake, incitando-o a ir mais depressa. Podia sentir que Jake estava prestes a gozar também. Chupou com mais força e com mais vontade o pau de Ryan enquanto bombeava o corpo contra o pau de Jake.

Opal Carew

A adrenalina invadiu seu corpo e uma onda de êxtase começou. Ela gemeu com a carne rígida em sua boca, depois girou a língua ao redor da cabeça da vara enquanto afagava a parte de trás das bolas. Ryan explodiu dentro dela, inundando sua garganta com o sêmen quente. Ao ouvir o gemido de Ryan, Jake se enrijeceu atrás dela, depois se moveu em arremetidas curtas e fortes. O líquido quente encheu o interior de Jenna enquanto o êxtase varria seu corpo.

Ela desabou sobre o peito de Ryan e o pau de Jake saiu de dentro dela. Sentiu a cabeça de Jake apoiada em sua lombar e suas mãos afagarem suas coxas. E os três caíram adormecidos numa confusão de braços e pernas.

* * *

JENNA ACORDOU DEITADA DE COSTAS ENTRE dois corpos quentes e rijos, o braço de Jake enrolado em volta do dela, a mão sobre um de seus seios, e o braço de Ryan sobre seu quadril, as pontas dos dedos apoiadas em seus pelos púbicos. Cada um de seus próprios braços envolvia um dos homens.

Olhou de um rosto lindo para o outro. Seu mamilo se inchou sob a mão de Jake, empurrando sua palma. Uma ânsia começou a latejar em sua virilha e ela trocou de posição de leve. Os dedos de Ryan deslizaram um pouco mais para baixo.

Oh, caramba, como queria que eles acordassem e a satisfizessem de novo. A noite anterior havia sido a experiência mais incrível de sua vida — e, dadas as aventuras sexuais que ela vivera desde que Jake realizara a primeira de suas fantasias sexuais, isso não era pouca coisa.

Cada uma de suas mãos afagava de leve as costas fortes. Jake foi o primeiro a abrir os olhos e olhar para ela.

Ele se inclinou e beijou sua face.

— Bom dia, meu amor.

Ryan acordou em seguida, e seu olhar se prendeu no de Jake. Jake deu a impressão de que só então havia notado a presença de Ryan. O choque atravessou o rosto dos dois, e então ambos recuaram num impulso. Jake se sentou.

— Que diabos...? — Esfregou o rosto, depois a lembrança pareceu voltar.

— Droga. — Ryan se sentou e saiu da cama. Levantou-se e saiu do quarto, batendo a porta.

Jake balançou a cabeça e saiu também, entrando no banheiro.

— Pelo visto, a festa acabou — reclamou Jenna.

* * *

DEPOIS DE TOMAR BANHO E SE VESTIR, Jenna foi até a cozinha. Sam parou de comer de sua tigela para olhar para ela. Jake estava sentado ao balcão, bebendo uma xícara de café.

— Onde está Ryan? — perguntou ela.

Ele fez um gesto com a cabeça indicando a porta.

— Saiu.

— Saiu? — indagou ela, sem acreditar. O tempo inteiro em que estivera ali, ele jamais a deixara sozinha com Jake, e vice-versa. — Acho que deve estar bem chateado.

Jake não disse nada. Ela se serviu de um copo de suco de laranja e se sentou no banquinho ao lado dele.

— Você... hã... encarou bem o que aconteceu na noite passada?

Ele passou a mão pelo cabelo, com o rosto contraído.

— Não sei, Jenna. — Olhou para ela. — Quer dizer, não me leve a mal. Você é *sexy* como o diabo. Tudo aquilo foi *sexy* como o diabo. — Ele esfregou a base do pescoço. — Mas é que...

Ela esperou, constrangida ao pensar no que eles haviam feito, mas ao mesmo tempo excitada com o modo como a haviam tocado ao mesmo tempo, com a forma como ela os havia tocado ao mesmo tempo.

Jake segurou com força a caneca de café.

— Droga, nunca achei que um dia fosse acordar ao lado de outro cara, muito menos de meu irmão.

Opal Carew

— Não entendo. Não é que vocês dois tenham transado um com o outro. Vocês transaram *comigo*.

Ele balançou a cabeça.

— É difícil explicar. — Ele se levantou e foi até a pia, depois colocou a xícara no balcão. — Preciso fazer umas coisas.

E, dizendo isso, saiu.

Jenna apoiou um cotovelo no balcão e o queixo sobre a mão, olhando pela janela dos fundos para a piscina que cintilava à luz da manhã. Sam saltou para o banquinho ao lado dela e miou. Jenna a acariciou, distraída.

Bem, obviamente os dois não conseguiam lidar com a ideia dos três juntos. Isso colocava um ponto final na possibilidade maravilhosamente excitante de uma solução para seu dilema. Não que ela realmente houvesse considerado a ideia de que os três pudessem encarar uma forma de relacionamento sério juntos. Mesmo assim, era uma pena.

* * *

Nos dias seguintes, as coisas simplesmente pioraram. Os dois homens evitavam um ao outro. Se um entrava num lugar, o outro saía. Jenna insistia para que todos jantassem juntos, mas as refeições eram feitas em silêncio e não duravam muito tempo.

Seu coração doía ao observar o que estava acontecendo. Achou que eles só precisavam de alguns dias para superar a situação, mas eles pareciam estar se afastando cada vez mais. Apesar de seu estado contínuo de excitação sexual, ela não procurara nenhum dos dois à noite, com medo de alijar o outro ainda mais.

Depois de uma semana, Jenna se encheu de culpa ao perceber que podia ter causado um dano irreparável ao relacionamento de Jake e Ryan. Os dois eram irmãos. Deviam amar um ao outro. Agora, por causa dela, a ligação próxima que deveria existir entre eles havia sido levada à tensão máxima. Como se não bastasse, percebeu que, assim que tomasse a decisão que estavam esperando — a decisão de com qual irmão ela iria se casar —, o outro passaria a odiar o escolhido.

Não apenas isso. Não importava quem ela escolhesse, continuaria ansiando pelo outro.

A depressão tomou conta de Jenna quando percebeu que não havia solução para seu dilema. Amava os dois. Profundamente. Não havia como escolher entre um e outro.

CAPÍTULO 19

JENNA ABRIU A PORTA DA COZINHA e viu Jake lavando a louça. Não vira Ryan ao ir do quarto até a cozinha.

— Bom dia. — Jake secou as mãos, deixando a louça de lado para beijar Jenna.

Ela permitiu um leve roçar de lábios, mas quando ele tentou aprofundar a coisa, recuou.

— Onde está Ryan?

— Não sei. Acho que lá fora.

Jenna abriu as cortinas da janelinha lateral da cozinha e viu Ryan, usando uma camisa de manga curta e shorts, sentado numa espreguiçadeira ao lado da piscina, lendo um livro sob o sol. Calçou suas sandálias, que estavam ao lado das portas do pátio, e saiu. Jake a observou da porta. Ela atravessou o gramado macio até chegar ao deque de pedra da piscina.

— Ryan, pode entrar um minutinho, por favor? Preciso conversar com vocês.

Ele olhou para ela e sorriu, mas quando viu a expressão séria de Jenna, o sorriso sumiu.

— Podemos conversar aqui.

Ela fez que não.

— Por favor.

Ele se levantou e a seguiu até a casa. Os dois homens evitaram olhar um para o outro.

— Jenna, posso preparar alguma coisa para você comer? — quis saber Jake.

— Não, não estou com fome.

Na verdade, ela não conseguia suportar a ideia de colocar coisa nenhuma em seu estômago revirado.

— Mas os bebês precisam... — começou Jake.

— Os bebês precisam de um monte de coisas. — Entrelaçou as mãos com força e olhou para elas. Até ela mesma notou a profunda tristeza em sua voz. — Infelizmente, não podem ter tudo de que precisam.

Ryan foi por trás dela afagar seu ombro.

— Jenna, está tudo bem com você? — perguntou.

Ela o afastou, depois cruzou os braços.

— Sim, estou ótima — respondeu rígida, depois recuou. — Não, na verdade, não estou.

— O que foi, meu amor? — perguntou Jake aproximando-se, mas não demais, sentindo que ela precisava de espaço.

Lágrimas encheram os olhos de Jenna, mas ela as afastou. Precisava manter a cabeça fria para explicar tudo a eles.

— Preciso conversar com vocês dois. Tomei uma decisão.

Os dois homens trocaram um olhar pela primeira vez em mais de uma semana. Ryan puxou uma cadeira para ela, que assentiu em agradecimento, sentando-se. Jake sentou no balcão, com as pernas penduradas. Ryan se apoiou na geladeira.

— Ryan, eu amo você.

Ryan deu um sorriso largo, obviamente acreditando que havia ganhado. Quando Jenna se voltou para Jake e viu a dor em seus olhos, o coração dela partiu ao meio.

— Jake, eu amo você também.

A confusão atravessou o rosto de ambos.

— Esse é o problema. Eu amo vocês dois. Profundamente. — Colocou as mãos cruzadas sobre a mesa e olhou para eles. — Se eu escolher um de vocês, vou continuar desejando o outro. E aquele que não foi escolhido vai odiar o que foi. — Uma lágrima

Fantasias Gêmeas

escapou de seus olhos e ela a afastou, esperando que eles não houvessem visto. — Isso significa que, se eu escolher um dos dois, vou destruir uma família, e simplesmente não posso fazer isso. — Terminou a frase com um soluço engasgado.

— Você não devia se preocupar com isso, de verdade — disse Jake. — Podemos lidar com a decisão que você venha a tomar.

Ela olhou para ele.

— Ótimo, Jake, então se eu disser que escolho Ryan e não você, tudo bem?

Ela observou os lábios dele se contraírem numa linha reta e seus olhos se escurecerem de dor.

— Mesmo que você consiga lidar com isso, eu não conseguiria. Quando fizer amor com meu marido, vou pensar no irmão que não pude ter. Isso não seria justo com nenhum dos dois.

Ryan enfiou as mãos nos bolsos.

— Mas, Jenna, você acabou de dizer que já tomou uma decisão.

Ela fez que sim, afastando uma lágrima dos olhos.

— E tomei.

Ela respirou fundo e continuou:

— Realmente acho melhor não me casar com nenhum dos dois.

Ambos a encararam com espanto completo. As lágrimas caíam livremente pelo rosto de Jenna, e ela sacudiu a cabeça, impotente.

— Não consigo escolher entre vocês. Simplesmente não consigo.

Levantou-se e saiu correndo dali.

* * *

JAKE OLHOU PARA RYAN E RYAN olhou para Jake.

— Não podemos deixar que ela faça isso — disse Jake.

— Está se dispondo a sair do páreo para que ela não tome essa decisão? — indagou Ryan.

Opal Carew

Quando Jenna havia perguntado a Jake como ele se sentiria se ela escolhesse Ryan, o coração dele se transformara em pedra e ele ficara anestesiado por dentro. Jamais se disporia a sair do páreo.

— Você por acaso está?

O rosto de Ryan se endureceu. É claro que ele também não estava. Os dois a amavam.

— Talvez ela não tenha falado sério. Daqui a alguns dias, quando pensar melhor a respeito...

A porta se abriu e Jenna entrou segurando sua mala.

— Jake, pode chamar um táxi para mim, por favor?

Vê-la com a mala na mão, pronta para ir embora de sua casa para sempre, fez a cabeça de Jake girar. Ele precisava encontrar um jeito de fazer aquilo funcionar.

— Jenna, quando tudo isso começou, você pediu um tempo para decidir. Você me deu tempo para passar ao seu lado e conhecê-la melhor. Tenho sido extremamente paciente. Será que você não poderia ser paciente por mais um tempo para deixar que eu e Ryan arranjemos uma solução?

— Jake, não existe solução. Eu simplesmente não posso...

As lágrimas começaram a cair de novo. Ele afagou suas costas.

— Eu sei, querida. Eu sei. Confie em mim, *okey*?

— Por favor, dê-nos um pouco mais de tempo — implorou Ryan.

Jenna olhou para ele com olhos arregalados e lacrimosos, as pálpebras meio inchadas. Hesitou.

— Se estão esperando que vocês dois possam decidir com quem vou me casar, esqueçam.

Jake segurou a mão dela.

— Jenna, por favor.

Finalmente cedeu:

— Está bem.

Ele pegou a mala de Jenna, depois pousou a mão no cotovelo de Jenna e guiou-a pelo cotovelo de volta ao quarto.

— Por que não senta um pouco e lê um bom livro? Vou lhe trazer o café da manhã. Isso vai me dar a chance de conversar com Ryan.

* * *

Jenna ficou sentada acariciando Sam, que estava alegremente enrodilhada em seu colo. Olhou para o relógio. Os dois homens estavam conversando havia duas horas. Ela suspirou e continuou lendo.

Cerca de vinte minutos depois, alguém bateu à porta de seu quarto.

— Entre — chamou ela.

Ryan abriu a porta. Sam pulou para o chão e saiu correndo dali.

— Jenna, há uma ideia que quero discutir com você. Pode me seguir?

Ele estendeu a mão. Ela se levantou e tomou a mão dele. Ele a conduziu pelo corredor, mas em vez de virar à esquerda, na direção da parte social da casa, virou à direita. Na direção do quarto de Jake.

Ela diminuiu o passo e soltou a mão da dele.

— O que está fazendo, Ryan?

Ele se voltou para ela e sorriu calorosamente.

— Venha, Jenna. Confie em mim.

Com o que estava preocupada? Ele não a levaria ao quarto do irmão para transar com ela, principalmente com o outro ainda na mesma casa. Assentiu e o seguiu. Pelo menos ela supunha que Jake ainda estivesse na casa. Ele não iria embora, agora que tinham tanta coisa para decidir.

A menos que a ideia deles fosse dividi-la, um de cada vez, mais ou menos como uma espécie de guarda compartilhada, e Ryan houvesse conseguido ser o primeiro.

Ao passar pela porta, ela se lembrou de como Jake fizera amor com ela ali, de como a havia batido na porta com suas metidas fortes e constantes.

Ryan a levou até a cama e parou no meio do quarto.

— E agora?

Ele se voltou para encará-la.

— Jenna, nós podemos fazer isso dar certo.

— Você e eu, Ryan? Mas, e Jake?

— Quando eu disse que nós podemos fazer isso dar certo, quis dizer nós três, Jenna.

Ela se voltou e viu Jake na porta. Seu coração acelerou.

— Fazer dar certo o quê, exatamente?

— Bem, isto, por exemplo. — Ryan se aproximou dela por trás e deslizou as mãos por sua cintura, depois a puxou para perto do corpo. Pressionou os lábios na nuca dela.

Ela enrijeceu.

— Mas, Ryan...

— E isso — disse Jake, andando na direção dela.

Ele se aproximou e ensanduichou o corpo dela entre o seu e o do irmão. Jake envolveu o rosto de Jenna e levou os lábios dela até os seus. Sua língua se espiralou para dentro da boca dela, fazendo que os sentidos de Jenna entrassem em frenesi. Ela só conseguia sentir músculos masculinos rijos ao seu redor e lábios masculinos macios atiçando-a na boca e no pescoço.

— Mas, quando fizemos isso antes, vocês dois surtaram. Não quero fazer nada que deixe os dois incomodados depois.

— Jenna, já conversamos sobre isso — respondeu Ryan. — Pela primeira vez, sentamos e realmente falamos a respeito. Percebemos que era tudo apenas condicionamento masculino idiota.

— Como você mesma disse hoje de manhã — continuou Jake —, estaremos fazendo amor com você, e não um com o outro. Nós dois a amamos e você ama a nós dois. É sexo entre parceiros que se amam. Um homem e uma mulher e um homem.

Ryan acariciou os ombros dela, enviando comichões por seu corpo.

— Claro que não é nada convencional, mas se funcionar para nós...

O corpo dela ansiava pelo toque dos dois. Ela olhou nos olhos de Jake, escuros e sérios. Olhou por cima do ombro para Ryan, e viu o mesmo olhar atento.

— Será que vai funcionar para nós? — perguntou ela.

— Vou fazer tudo ao meu alcance para isso — respondeu Ryan. — Porque não quero perder você.

— Nem eu — concordou Jake.

Será que ela realmente seria capaz de fazer isso?

— O que acha, Jenna? — murmurou Ryan em seu ouvido direito.

— Podemos tentar? — Jake aninhou seus lábios na têmpora esquerda dela.

Ante sua hesitação, Jake roçou o rosto em seu pescoço.

— Estamos falando de nós dois ao mesmo tempo. Sempre que você quiser.

Ryan soprou na orelha dela:

— Você iria gostar disso, não iria, meu amor?

Passou as mãos por baixo da camiseta dela, depois afagou sua barriga e cobriu seus seios.

— Afinal de contas — Jake sorriu para Jenna —, você é nossa gatinha pervertida safada.

Colocou a mão em concha na bunda dela e puxou sua pelve para si, pressionando o volume de seu pau coberto pela calça contra ela. A ereção de Ryan pressionou sua bunda.

Oh, meu Deus, se ela concordasse, dali a poucos instantes sentiria aqueles dois paus lhe dando prazer. Naquele momento, só queria ter os dois em suas mãos.

— Não sei... — provocou. — Como vou saber se vocês dois me desejam mesmo?

Jake deu uma risadinha enquanto Ryan protestava:

— Mas, Jenna...

— Não, irmão, o que ela quer é isto aqui.

Ele recuou e tirou as calças, depois puxou o elástico da cueca preta para baixo e o enfiou por baixo de suas bolas, para que ela pudesse ver seu pau completamente ereto.

— Ohhhh.

Ryan soltou os seios dela, deixando-os frios e desejosos, mas a visão diante dela manteve o cérebro de Jenna em marcha acelerada.

Ryan tirou as calças e imitou a pose do irmão, enfiando por baixo das bolas a barra de sua cueca cinza-escuro.

Ao ver dois paus enormes e vermelhos em pé, em atenção extrema diante de si, o ritmo de sua respiração aumentou.

— Oh, meu Deus. Vocês dois com certeza estão felizes em me ver.

Ela sorriu enquanto tirava a camiseta e a atirava para o lado. Os dois a observaram atentamente enquanto desabotoava o *jeans* e em seguida descia o zíper, deixando a calça cair no chão e depois dando-lhe um chute para o lado.

Ela deu um passo à frente e tocou a ponta de cada vara adorável com o dedo estendido. Ante as expressões dolorosas no rosto deles, fechou a mão ao redor de cada um e bombeou algumas vezes.

— Como é que vou encontrar um jeito de satisfazer dois exemplares assim tão adoráveis de masculinidade excitada?

— Por que não deixa isso com a gente?

Jake fez um sinal para Ryan e os dois seguraram os braços dela, um de cada lado, e a levaram de costas para a cama. Um segundo depois ela se viu deitada de costas, com o sutiã aberto na frente e uma boca masculina sobre cada um de seus seios. Seus mamilos subiram no mesmo instante; a sensação maravilhosamente erótica de uma boca masculina sobre ambos ao mesmo tempo deixou-a insana de desejo.

Os paus continuavam em suas mãos, portanto, começou a acariciá-los, brincando com a cabeça de um e afagando embaixo dos testículos de outro. Jake tirou a calcinha dela com um único movimento rápido. Ela sentiu sua língua deslizar por seu peito, sobre seu umbigo e depois mais para baixo. Abriu as pernas e ele lambeu a face interna de suas coxas. Ela puxou o pau de Ryan, levando-o até sua boca. Ele soltou seu mamilo e mudou de posição em cima da cama, virando de lado e apoiando os pés nos travesseiros no topo da cama para alinhar seu lindo pau ereto com a boca dela. Ela tirou o sutiã, depois se virou de lado para ficar de frente para Ryan. Jake a ajudou, levantando sua perna e colocando-a sobre seu ombro. Enquanto o pau de Ryan deslizava para dentro da boca de Jenna, Jake enfiava a língua em sua vagina.

Ela gemeu de aprovação. Sua língua rodeou sem parar a cabeça do pênis de Ryan, enquanto Jake, usando a língua como flecha, provocava seu clitóris. Ryan brincava com seus seios, estimulando o mamilo de um e envolvendo o outro com a quentura de sua mão em concha.

Enquanto Jake lambia seu clitóris altamente sensível, ela sentiu ondas de prazer invadindo-a. Pressionou o céu da boca contra a vara de Ryan e chupou com força e vontade. Seus dedos envolveram os testículos e ela os afagou enquanto o prazer aumentava dentro de si.

— Oh, Jenna, estou quase gozando!

Ela balançou a cabeça para cima e para baixo, apertando a boca ao redor do pau e oferecendo uma fricção poderosa e excitante.

Jake chupou seu botão, depois girou a língua ao redor dele, depressa e com força. As ondas começaram a vir mais depressa e com mais potência. Seus dedos se enfiaram pelo cabelo de Jake enquanto ela chupava Ryan com mais vontade ainda.

— Oh, meu Deus, estou gozando, Jenna!

Ryan gemeu enquanto o líquido quente espirrava no fundo de sua garganta. Ela continuou chupando enquanto ele se derramava dentro dela e cavalgava suas próprias ondas de prazer. Ele deslizou o pau para fora da boca dela e imediatamente pousou a sua sobre seu mamilo. O calor intenso a atravessou, do seio até a vagina, explodindo no fervor crescente da língua de Jake, que agora se enfiava em suas profundezas.

Ela gemeu. A boca de Jake deslizou por seu clitóris e ele chupou com vontade, imitando os movimentos de Ryan no mamilo dela.

A intensidade a fez subir até as alturas e um prazer incandescente explodiu dentro dela, no orgasmo mais poderoso de sua vida.

Desabou de costas na cama, sem ar.

— Isso foi incrível.

— Ainda não terminamos.

Ela abriu os olhos e viu os dois rostos iluminados. Os dois homens incríveis de sua vida.

— Jake ficará terrivelmente frustrado se pararmos agora. Olhe quanto ele ainda deseja você, Jenna.

Jenna espiou seu membro enorme e arroxeado.

— Tem razão. Não podemos deixar isso assim. — Ela se apoiou na cama, depois se reclinou nos travesseiros e abriu as pernas. Com o dedo, fez um gesto de "venha cá": — Jake, quero você.

Ele sorriu e andou de quatro na cama. Posicionou os joelhos entre as pernas dela e a beijou com força nos lábios.

— Agora, Jake. — Ela arqueou o corpo para cima.

Seu pau comprido e quente caiu sobre a barriga dela.

— Mmm.

Ele pressionou a cabeça contra seus pequenos lábios macios e então deslizou a ponta da vara para dentro.

Ela notou Ryan no pé da cama, com os dedos ao redor de seu pau completamente reanimado, deslizando a mão para cima e para baixo, batendo uma punheta enquanto olhava aquilo.

— Jake, quero que você meta depressa e com força. Enfie esse seu pau *enorme* bem fundo dentro de mim, sem parar.

Ryan riu. Jake obedeceu.

Ela gemeu quando o pênis dele entrou nas profundezas de seu ser e foi circundado fortemente por sua vagina molhada. Ele

Fantasias Gêmeas

tirou o pênis e meteu de novo. Ela viu Ryan bombeando mais depressa sua própria vara. Jake enfiou de novo. E de novo.

— Oh, Deus, sim. Enfie tudo, Jake.

Um orgasmo rolou sobre ela, apanhando-a de surpresa. Intenso. Frenético. Excruciante em sua perfeição.

Jake gemeu e bombeou sua semente para dentro dela. Depois de alguns instantes, beijou-a docemente, depois rolou para o lado dela. O membro flácido deslizou para fora de seu corpo.

Ela fechou os olhos, depois tornou a abri-los ao sentir lábios em seu pescoço. Era Ryan.

— Tem lugar para mais um, meu amor?

Ela sorriu.

— Claro.

Abraçou-o pelo pescoço e o puxou num beijo profundo e apaixonado. Ela sentiu os joelhos dele se acomodando entre suas pernas e a ponta de seu pau pressionando sua fenda. Arremeteu para dentro dela de uma só vez, com força. Ela ofegou, depois uivou quando outro orgasmo a dominou imediatamente. Ele bombeou sem parar, fazendo o prazer durar cada vez mais. O tempo se tornou algo tênue. Ela o ouviu gemer, sentiu seu sêmen inundá-la, mas mesmo assim o prazer não parava de tomar conta dela. Aquilo se transformou numa bola de fogo intenso que a atravessou como um cometa, transportando-a até os confins mais distantes da galáxia. Seu uivo se tornou um berro, selvagem em sua intensidade. Mais, mais, mais. Ela ficou rouca. Ele bombeava sem parar.

Ela atingiu o ápice, depois foi descendo pelo outro lado eternamente. Um êxtase puro e doce, incessante.

Desabou. Devagar, percebeu que ele continuava rijo dentro dela. Ele a virou de lado. Jake foi para trás dela e ela sentiu seu pau duro afagá-la entre as nádegas. Ela gemeu e se inclinou para a frente, fazendo as nádegas se abrirem mais. Ele afagou a abertura enrugada dela, depois lambeu-a. Pegou um frasco de lubrificante da mesa de cabeceira (ela não havia percebido aquilo ali antes, mas, enfim, estivera bastante distraída) e colocou um pouco no dedo, depois afagou sua abertura com a ponta.

Oh, aquele líquido pegajoso era quente. Ele apertou firmemente e meteu o dedo. Ela nunca havia feito sexo anal, mas a sensação do dedo dele deslizando para dentro dela fez que ficasse com fome de mais. Ele enfiou outro dedo e espiralou ambos dentro de Jenna. Ela moveu a bunda na direção dele, em círculos, encorajando-o.

— Mais — pediu.

Ele pegou o frasco de novo e lambuzou o pau com o gel de cor clara. Pressionou a cabeça da vara na abertura e empurrou. Quando a cabeça abriu caminho, ela esticou o corpo ao redor dele. Depois que a cabeça inteira estava dentro, a carne rija dele esticando-a ao máximo, ele parou. Abraçou-a bem perto de seu corpo. O pau de Ryan se remexeu dentro de sua vagina.

Ela se sentiu impossivelmente cheia, mas queria mais. Queria sentir os dois paus inteirinhos dentro dela, preenchendo-a, dando-lhe prazer.

Inclinou-se para a frente mais uma vez.

— Enfie tudo — disse para Jake.

Ele pressionou o corpo para a frente, enfiando o pau um centímetro de cada vez.

Ela se deliciou com a sensação de sua vara dura deslizando para dentro dela. Devagar. Com objetivo.

Dois paus dentro dela. Dois!

Depois que estava completamente preenchida, os dois homens ficaram parados. Após um instante de coração acelerado, Ryan começou a se mexer. Devagar. Para dentro e para fora. Jake acompanhou o ritmo do irmão. Dentro e fora.

— Oh, meu Deus. — Um orgasmo imediato foi crescendo dentro dela. — Oh, sim. Oh, meu Deus — uivou.

Os dois paus pareciam acariciar um ao outro enquanto deslizavam para dentro dela. A sensação incrível a lançou a um orgasmo intenso e prolongado. O tempo se derreteu, e apenas a sensação dos dois paus incríveis dentro dela, dando-lhe prazer, pareceu real.

Uma sirene soou em seus ouvidos. Não, era sua própria voz berrando de êxtase. Os paus pareceram inchar dentro dela.

— Jenna, Jenna, Jenna. Oh, meu Deus! — Ryan arremeteu para diante, segurando a cintura dela com força.

— Amor! Oh, Deus, sim. — Jake a segurou com força contra seu peito, envolvendo os seios dela com as mãos.

Ela apertou os dois paus com força dentro de si, puxando-os para perto, voando para a eternidade enquanto o néctar doce e quente dos corpos deles inundava suas entranhas.

Ficaram deitados um bom tempo, respirando como se fossem um só. Por fim, Ryan a beijou; depois Jake saiu de cima dela e caiu de lado. Ela girou de costas e seus dois amantes aninharam os lábios em suas bochechas, deslizando os braços por sua cintura.

Enquanto ficava ali deitada entre seus dois homens belíssimos, aconchegada na felicidade de seu amor, percebeu que sua vida agora era uma fantasia transformada em realidade.

Uma não: duas. Fantasias gêmeas.

Epílogo

JENNA DIRIGIU PELA ESTREITA ESTRADA particular passando pelas árvores altas e densas, animadas com os tons outonais espetaculares de vermelho, laranja e amarelo. Estacionou na clareira, em frente à casa aconchegante de cedro, o esconderijo adorável e recluso que ela agora chamava de lar. Crisântemos roxos, alaranjados e amarelos adicionavam cor viva ao jardim da frente.

As outras flores estavam mortas durante aquela estação, e ela viu que Jake estivera ocupado durante sua ausência: limpara o jardim e o preparara para o inverno. Apenas uma ou outra folha alaranjada cobria o gramado. Perto dos degraus da entrada, dois enormes sacos de lixo cor-de-laranja com rostos de abóbora de Halloween sorriam seus sorrisos quase desdentados, repletos das folhas que Jake devia ter passado um dia inteiro recolhendo.

Dois pares de olhos iluminados a espiaram do conjunto gigantesco de janelas diante de sua casa. Seu coração se inflou de alegria ao ver seus dois anjinhos de três anos de idade, Jeremy e Robbie. De repente, a porta da entrada se abriu e os dois montinhos de energia se atiraram sobre ela.

— Mamãe, mamãe! — gritaram em uníssono.

— Papai, mamãe chegou! — gritou Jeremy atrás de Robbie enquanto corria pela porta e descia os degraus na direção dela.

Ela riu quando eles agarraram suas pernas, depois os pegou no colo e lhes deu beijos estalados.

— Senti tanto a falta de vocês.

Apertou-os com força. Eles deram beijos melecados em seu rosto e depois logo começaram a se contorcer para voltar ao chão.

— Jenna, você chegou.

Ela viu Jake saindo pela porta de entrada e indo em sua direção. Abraçou-a bem forte e deu-lhe um beijo profundo. O amor inchou dentro dela como uma fonte de calor vinda do fundo de sua alma.

Ela agradecia a Deus todos os dias que passava ao lado de Jake, pela alegria que ele lhe dava.

— Eu também senti sua falta — murmurou ele.

— Mmm. Idem.

Ela o beijou de novo, deliciando-se com a pressão dos lábios fortes e masculinos sobre os seus, e seus pensamentos vagaram para outros deleites que compartilhariam depois que os meninos fossem dormir.

Ela só havia se ausentado três dias, mas parecia uma eternidade. Agora haviam unido esforços para formar uma nova empresa, criando programas divertidos e educativos para crianças, revezavam-se para fazer as viagens de negócios necessárias.

Jake tirou as malas dela do bagageiro. Passou a mão ao redor de sua cintura enquanto a acompanhava para dentro de casa.

— Mamãe, venha brincar com o novo joguinho que papai trouxe para a gente. — Jeremy subiu correndo alguns degraus, depois olhou para trás para ver se ela o estava seguindo.

— É, mamãe, venha jogar com a gente. — Robbie sorriu, com olhos brilhantes, sabendo exatamente o que funcionava com sua mãe.

— Meninos, a mamãe está cansada, teve um voo longo. — Jake bagunçou o cabelo de Robbie. — Ela provavelmente vai querer relaxar um pouco antes.

— Jogar é relaxante, papai. — Jeremy pegou uma caixa da estante no fim do balcão da cozinha e colocou-a em cima da mesa.

— Ei, camarada, que tal a gente se sentar para assistir ao filme novo juntos? — sugeriu Jake. — Isso talvez esteja mais de acordo com a disposição de mamãe agora.

Robbie correu até a sala e berrou:

— Papai R! Mamãe chegou e vamos assistir a um filme! — Ele segurou a mão de Jake e o arrastou até a sala. — Venha, papai J, vamos.

Jeremy pegou o jogo e o colocou de volta na estante.

Jenna sempre ficava espantada com o modo como as crianças os chamavam de papai R ou papai J quando estavam com os dois, mas os chamavam apenas de papai quando estavam sozinhos com um deles. Eles não achavam estranho ter dois pais.

Esse estranhamento não demoraria a surgir, e então, teriam de lidar com isso.

— Jenna? — Ryan assomou o rosto na sala e um sorriso largo se abriu. Desviou do caminho quando Jeremy passou voando por ele e entrou na sala.

Um sorriso cálido surgiu no rosto dela quando viu, maravilhada, seu belo rosto. Ele havia descontraído tanto naqueles últimos anos! A paternidade tomara conta dele. As preocupações que tivera de que Ryan não passasse tempo com ela e os filhos evaporaram assim que os meninos nasceram. Ele com certeza havia cumprido a promessa de tratar os gêmeos como se fossem seus próprios filhos.

O rosto de Ryan se iluminou quando olhou para os garotos. Amava ficar com eles. Já não trabalhava o tempo inteiro. Na verdade, ele é quem havia sugerido o esquema de revezamento, em que um deles ficava cuidando dos filhos enquanto os outros dois trabalhavam. Essa era uma das grandes vantagens de trabalhar em casa.

Ryan andou até ela de braços abertos.

— Bem-vinda de volta.

Ela correspondeu ao abraço, adorando sentir seus braços fortes em volta de seu corpo. Ele inclinou a cabeça dela para cima e lhe deu um beijo estalado. O amor inchou dentro dela de novo.

Ryan afagou de leve um de seus seios e seu mamilo se eriçou na palma da mão dele. Sim, realmente essa noite ela seria muito amada.

Ele sorriu para ela.

— Estou feliz que tenha voltado. Senti saudade.

— Eu também.

No começo, ela de fato tivera dúvidas se esse relacionamento daria certo — eles três juntos —, mas, de algum modo, fizeram que funcionasse. Todos os dias seu amor aumentava. Por Jake e por Ryan. E os dois insistiam que a amavam igualmente.

Os três haviam criado uma empresa juntos, usando todas as suas potencialidades. Ryan não sentia mais necessidade de competir com Jake, provavelmente porque agora trabalhavam para o mesmo objetivo: criar uma empresa bem-sucedida e, mais ainda, criar um lar feliz e bem-sucedido.

— Mamãe. Papai R. Estamos esperando! — reclamou Jeremy em tom bem alto.

Ela riu. Ryan segurou sua mão e foram para a sala de estar.

Ao se sentar no sofá, com Ryan num lado e Jake no outro, e os dois meninos empilhados sobre os três, Jenna percebeu que eram bem-sucedidos em todos os aspectos. A alegria enchia aquela casa como o sol cálido do outono brilhando nas janelas.

Afagou o cabelo louro-escuro de Jeremy quando ele se esticou do colo de Ryan para o dela. Robbie se aninhou no colo de Jake e apertou o controle remoto para começar o filme.

Sim, realmente. Uma fantasia tornada realidade.